एक देश-एक चुनाव

भारत में राजनीतिक सुधार की संभावनाएँ

अनूप बरनवाल 'देशबन्धु'

विधिवक्ता, इलाहाबाद उच्च न्यायालय

अंजुमन प्रकाशन

Title : Ek Desh-Ek Chunaav : Bharat Me Rajnitik Sudhaar Ki Sambhavnayen
Author : Anoop Baranwal 'Deshbandhu'

Published By-
Anjuman Prakashan
942, Mutthiganj, Prayagraj, 211003
www.anjumanpublication.com
anjumanprakashan@gmail.com

Paperback, First published by Anjuman Prakashan in 2022
ISBN : 978-93-91531-93-5
Copyright © 2022 Anoop Baranwal 'Deshbandhu'
Printing rights reserved : Anjuman Prakashan 2022
Cover & Typeset by Anjuman Prakashan

Price in india: 200.00

अनूप बरनवाल 'देशबन्धु'

संवैधानिक विकास एवं राजनीतिक-आर्थिक-सामाजिक सुधार हेतु कर्मनिष्ठ अनूप देशबन्धु का जन्म आषाढ़ पूर्णिमा, 2030 (15/07/1973) को ठेकमाँ, आजमगढ़ (उ.प्र.) में हुआ। आपके पिता का नाम मदन मोहन और माँ का नाम उर्मिला देवी है। आपकी शिक्षा-दीक्षा ठेकमाँ और जौनपुर में हुई तथा विधि-स्नातक में स्वर्णपदक हासिल किया। आपने आजादी आंदोलन के महानायक चितरंजन दास को समर्पित राष्ट्रपरक उपनाम 'देशबन्धु' धारण किया।

आप 1998 से इलाहाबाद हाईकोर्ट में वकालत कर रहे हैं। आपने समान नागरिक संहिता, तीन तलाक, अनुच्छेद 370, चुनाव आयोग नियुक्ति में सुधार, लोकायुक्त नियुक्ति में सुधार, राजनीतिक पार्टियों में सुधार, मानवाधिकार जैसे कई ज्वलंत विषयों पर कार्य किया है। आप 'वायस आफ लॉ एण्ड जस्टिस' के संस्थापक, इण्डियन लॉ रिपोर्ट्स के संपादक-मण्डल सदस्य, राष्ट्रीय स्वराज परिषद् द्वारा संचालित अभियान 'मिशन अनुच्छेद 44: एक राष्ट्र, एक सिविल कानून' के संयोजक हैं।

आपने समान नागरिक संहिता को पहली बार 'भारतीय सिविल संहिता' का नाम देते हुए पुस्तक 'भारतीय सिविल संहिता के सिद्धान्त (2017)' और 'समान नागरिक संहिताः चुनौतियाँ और समाधान (2019)' लिखा। समान नागरिक संहिता का ड्राफ्ट तैयार करने और सभी धर्म-आधारित कानून में व्याप्त अन्तर्विरोधों का समाधान करने के लिए आप द्वारा सुझाया गया 'मूल्य-आधारित वैकल्पिक व्यवस्था' और 21 सूत्रीय मार्गदर्शी सिद्धान्त अति-महत्त्वपूर्ण है। इस पुस्तक के अध्याय 'राष्ट्रीयता' में संविधानवादी राष्ट्रगान 'भारत राष्ट्र हमारा', राष्ट्रध्वज 'चक्रपताका' जैसे कई अभिनव विचार दिए हैं। आपने भौमिक समानता का लक्ष्य हासिल करने के लिए स्वामित्व के तीन स्वरूप 'गाँधीत्व-भीमत्व-भावेत्व' का प्रतिपादन भी किया है।

आपकी अन्य प्रमुख कृतियाँ हैं: निर्माण-पुरुष डॉ. अम्बेडकर की संविधान यात्रा; तीन तलाक की मीमांसा; समान नागरिक संहिता पर विधि आयोग की नकारात्मकता; एक देश-एक चुनावः भारत में राजनीतिक सुधार की संभावनाएँ; संविधान सभा बहस और भारतीय संविधान की निर्माण यात्रा (प्रकाशनाधीन)।

सम्मान : आपको गणेश शंकर विद्यार्थी पुरस्कार और आचार्य परशुराम चतुर्वेदी पुरस्कार से सम्मानित किया गया है।

सम्पर्क : baranwal.anoop@gmail.com

भारत शिरोमणि
लोकमान्य बाल गंगाधर तिलक

को समर्पित

आभार

एक देश-एक चुनाव को केन्द्र में रखकर लिखी गई इस पुस्तक पर कार्य करने की प्रेरणा प्रधानमंत्री श्री नरेन्द्र मोदी जी के उस विचार से मिली, जिसे उन्होंने पीठासीन अधिकारी सम्मेलन में 26 नवम्बर 2020 को व्यक्त किया था। यद्यपि संविधान सभा बहस पर कार्य करने की व्यस्तता के कारण एक वर्ष बाद इस पुस्तक पर कार्य आरंभ किया जा सका, संवैधानिक-राजनीतिक सुधार के इस गंभीर विषय को पुस्तक का स्वरूप मिलना लेखक के लिए संतोष का विषय है।

पुस्तक लिखने के दौरान सबसे अधिक तनाव उस समस्या का समाधान निकालने में आया, जो चुनावोपरान्त त्रिशंकु विधायिका के गठन पर या विधायिका में सरकार के अल्पमत में आ जाने पर पैदा होता है। इसके समाधान के लिए पुस्तक में आर. वी. वी. प्रणाली सुझाया गया है। बावजूद इसके कि इस प्रणाली की उपयोगिता तय होना बाकी है, इस अनुसंधान का निमित्त चुनने के लिए परमपिता परमेश्वर के प्रति कृतज्ञता व्यक्त करता हूँ और इस पुस्तक पर कार्य करने हेतु प्रेरणादाई विचार देने के लिए श्री नरेन्द्र मोदी जी के प्रति हार्दिक आभार व्यक्त करता हूँ।

पुस्तक का प्राक्कथन राज्यसभा के उपसभापति श्री हरिवंश जी द्वारा लिखा गया है। श्री हरिवंश जी के सरल व्यक्तित्व के बारे में अकसर सुनता रहा हूँ। अपनी व्यस्तता के बीच श्री हरिवंश जी द्वारा प्राक्कथन लिखने का आग्रह स्वीकार करना उनके सरल व्यक्तित्व को दर्शाता है।

श्री हरिवंश जी ने जिन शब्दों में पुस्तक को आर्शीवाद दिया है, वह अमूल्य है, उत्साहवर्धक है। मैं उनके प्रति हार्दिक आभार व्यक्त करता हूँ।

इस पुस्तक को अंतिम रूप देने में मित्र नित्य प्रकाश तिवारी का सहयोग महत्त्वपूर्ण रहा है। कई बार उन्होंने ऐसे बाँध का कार्य किया है, जो नदी-जल के प्रवाह को रोककर इसे उर्जा बनने योग्य बनाता है। मैं उनके प्रति भी आभार व्यक्त करता हूँ।

हिन्दी भाषा में कानूनी विषय पर, खासकर समसामयिक कानूनी विषय पर, पुस्तक का प्रकाशन आज भी एक चुनौती का कार्य है। लेखक की कानून से जुड़ी तीन हिन्दी पुस्तकों का प्रकाशन हिन्दी साहित्य प्रकाशन क्षेत्र के पितामह श्री रमेश ग्रोवर के सानिध्य में हुआ है। इस दौरान उनसे बहुत कुछ सीखने को मिलता रहा है। मैं उनके प्रति आभार व्यक्त करता हूँ।

अंजुमन प्रकाशन के मुख्य कार्याधिकारी श्री वीनस केसरी और उनकी टीम के सहयोगियों सुमित, आधुनिका ठाकुर, जीतेन्द्र दूबे, शैला द्वारा इस पुस्तक का कुशल सम्पादन एवं प्रूफ रीडिंग करके प्रकाशन किया जा रहा है। मैं श्री वीनस केसरी और अंजुमन प्रकाशन परिवार के प्रति भी आभार व्यक्त करता हूँ।

- अनूप देशबन्धु

हरिवंश
Harivansh

32, संसद भवन, नई दिल्ली
32, Parliament House, New Delhi
दूरभाष/Tel. : 23017371, 23034689
फेक्स/Fax : 23012559

सत्यमेव जयते

उपसभापति, राज्य सभा
Deputy Chairman, Rajya Sabha

प्राक्कथन

अनूप बरनवाल 'देशबन्धु' पेशे से वकील हैं। प्रयागराज के वासी। आम बोलचाल की भाषा में वकालत के पेशे में लगे लोगों को अधिवक्ता कहते हैं। इस पुस्तक की पांडुलिपि में लेखक ने अपने परिचय में अधिवक्ता की जगह, विधिवक्ता शब्द का प्रयोग किया है। यह अच्छा लगा। अधिवक्ता से अधिक सार्थक शब्द।

उनकी यह नयी पुस्तक 'एक देश-एक चुनाव : भारत में राजनीतिक सुधार की संभावना' आपके हाथों में है। विषय अति महत्त्वपूर्ण है। अत्यन्त सामयिक भी। लोकतंत्र में चुनाव ही उसका मूल सत्व है। हर नागरिक को मतदान का अधिकार ही लोकतंत्र का सबसे बुनियादी तत्व है। इससे हर देशवासी का वास्ता है। सब प्रभावित होते हैं। चुनाव से जितना वास्ता चुनाव लड़नेवालों का या राजनीति से जुड़े लोगों का है, उतना ही वास्ता आम जन का भी है। बल्कि यह कहें कि मतदाता का भविष्य इस प्रक्रिया में तय होता है। इस लिहाज से 'एक देश-एक चुनाव : भारत में राजनीतिक सुधार की संभावना' पर यह पुस्तक बहस को आगे बढ़ायेगी। इसके पहले अलग-अलग विषयों पर लेखक की पांच किताबें प्रकाशित हो चुकी हैं। यह उनका लगन और सरोकार ही है, कि वकालत जैसे व्यस्त पेशे में रहते हुए भी निरंतर लेखन के काम में लगे हैं।

'एक देश-एक चुनाव : भारत में राजनीतिक सुधार की संभावना' कुल तीन खंडों में है। हर खण्ड में अनेक अध्याय हैं। ऐतिहासिक पृष्ठभूमि से बात शुरू कर लेखक ने सिलसिलेवार अध्याय को आगे बढ़ाया है। इतिहास के साथ वर्तमान और भविष्य, तीनों का

सामंजस्य बिठाने की सार्थक कोशिश है। यह कहा भी जाता है कि हमें भविष्य में जितनी दूरी तय करनी होती है, जितना आगे जाना होता है, उतना पीछे मुड़कर देखना प्रेरणा भी देता है और सबक भी।

आमतौर पर ऐसी किताबों के लेखन में तर्क प्रमुख हो जाता है। लेखक निजी विचारों के दायरे में बंधकर, अपने तर्कों को सामने रखते हैं। पर श्री अनूप बरनवाल जी ने इस पुस्तक में अपने निजी तर्कों को हाशिये पर रखा है, तथ्यों को प्रधानता दी है, यह उल्लेखनीय है। तथ्यों से ही मानस बनता है। स्पष्ट है कि लेखक की मंशा है कि इस जरूरी और महत्व के विषय पर, सभी तथ्य सार्वजनिक बहस-संवाद के केंद्र में हो, ताकि निर्णायक लोकमत या जनमत, इस विषय पर बन सके।

पुस्तक के आरंभिक अध्याय में ही लेखक वर्तमान माननीय प्रधानमंत्री के एक बयान का उल्लेख करते हैं। 26 नवम्बर 2020 को माननीय प्रधानमंत्री ने अखिल भारतीय पीठासीन अधिकारी सम्मेलन में पीठासीन पदाधिकारियों की बैठक को संबोधित करते हुए कहा था कि 'एक देश-एक चुनाव सिर्फ एक चर्चा का विषय नहीं है, बल्कि ये भारत की जरूरत है। हर कुछ महीने में भारत में कहीं न कहीं बड़े चुनाव हो रहे होते हैं। इससे विकास कार्यों में जो प्रभाव पड़ता है, उससे आप सभी भली-भांति जानते हैं। ऐसे में 'एक देश-एक चुनाव' पर गहन अध्ययन और मंथन आवश्यक है।' संयोग से इस बैठक में मैं भी उपस्थित था। माननीय प्रधानमंत्री का यह कहना देशहित में कितना जरूरी है, इसे हम सब व्यवहारिक रूप में खुद देख-आंक सकते हैं। कहीं दूर जाकर नहीं, किताबों को पढ़कर नहीं, बल्कि अपने-अपने इलाके में लोगों से बात कर इसे प्रत्यक्ष अनुभव कर सकते हैं। कोई मुल्क लगातार चुनाव में व्यस्त नहीं रह सकता। संसाधन और सुरक्षा का एक बड़ा हिस्सा सिर्फ इस काम में ही निरंतर लगा रहे। देश का प्रशासन कहीं न कहीं महज चुनाव कराने में ही व्यस्त रहे, ये विचारणीय प्रसंग हैं।

इतिहास के पन्नों को पलटें। यह दर्ज है कि कैसे अपने देश में एक साथ चुनाव होते रहे हैं। एक साथ चुनाव होने की यह परंपरा इतिहास

के पन्नों में मजबूती से दर्ज है। देश में जब संविधान लागू हुआ, उसके बाद चार चुनावों को देखें। 1952, 1957, 1962 और 1967 का चुनाव। इन चारों सालों में लोकसभा और राज्य की विधानसभाओं के चुनाव एक साथ हुए। पर, बाद में स्थितियां बदलनी शुरू हुईं। 60 के दशक के अंतिम सालों में और 70 के दशक के आरंभिक सालों में इस सिलसिला में बिखराव शुरू हुआ। दल-बदल व सरकारों के पतन के तहत अनेक राज्यों में विधानसभाएं समय से पहले ही भंग हुईं। 1970 में तो लोकसभा को ही समय से पहले भंग करना पड़ा। यह सिलसिला इस कदर आगे बढ़ा कि राज्यों में राष्ट्रपति शासन लगाना आम घटना हो गयी। आकड़ा है कि 1968-1984 के बीच अलग-अलग राज्यों में लगभग 65 बार राष्ट्रपति शासन लगाया गया। एक बार यह सिलसिला टूटा तो फिर वह पटरी पर आ नहीं सका। इस बीच देश में चुनावों की संख्या भी बढ़ती गयी। फिलहाल देश में कुल 32 प्रत्यक्ष निर्वाचित विधायिकाएं (एक लोकसभा और 31 राज्यों की विधानसभाएं) हैं। अप्रत्यक्ष प्रणाली में हर दो साल पर राज्यसभा और देश के छह राज्यों में विधान परिषद के चुनाव होते हैं, इसके अलावा हर राज्य या केंद्रशासित प्रदेशों में नगर निकाय, ग्राम पंचायत आदि के चुनाव होते रहते हैं। इस पुस्तक में लेखक ने इन विषयों को तथ्यवार और क्रमवार सामने रखा है।

पूर्व में हुई गलतियों की वजह से, निरंतर उसे स्थापित या आगे बढ़ाते रहने का असर यह हुआ कि देश लगभग हर समय किसी न किसी रूप में चुनावी मोड में रहने लगा। हर कुछ समय के अंतराल पर देश का चुनावी मोड में रहना, देश की मशीनरी को, संसाधन को तो उसमें संलग्न रखता ही है, विकास कार्यों पर प्रतिकूल असर पड़ता है। इसका असर सामूहिक रूप से समाज पर कितना और किस रूप में पड़ता है, यह सब आसानी से देख-आंक सकते हैं।

यह सच है कि लोकतंत्र में चुनाव ही सबसे जरूरी प्रक्रिया है। चुनाव ही लोकतंत्र को निरंतर मजबूत करता है। इसलिए चुनाव को महापर्व कहा जाता है। चुनाव ही वह अवसर या औजार होता है, जिसके माध्यम से लोकतंत्र में लोक की महत्ता और भूमिका सर्वोपरि बनी रहती है।

इन चुनावों ने ही भारत जैसे विशाल लोकतंत्र को वंशवाद, परिवारवाद, भाई-भतीजावाद से बचाया है। दुनिया में शासन की जितनी प्रणालियां हैं, उनमें लोकतंत्र और उसमें भी चुनाव की भारतीय प्रणाली एक मॉडल की तरह है, जो हर बार यह साबित करता है कि इससे बेहतर प्रणाली नहीं। पर, इन सब बातों के बीच भारत जैसे विशाल लोकतांत्रिक देश में इस बात की मांग समय-समय पर होती रही है कि इस देश में एक समय पर सभी चुनाव होने चाहिए। एकबारगी सोचने पर यह लग सकता है कि 70 के दशक में जिस तरह इस व्यवस्था या परंपरा को खत्म कर धीरे-धीरे देश को हमेशा चुनावी मोड में रखने की बुनियाद तैयार की गयी, उसमें अब संभव नहीं कि 'वन नेशन-वन इलेक्शन' का सपना साकार हो। पर, उसकी संभावनाएं हैं। लेखक श्री बरनवाल ने अपनी इस पुस्तक में उन्हीं सभी संभावनाओं की पड़ताल की है और संविधान, कानून से लेकर सैद्धांतिक-व्यावहारिक तौर पर आनेवाली चुनौतियों और उनसे पार पाने के रास्ते के बारे में विस्तार से लिखा है।

आशा है पुस्तक इस महत्त्वपूर्ण विषय को आगे बढ़ाने में सार्थक हस्तक्षेप करेगी। जनमानस को तथ्यों से परिचित कराएगी। इस पुस्तक का प्रसार अधिक से अधिक हो, यही कामना है। इस महत्त्वपूर्ण विषय पर श्रम और लगन से काम करने के लिए लेखक अनूप बरनवाल देशबंधु जी को शुभकामनाएं।

– हरिवंश

अनुक्रम

भूमिका

संविधान लागू होने के बाद 1952, 1957, 1962 और 1967 में लोकसभा और राज्यों के विधानसभा का चुनाव पाँच-पाँच वर्ष पर एक साथ सम्पन्न हुए थे। एक साथ चुनाव की इस स्वस्थ परम्परा को और मजबूत करने की आवश्यकता थी। किन्तु 1968-1969 तक आते-आते यह परंपरा टूटनी आरम्भ हो गयी। इस दौरान न केवल कुछ राज्यों के विधानसभा समयपूर्व भंग किये गये, बल्कि 1970 में चौथे लोकसभा को भी समयपूर्व भंग कर दिया गया। 1971 में पाँचवें लोकसभा का चुनाव होने के साथ लोकसभा और कई राज्यों के विधानसभा के कार्यकाल अलग-अलग हो गए। 1968-1984 के दौरान लगभग 65 बार राज्यों में राष्ट्रपति शासन लागू किया गया। इसके कारण कई राज्यों की विधानसभा समयपूर्व भंग की गयी और कार्यकाल पूर्ण होने के पूर्व ही इनके चुनाव कराये जाते रहे। इन सबका प्रभाव यह हुआ कि लोकसभा और विधानसभा के जो चुनाव साठ के दशक तक एक साथ पाँच वर्ष के अन्तराल पर हुआ करते थे, अस्सी का दशक आते-आते लोकसभा और विधानसभा का चुनाव पूरी तरह अलग-अलग हो गया।

मौजूदा समय में देश में कुल 32 प्रत्यक्ष निर्वाचित विधायिका[1] है और इन सभी विधायिकाओं के चुनाव अलग-अलग समय पर होते हैं। इन पाँच वर्षों के दौरान हुए/घोषित/प्रस्तावित चुनाव की तरफ नजर दौड़ाएँ तो निम्न

---

1. एक लोकसभा और 31 राज्य विधानसभा

परिदृश्य निकलकर आता है—

मार्च 2018	–	त्रिपुरा, मेघालय व नागालैण्ड
मई 2018	–	कर्नाटक
दिसंबर 2018	–	छत्तीसगढ़, मध्य प्रदेश, मिजोरम, राजस्थान व तेलंगाना
अप्रैल 2019	–	लोकसभा का आम चुनाव, आंध्रप्रदेश, अरुणाचल प्रदेश, ओडिशा व सिक्किम
अक्टूबर 2019	–	हरियाणा व महाराष्ट्र
नवंबर 2019	–	झारखण्ड
फरवरी 2020	–	दिल्ली
अक्टूबर 2020	–	बिहार
अप्रैल 2021	–	पश्चिम बंगाल, आसाम, केरल, तमिलनाडु व पुण्डुचेरी
फरवरी 2022	–	उत्तर प्रदेश, उत्तराखण्ड, पंजाब, गोवा, व मणिपुर (प्रस्तावित)
दिसंबर 2022	–	गुजरात व हिमाचल प्रदेश (प्रस्तावित)
मार्च 2023	–	त्रिपुरा, मेघालय व नागालैण्ड (प्रस्तावित)...[1]

इसके अलावा इस दौरान प्रत्येक दो वर्ष के अन्तराल पर सात अप्रत्यक्ष निर्वाचित विधायिका[2] के चुनाव और सभी 31 राज्यों/केन्द्रशासित प्रदेशों के स्थानीय इकाइयों[3] के चुनाव भी होते रहे हैं। राज्यों में हुए/

---

1. तालिका में जम्मू-कश्मीर विधानसभा शामिल नहीं है। नवम्बर-दिसम्बर 2014 में अन्तिम बार गठित हुए इस विधानसभा का कार्यकाल छह वर्ष के आधार पर दिसम्बर 2020 तक था, किन्तु अनुच्छेद 370 का प्रभाव समाप्त होने और जम्मू-कश्मीर की संवैधानिक स्थिति अन्य राज्यों के समान बनाने के क्रम में 21 नवम्बर 2018 को जम्मू-कश्मीर की विधानसभा को भंग कर दिया गया।

2. एक राज्य सभा और छह विधान परिषद्

3. नगर पंचायत एवं ग्राम पंचायत

    एक देश-एक चुनाव : भारत में राजनीतिक सुधार की संभावनाएँ

होने वाले लोकसभा, विधानसभा, ग्राम पंचायत, नगर निकाय के चुनावों का इनके समयकाल के साथ गणना करने पर निम्न परिदृश्य निकलकर आता है—

राज्य	लोकसभा	विधानसभा	ग्राम पंचायत	नगर निकाय
तमिलनाडु	अप्रैल 2019	अप्रैल 2021	दिसम्बर 2020	अक्टूबर 2021
पंजाब	अप्रैल 2019	फरवरी 2022	दिसम्बर 2018	फरवरी 2021
बिहार	अप्रैल 2019	अक्टूबर 2020	दिसम्बर 2021	मई 2022
उत्तर प्रदेश	अप्रैल 2019	फरवरी 2022	मई 2021	दिसम्बर 2022
पं. बंगाल	अप्रैल 2019	अप्रैल 2021	मई 2018	मार्च 2022
गुजरात	अप्रैल 2019	दिसम्बर 2022	दिसम्बर 2021	फरवरी 2021
कर्नाटक	अप्रैल 2019	मई 2018	दिसम्बर 2020	दिसम्बर 2021
हिमाचल प्रदेश	अप्रैल 2019	दिसंबर 2022	जनवरी 2021	अप्रैल 2021
आसाम	अप्रैल 2019	मई 2021	दिसम्बर 2018	मार्च 2022

इस तरह देश भर में सम्पन्न होने वाले सभी चुनावों को जोड़ दिया जाय, तो कोई भी पल ऐसा नहीं बचता हुआ दिखता है, जब इस देश के सभी राज्य चुनावी मोड में न रहते हों। हर समय यह देश चुनावी चक्रव्यूह में घिरा रहता है।

देश को इस चुनावी चक्रव्यूह से निकालने का रास्ता 'एक देश-एक चुनाव' में देखा जाता है। इस अवधारणा की पहल स्वयं देश के प्रधानमंत्री श्री नरेन्द्र मोदी द्वारा किया गया है। 26 नवम्बर 2020 को संविधान दिवस के अवसर पर मोदी जी ने अखिल भारतीय पीठासीन अधिकारी सम्मेलन को संबोधित करते हुए कहा कि एक देश-एक चुनाव सिर्फ एक चर्चा का विषय नहीं है, बल्कि ये भारत की जरूरत है। हर कुछ महीने में भारत में कहीं न कहीं बड़े चुनाव हो रहे होते हैं, इससे विकास के कार्यों में जो प्रभाव पड़ता है उससे आप सभी भली-भाँति अवगत हैं। ऐसे में एक देश-एक चुनाव पर गहन अध्ययन और मंथन आवश्यक है।'

भारतीय संविधान का निर्माण करते समय हमारे संविधान-निर्माताओं द्वारा दो-चार चुनाव बाद लोकसभा और विधानसभा के कार्यकाल

के होने वाले स्वरूप के बारे में पूर्वानुमान लगाना सम्भव नहीं था। उस समय यह विचार करने का कोई प्रश्न भी नहीं था कि भविष्य में लोकसभा और विधानसभा के कार्यकाल का तारतम्य टूट जाएगा। पवित्र मंशा रखने वाले हमारे संविधान-निर्माता यह उम्मीद करते रहे होंगे कि भविष्य में संविधान के प्रावधानों का उपयोग स्वस्थ परंपरा विकसित करने के लिए किया जाएगा। लोकसभा और विधानसभा का एक साथ चुनाव होते रहने की व्यवस्था का मजबूत होना बिल्कुल सम्भव था। ऐसी स्थिति में जब विधायी संस्थाओं का एक-साथ निर्वाचन होते रहना सम्भव था, संविधान-निर्माताओं द्वारा इस सम्बन्ध में कठोर प्रावधान नहीं बनाया जा सकता था। इस विषय को भविष्य में तय होने देने के लिए छोड़ा जाना बिल्कुल स्वाभाविक था। यह देश के भावी संसद, नीति-निर्माताओं, एवं जागरूक नागरिकों पर निर्भर था कि इस दिशा में कोई व्यतिक्रम होने पर वे अपने संवैधानिक दायित्व का निर्वहन करें और आवश्यकतानुसार उचित समय पर यथोचित सुधार एवं संविधान संशोधन करने के लिए पहल करें। यह पुस्तक इसी संवैधानिक दायित्वबोध के अनुक्रम में किया गया एक प्रयास है।

एक देश-एक चुनाव की अवधारणा के क्या-क्या सकारात्मक एवं नकारात्मक पहलू हैं; यह अवधारणा देश के लिए उपयोगी है या नहीं; यदि यह अवधारणा देश के लिए उपयोगी है, तो क्या इसे भारतीय संविधान में स्वीकृत संसदीय शासन प्रणाली एवं संघात्मक ढाँचा के अन्तर्गत लागू करना सम्भव है; यदि सम्भव नहीं है, तो संसदीय प्रणाली एवं संघात्मक ढाँचा के मूलभूत तत्त्वों से समझौता किए बग़ैर यह अवधारणा कैसे लागू की जा सकती है? इसके रास्ते में आ रही बाधाओं जैसे चुनाव बाद किसी पार्टी को बहुमत न मिल पाने के कारण या किसी सरकार के अल्पमत में आ जाने के कारण या किसी राज्य में राष्ट्रपति शासन लगने के बाद विधानसभा भंग होने के कारण या राष्ट्रीय आपातकाल लगने के बाद लोकसभा/विधानसभा के कार्यकाल में वृद्धि होने के कारण या राजनीतिक सुविधा के लिए लोकसभा/विधानसभा को भंग करने के कारण, होने वाले विधायिका के कार्यकाल में व्यतिक्रम

   एक देश-एक चुनाव : भारत में राजनीतिक सुधार की संभावनाएँ

का समाधान क्या है, इन सभी विषयों का अध्ययन एवं विमर्श करना इस पुस्तक का मूल विषय है।

महात्मा गाँधी के आदर्श और संविधान के अनुच्छेद 40 की मूल भावना के अनुरूप ग्राम स्वराज एवं शासन के विकेन्द्रीकरण का मूल उद्देश्य प्राप्त करने में वर्तमान पंचायत-व्यवस्था कैसे अपर्याप्त है; वर्तमान पंचायत व्यवस्था में सुधार की आवश्यकता क्यों है; नगर एवं ग्राम के मध्य कृत्रिम कानूनी भेदभाव समाप्त करना क्यों आवश्यक है; केन्द्र और राज्य की तरह स्थानीय इकाई स्तर के शासन में भी समन्वयात्मक शक्ति पृथक्करण का सिद्धान्त लागू करना क्यों आवश्यक है; लोकसभा और विधानसभा के अनुरूप स्थानीय इकाई के लिए विधायी संस्था का स्वरूप क्या हो सकता है; स्थानीय इकाई के शासन प्रणाली का स्वरूप अध्यक्षीय होना चाहिए या संसदीय या फिर इन दोनों से अलग होना चाहिए; इनका विस्तृत अध्ययन करना इस पुस्तक के द्वितीय अध्याय का विषय है।

भारतीय लोकतंत्र के लिए आज सबसे अधिक चिन्ता का विषय यहाँ की ज्यादातर राजनीतिक पार्टियों का वंशवाद और कुलीन संस्कृति से ग्रस्त होते जाना है। इस समस्या का समाधान निकालना इस देश के लिए बड़ी चुनौती है। भारत की राजनीतिक पार्टियों में परिवारवाद का इतिहास क्या है और परिवारवाद किस तरह इस देश के लोकतंत्र को प्रभावित कर रहा है; जर्मनी जैसे देश की तरह भारत में भी राजनीतिक पार्टी को संवैधानिक संस्था बनाने की क्यों आवश्यकता है; राजनीतिक पार्टियों की नियमावली किस तरह पार्टी में कुलीन संस्कृति के पनपने में योगदान करते हैं; राजनीतिक पार्टी की आन्तरिक संरचना को लोकतांत्रिक मूल्य के अनुकूल कैसे बनाया जा सकता है; पार्टियों में परिवारवाद समाप्त करने में पद-धारण की सीमा का सिद्धान्त कैसे उपयोगी है; इत्यादि का विस्तृत अध्ययन करना इस पुस्तक के तृतीय अध्याय का विषय है।

यद्यपि स्थानीय इकाइयों और राजनीतिक पार्टियों की आन्तरिक संरचना में सुधार का विषय एक देश-एक चुनाव की अवधारणा से बिल्कुल स्वतंत्र है, किन्तु ये भारत में राजनीतिक एवं संवैधानिक सुधार

के लिए अति आवश्यक है, इसलिए इन्हें भी इस पुस्तक में अध्ययन का विषय बनाया गया है।

26 नवम्बर, 2021   – अनूप बरनवाल 'देशबन्धु'

एक देश-एक चुनाव : भारत में राजनीतिक सुधार की संभावनाएँ

1
एक देश-एक चुनाव
चुनौतियाँ और समाधान

वर्तमान में संवैधानिक स्थिति

संविधान निर्माण के दौरान संविधानसभा में एक देश-एक चुनाव विषय को लेकर कभी कोई चर्चा नहीं किया गया। यद्यपि अनुच्छेद 83(2) के अन्तर्गत लोकसभा का और 172(2) के अन्तर्गत राज्यों के विधानसभा का कार्यकाल एकसमान पाँच वर्ष निर्धारित किया गया है, किन्तु संविधान इस बात पर मौन है कि लोकसभा और राज्यों के विधानसभा के चुनाव एक साथ होंगे या अलग-अलग। यह स्पष्ट नहीं है कि कार्यकाल एकसमान रखने के पीछे संविधान-निर्माताओं का आशय क्या था? भले ही यह स्पष्ट न हो कि इन दोनों विधायी संस्थाओं का कार्यकाल एकसमान रखने का आशय एक साथ चुनाव कराने का था या नहीं, किन्तु भारतीय संविधान में संसदीय शासनप्रणाली के अलावा कई अन्य ऐसे प्रावधान हैं, जिन्हें लागू करने के बाद लोकसभा और विधानसभा का चुनाव अलग-अलग हो जाना स्वाभाविक है।

भारतीय संविधान में ऐसे कई प्रावधान हैं, जिनके कारण विधायी संस्थाओं के कार्यकाल में व्यतिक्रम हो सकता है। अनुच्छेद 356 के अन्तर्गत राज्य में संवैधानिक विफलता होने की स्थिति में राष्ट्रपति शासन लगाया जा सकता है और विधानसभा को कार्यकाल पूर्ण

करने के पूर्व ही भंग किया जा सकता है। इसी तरह अनुच्छेद 352 के अन्तर्गत युद्ध, बाह्य आक्रमण या सशस्त्र विद्रोह की स्थिति में राष्ट्रीय आपातकाल लगने पर लोकसभा का कार्यकाल अनुच्छेद 83 (2) के अन्तर्गत और विधानसभा का कार्यकाल अनुच्छेद 172(1) के अन्तर्गत एक वर्ष तक की अवधि के लिए बढ़ाया जा सकता है। अनुच्छेद 3 के अन्तर्गत राज्य का विभाजन होने की स्थिति में भी राज्यपाल विधानसभा भंग कर सकता है। अनुच्छेद 85(2)(ख) के अन्तर्गत राष्ट्रपति लोकसभा को और अनुच्छेद 174(2)(ख) के अन्तर्गत राज्यपाल विधानसभा को समय-समय पर भंग कर सकते हैं। इसी तरह अनुच्छेद 243-ई और 243-यू के अनुसार ग्राम पंचायत और नगर निकाय का कार्यकाल पाँच वर्ष है, जब तक कि ये पहले ही भंग न कर दिए जाएँ। यानी ग्राम पंचायत और नगर निकाय को भी उनका कार्यकाल पूर्ण करने के पूर्व ही भंग किया जा सकता है।

भारतीय संविधान के अन्तर्गत केन्द्र एवं राज्य में संसदीय शासन प्रणाली स्वीकार की गयी है। इस प्रणाली के अन्तर्गत लोकसभा या विधानसभा के सदस्यों का चुनाव प्रत्यक्ष तरीके से लोगों द्वारा अपने-अपने निर्वाचन-क्षेत्र के लिए किया जाता है और फिर इस सदन में बहुमत का विश्वास हासिल करने वाला व्यक्ति प्रधानमंत्री या मुख्यमंत्री के रूप में नियुक्त किया जाता है। प्रधानमंत्री या मुख्यमंत्री तब तक अपने पद पर बने रहते हैं, जबतक उन्हें लोकसभा या विधानसभा के बहुमत का विश्वास हासिल है। संसदीय शासन प्रणाली की मुख्य विशेषता मंत्रिपरिषद का लोकसभा या विधानसभा के प्रति जवाबदेह होना है और इस कारण इस व्यवस्था में राजनीतिक अस्थिरता का होना भी इसका स्वाभाविक गुण है। संसदीय प्रणाली में जवाबदेही और अस्थिरता एकसाथ चलती हैं। भारतीय संविधान में स्वीकृत संसदीय शासन प्रणाली के वर्तमान स्वरूप के रहते राजनीतिक अस्थिरता की उपेक्षा करना सम्भव नहीं है। इस प्रणाली के अन्तर्गत सरकार का अस्तित्व पूरी तरह विधायिका पर निर्भर करता है और कार्यपालिका की जवाबदेही विधायिका के प्रति होती है। किसी पार्टी का विधायिका में बहुमत न मिल पाने के कारण सरकार बनाने में अक्षम होने

पर या किसी सरकार का विधायिका में अल्पमत में आ जाने से मध्यावधि चुनाव होना अपरिहार्य हो जाता है।

भारत में कुल 32 प्रत्यक्ष निर्वाचित विधायिका[1] हैं। चुनाव बाद इन विधायिकाओं की अलग-अलग स्थिति बनने से इंकार नहीं किया जा सकता है। आवश्यक नहीं है कि चुनाव के बाद इन सभी विधायिकाओं में किसी एक राजनीतिक पार्टी/गठबन्धन को स्पष्ट बहुमत मिल जाय और ये सभी विधायिकाएँ एकसाथ अपना कार्यकाल पूरा कर लें। किसी भी एक विधायिका में किसी एक पार्टी को बहुमत न मिल पाने पर सरकार नहीं बन सकती है। इसी तरह सरकार के अल्पमत में हो जाने पर या अविश्वास प्रस्ताव पारित हो जाने के कारण भी लोकसभा या विधानसभा अपना कार्यकाल पूरा नहीं कर सकती है।

उक्त प्रावधान एवं परिस्थितियों के कारण भारत की विधायी संस्थाओं के कार्यकाल में व्यतिक्रम होना और अलग-अलग समय पर चुनाव कराने की स्थिति पैदा होना एक स्वाभाविक-सी बात है। इन सभी प्रावधानों के रहते भारत में एक देश-एक चुनाव लागू करना सम्भव नहीं है। यदि यह स्वीकार किया जाता है कि भारत में बार-बार चुनाव होना इस देश के विकास में बाधा और राजनीतिक अस्थिरता पैदा करने का काम करता है, और इसका समाधान एक देश-एक चुनाव की अवधारणा है, तो उक्त संवैधानिक प्रावधानों की उपेक्षा नहीं की जा सकती है। इन प्रावधानों से पैदा होने वाली जटिलताओं का समाधान खोजना ही होगा।

आर्थिक बचत एवं विकास का सवाल

आर्थिक बचत के दृष्टिकोण से एक देश-एक चुनाव के समर्थन और विरोध दोनों का अपना-अपना तर्क है। इसका समर्थन करने वाले इस तर्क के साथ खड़े हैं कि एक साथ चुनाव होने से सार्वजनिक धन और समय दोनों की बचत होगी। बार-बार चुनाव होते रहने के कारण एक तरफ जहाँ सरकारी खजाने पर अतिशय बोझ आता है, वहीं पार्टियों/प्रत्याशियों द्वारा किए जाने वाले अतिशय खर्च से काले धन एवं भ्रष्टाचार को बढ़ावा

---

1. एक लोकसभा और 31 राज्य विधानसभा

मिलता है। यह समानान्तर तरीके से चल रहे काली अर्थव्यवस्था को खाद-पानी देने जैसा काम करता है। एक साथ चुनाव होने से भ्रष्टाचार और काले धन पर अंकुश लगेगा। इसके अलावा बार-बार चुनाव कराने से सरकारी कर्मचारियों और सुरक्षा बलों को बार-बार चुनावी ड्यूटी पर लगाने की आवश्यकता पड़ती है और इनका समय अनावश्यक रूप से बर्बाद होता है। एक साथ चुनाव होने से यह समय बचाया जा सकता है। एक तर्क यह भी दिया जाता है कि लगातार चुनाव के कारण देश में बार-बार 'चुनाव आचार संहिता' लगानी पड़ती है। चुनाव अधिसूचना लागू होते ही नयी योजना की घोषणा करने, इन्हें लागू करने या वित्तीय मंजूरी देने और नई नियुक्ति करने पर रोक लग जाती है। ऐसा करना आवश्यक है, ताकि सत्ताधारी पार्टी को चुनाव में अतिरिक्त लाभ न मिल सके। न तो सरकारें आवश्यक नीतिगत निर्णय ले पाती हैं, और न ही विभिन्न योजनाओं का क्रियान्वयन हो पाता है। विकास कार्य पूरी तरह प्रभावित होता है। बार-बार चुनाव के कारण होने वाली चुनावी रैलियों का खर्च बहुत विकराल स्थिति पैदा करते हैं। यातायात सम्बन्धी समस्या भी पैदा होती है। इन रैलियों और आवागमन में खर्च होने वाला ईंधन व भौतिक एवं मानवीय सम्पत्ति, आर्थिक विकास के सन्दर्भ में निरर्थक साबित होती है। यह भी तर्क दिया जाता है कि बार-बार चुनाव के कारण मतदाताओं में उदासीनता की भी स्थिति बनती है। एक देश-एक चुनाव से यह उदासीनता समाप्त होगी और लोग बढ़-चढ़कर चुनाव में हिस्सा लेंगे, मतदान प्रतिशत भी बढ़ेगा।

बार-बार चुनाव होते रहने के कारण चुनाव आयोग को अतिशय व्यस्त रहना पड़ता है। वह चुनाव के अलावा बाकी बुनियादी कार्यों के लिए समय नहीं निकाल पाता है। चुनाव आयोग राजनीतिक पार्टियों की आन्तरिक संरचना एवं आन्तरिक चुनाव का विनियमन ठीक से नहीं कर पाता है। इसके कारण बहुत सारी राजनीतिक पार्टियों की नियमावली चुनाव आयोग के गाइडलाइन के खिलाफ होने के बावजूद भी बनी रहती हैं। राजनीतिक पार्टियों का संगठनात्मक चुनाव समय-समय पर हो रहा है या नहीं, इस पर शायद ही कभी चुनाव आयोग का ध्यान जा पाता है। यह भी

     एक देश-एक चुनाव : भारत में राजनीतिक सुधार की संभावनाएँ

तर्क निकलकर आता है कि बार-बार चुनाव होने के कारण राजनीतिक पार्टियाँ भी हमेशा चुनावी मुहिम में जुटी रहती हैं। वे समाज एवं लोगों के बीच जाकर कोई फलदायी कार्य नहीं कर पाते हैं। इसके कारण राजनीतिक पार्टियाँ मात्र चुनावी गुणा-गणित का हिस्सा बनकर रह जाती हैं। इनमें सुचितापूर्ण राजनीतिक कार्य-संस्कृति का लोप हो जाता है।

इसके विपरीत एक देश-एक चुनाव की अवधारणा का विरोध करने वाले लोगों द्वारा संवैधानिक बाधाओं का तर्क दिया जाता है, जिस पर आगे चर्चा की जाएगी। इन संवैधानिक बाधाओं के अलावा एक तर्क यह भी दिया जाता है कि लोकसभा और विधानसभा का एक साथ चुनाव कराया जाना तभी सम्भव है, जब प्रत्येक मतदान केन्द्र पर ईवीएम मशीन और इसे संचालित करने वाले चुनावकर्मी की संख्या को दोगुना कर दिया जाय। इतनी बड़ी संख्या में ईवीएम की सुरक्षा करना और इन्हें ले जाना-ले आना एक चुनौतीपूर्ण कार्य होगा। इसके साथ बढ़ी हुई जनसंख्या का हवाला भी दिया जाता है और कहा जाता है कि इतनी बड़ी आबादी हेतु आवश्यक आधारभूत संरचना के अभाव में एक साथ चुनाव कराना मुश्किल कार्य है।

एक देश-एक चुनाव के सन्दर्भ में आर्थिक बचत को लेकर विवेचना करने के लिए आवश्यक है कि लोकसभा और विधानसभा का एकसाथ और अलग-अलग कराने से आने वाले खर्च का तुलनात्मक अध्ययन किया जाय।

चुनाव आयोग की रिपोर्ट के अनुसार 1952 में हुए पहले लोकसभा चुनाव में लगभग 10.52 करोड़ रुपये खर्च हुआ था, जो 2009 के पन्द्रहवें लोकसभा चुनाव में बढ़कर 1,114.38 करोड़ रुपये और 2014 के सोलहवें लोकसभा चुनाव में बढ़कर 3,870.34 करोड़ रुपये हो गया।

चुनाव आयोग की ही एक अन्य रिपोर्ट के अनुसार वर्ष 2013-2014 के दौरान हरियाणा, झारखण्ड, मध्य प्रदेश, दिल्ली और महाराष्ट्र राज्यों के 90, 81, 230, 70 और 288 विधानसभा सीट के लिए जो चुनाव कराए गए, उसमें क्रमश: 33.72 करोड़ रुपये, 85.93 करोड़ रुपये, 130.81 करोड़ रुपये, 98.76 करोड़ रुपये और 461.86 करोड़ रुपये खर्च हुए। इन्हीं राज्यों में 2014 में सम्पन्न हुए लोकसभा चुनाव के दौरान जो खर्च

आया, वह क्रमश: 28.90 करोड़ रुपये, 89.47 करोड़ रुपये, 198.81 करोड़ रुपये, 34.50 करोड़ रुपये और 487.00 करोड़ रुपये थे। यानी इन पाँच राज्यों में हुए लोकसभा चुनाव में लगभग 838.68 करोड़ रुपये खर्च हुए, तो यहाँ के विधानसभा के लिए हुए अलग चुनाव में लगभग उतना ही 811.16 करोड़ रुपये खर्च हुए। इस तरह लोकसभा और विधानसभा का चुनाव अलग-अलग कराने से लगभग दोगुना यानी 100 प्रतिशत ज्यादा खर्च आता है।

साभार: दैनिक भास्कर

उक्त आकड़ों से यह स्पष्ट है कि जितना खर्च लोकसभा के चुनाव में आता है, लगभग उतना ही खर्च देश के सभी विधानसभा के चुनावों में आता है। यहाँ सवाल पैदा होता है कि क्या लोकसभा और विधानसभा का चुनाव एकसाथ होने पर भी खर्च उतना ही आएगा, जितना कि अकेले लोकसभा के चुनाव में आता है या इससे कुछ ज्यादा आयेगा? और आयेगा तो कितना?

आरम्भिक दो दशक के दौरान लोकसभा एवं राज्यों के विधानसभा का चुनाव एकसाथ हुए थे। वर्ष 1952, 1957, 1962 एवं 1967 में हुए

   एक देश-एक चुनाव : भारत में राजनीतिक सुधार की संभावनाएँ

चुनावी खर्च के सम्बन्ध में चुनाव आयोग के जो आकड़े उपलब्ध हैं, वे केवल लोकसभा चुनाव के सन्दर्भ में हैं। यह स्पष्ट नहीं है कि इस खर्च में उस समय हुए विधानसभा का खर्च शामिल है या नहीं। यह ज्ञात करना शोध का विषय है कि लोकसभा और विधानसभा का चुनाव एक साथ कराने पर होने वाला खर्च उस खर्च से कितना ज्यादा होगा, जो केवल लोकसभा का चुनाव कराने पर आता है। एक अनुमान के अनुसार लोकसभा और विधानसभा का एकसाथ चुनाव कराने पर आने वाला खर्च, अलग हुए किसी एक चुनाव में आने वाले खर्च की तुलना में लगभग 15-20 प्रतिशत् ज्यादा आयेगा। 2014 के सोलहवें लोकसभा चुनाव में जो खर्च 3,870.34 करोड़ रुपये आया था, यदि इसके साथ देश के सभी राज्यों के विधानसभा का भी चुनाव कराया जाता, तो 15-20 प्रतिशत् ज्यादा अर्थात् लगभग 4500-5000 करोड़ रुपये खर्च करना होता। इस तरह लोकसभा और विधानसभा का अलग-अलग चुनाव कराने पर जो खर्च 3,870.34 करोड़ का दोगुना अर्थात् लगभग 7500-8000 करोड़ रुपये करना पड़ता, एक साथ कराने पर मात्र लगभग 4500-5000 करोड़ रुपये ही खर्च करना होता। यह बचत लगभग 2500 करोड़ रुपये का निकलकर आता है।

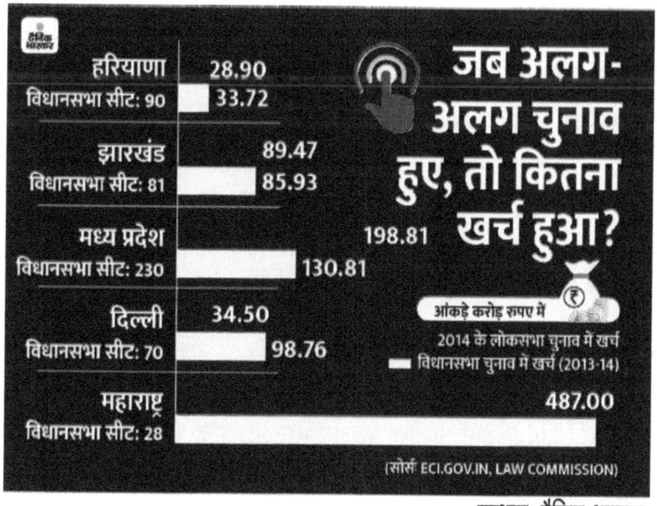

साभारः दैनिक भास्कर

यह स्थिति तब है, जब हम केवल लोकसभा और विधानसभा के सन्दर्भ में चर्चा कर रहे हैं। यदि इसमें नगर निकाय-ग्राम पंचायत के चुनाव को भी जोड़ ले तो यह बचत बढ़कर दो गुना हो जाएगा।

यह सही है कि एकसाथ चुनाव कराने के लिए ईवीएम की संख्या दोगुनी करनी होगी। किन्तु जब एकसाथ चुनाव कराने में इतनी ज्यादा धनराशि की बचत हो रही है, तो ईवीएम मशीनों की संख्या दोगुना या तिगुना करने में शायद ही कोई समस्या हो। एकबार ईवीएम मशीन प्राप्त करने के बाद यह देश की स्थायी सम्पत्ति होगी। बार-बार चुनाव कराने से होने वाले आर्थिक बोझ, प्रशासनिक समस्या एवं विकास में पहुँच रहे बाधा की तुलना में एक बार में आने वाला यह खर्च बहुत कम होगा।

यह भी सही है कि भारत की जनसंख्या में बेतहाशा वृद्धि हुई है और ऐसी जनसंख्या वृद्धि देश के लिए बहुत बड़ी समस्या है। इससे भी इन्कार नहीं किया जा सकता है कि ज्यादा आबादी होने के कारण एक साथ चुनाव कराने में समस्या नहीं आएगी। किन्तु यह भी नहीं भूलना चाहिए कि देश की आबादी बढ़ने के साथ-साथ तकनीकी और संसाधनों का भी विकास हुआ है। अब बैलेट पेपर के स्थान पर पेपरलेस मतदान हो रहा है। इसके कारण मतगणना बहुत त्वरित और पारदर्शी तरीके से हो जाती है। किन्तु जब आपके सामने लगातार बढ़ती हुई कोई समस्या है, तो इसे और ज्यादा विकराल होने देने के लिए नहीं छोड़ा जा सकता है। बढ़ी हुई आबादी को देखते हुए एक साथ चुनाव और इसके लिए कानूनी सुधार और तकनीक विकास करने की आवश्यकता और बढ़ जाती है।

चुनावी खर्च और आर्थिक अपराध

यद्यपि चुनाव आयोग के अनुसार 2014 के सोलहवें लोकसभा चुनाव में लगभग 3,870.34 करोड़ रुपये का खर्च हुआ है किन्तु सेन्टर फार मीडिया स्टडीज की एक रिपोर्ट के अनुसार, उक्त सरकारी खर्च के साथ यदि प्रत्याशियों द्वारा किए गए खर्चों एवं अन्य खर्चों को जोड़ दिया जाय, तो 2014 के लोकसभा चुनाव में लगभग 30 हजार करोड़ रुपये का खर्च और 2019 के लोकसभा चुनाव में लगभग 55 हजार करोड़ रुपये का

खर्च किया गया था। खर्च को लेकर जो स्थिति लोकसभा के सन्दर्भ में है, वही स्थिति थोड़ा कम या ज्यादा विधानसभा और स्थानीय इकाइयों के चुनाव में भी रहती है।

चुनाव आचार नियम, 1961 के नियम 90 के अन्तर्गत एक प्रत्याशी द्वारा खर्च किए जाने की अधिकतम सीमा निर्धारित की गयी है। लोकसभा चुनाव हेतु एक प्रत्याशी अधिकतम 70 लाख रुपये खर्च कर सकता है और विधानसभा चुनाव में एक प्रत्याशी अधिकतम 28 लाख रुपये खर्च कर सकता है। किन्तु यह खर्च सीमा केवल प्रत्याशियों के लिए ही निर्धारित की गयी है। राजनीतिक पार्टियों के लिए ऐसी कोई सीमा निर्धारित नहीं है।

भले ही चुनाव खर्च की उक्त सीमा निर्धारित हो, किन्तु व्यवहार में यह लागू नहीं हो पाता है। प्रत्याशी और पार्टियाँ चुनाव जीतने के जुनून में निर्धारित चुनावी-खर्च-सीमा से अधिक धन खर्च करते हैं और बेतहाशा धन खर्च करते हैं। चुनाव जीतने के लिए अधिक धन खर्च करने की बढ़ती प्रवृत्ति के कारण देश में काले धन और भ्रष्टाचार को बढ़ावा मिलता है। वस्तुतः भारतीय अर्थव्यवस्था में चुनाव एक तरह से काले धन के निवेश

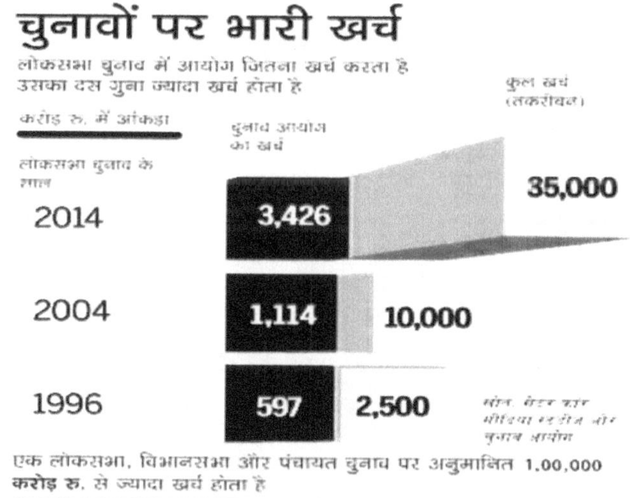

का महत्त्वपूर्ण माध्यम जैसा हो गया है। स्वाभाविक है और निश्चित भी है कि चुनाव के दौरान निवेश किए गए काले धन को चुनाव के बाद

वसूलने का भी हर सम्भव प्रयास किया जाता है। इसका दुष्प्रभाव देश की अर्थव्यवस्था पर तो पड़ता ही है, किन्तु इसके कारण सार्वजनिक जीवन में शुचिता की जो हानि होती है, वह अपूर्णनीय है। यद्यपि यह एक शोध का विषय है कि चुनाव के दौरान विकसित हुए अनैतिक राजनीतिक-आर्थिक अपराध के इस गठजोड़ के कारण चुनाव बाद इस देश की अर्थव्यवस्था को कितना नुकसान उठाना पड़ता है, किन्तु यह तय है कि यह अनैतिक गठजोड़ चुनाव बाद पूरे पाँच वर्ष कार्यकाल के दौरान भारत में चल रहे समानान्तर काली अर्थव्यवस्था को खाद-पानी देते रहने का काम करता रहता है।

आर्थिक बचत की दृष्टि से एक देश-एक चुनाव की अवधारणा न केवल सरकारी खजाने के लिए, बल्कि राजनीतिक पार्टियों एवं प्रत्याशियों पर पड़ने वाले आर्थिक भार के लिए लाभकारी साबित होगा। निश्चित रूप से जब चुनावी खर्च में कमी आएगी, तो कालेधन के प्रयोग एवं भ्रष्टाचार पर भी अंकुश लगेगा। इस दृष्टि से भी एक देश-एक चुनाव की अवधारणा कारगर ही साबित होगी।

एक देश-एक चुनाव के विरोध में संवैधानिक तर्क

भारतीय संविधान में स्वीकार किये गये कई व्यवस्थाओं को एक देश-एक चुनाव की अवधारणा के लिए सबसे बड़ी चुनौती के रूप में देखा जाता है। इसमें से ज्यादातर व्यवस्थाएँ संघीय ढाँचा एवं संसदीय शासन प्रणाली से जुड़ी हुई हैं। इसलिए एक स्वाभाविक-सा तर्क निकलकर आता है कि एक देश-एक चुनाव की अवधारणा से संघीय ढाँचा एवं संसदीय शासन प्रणाली को आघात पहुँचेगा। इस अवधारणा के विरोध में निम्न आठ प्रमुख संवैधानिक तर्क निकलकर आते हैं—

1. भारतीय संविधान के अन्तर्गत स्वीकृत संसदीय शासन प्रणाली का मुख्य उद्देश्य राजनीतिक जवाबदेही सुनिश्चित करना है। इसके कारण राजनीतिक अस्थिरता और चुनाव की बारंबारता इसका मूल एवं अन्तर्निहित चरित्र है। संसदीय शासन प्रणाली के इस चरित्र की उपेक्षा करके एक देश-एक चुनाव की अवधारणा

को थोपा नहीं जा सकता है।

2. लोकसभा और विधानसभा के मुद्दे पूरी तरह अलग-अलग होते हैं। एक तरफ जहाँ लोकसभा के चुनाव में राष्ट्रीय मुद्दे प्रमुख होते हैं, वहीं विधानसभा के चुनाव में क्षेत्रीय मुद्दे प्रभावी होते हैं। यदि लोकसभा और विधानसभा का चुनाव एक साथ करवाया जाता है, तो इसके कारण राष्ट्रीय मुद्दों के सामने क्षेत्रीय मुद्दा गौण हो जाएगा। एक साथ चुनाव कराने का राजनीतिक विमर्श केवल राष्ट्रीय मुद्दों के इर्द-गिर्द घूमकर रह जाएगा, जो कहीं न कहीं से संघीय ढाँचे के लिए नुकसानदायक होगा।

3. लोकसभा और राज्यों के विधानसभा का चुनाव एक साथ शुरू करने के लिए कुछ विधानसभाओं के कार्यकाल को बढ़ाना या घटाना पड़ेगा। यह सम्बन्धित राज्यों की इच्छा के विरुद्ध होगा और उनकी स्वायत्तता को प्रभावित करेगा। इस तरह एक देश-एक चुनाव की अवधारणा संघीय ढाँचे के खिलाफ होगा।

4. चुनाव पश्चात् लोकसभा या किसी राज्य के विधानसभा में किसी राजनीतिक पार्टी या गठबन्धन को बहुमत न मिल पाने और सरकार का गठन न हो पाने की स्थिति में या सरकार के अल्पमत में आ जाने की स्थिति में मध्यावधि चुनाव अपरिहार्य हो जाता है। इस कारण इन विधायी संस्थाओं के कार्यकाल में व्यतिक्रम होना स्वाभाविक है। इसलिए एक देश-एक चुनाव की अवधारणा अव्यवहारिक है।

5. विपक्ष द्वारा अविश्वास प्रस्ताव लाने का अधिकार मूलभूत लोकतांत्रिक अधिकार और संसदीय परंपरा का अभिन्न भाग है। इस अधिकार से समझौता कर लागू होने वाली एक देश-एक चुनाव की अवधारणा लोकतांत्रिक मूल्यों के खिलाफ होगी। सिर्फ आर्थिक बचत के लिए लोकतांत्रिक मूल्यों के साथ समझौता नहीं किया जा सकता है।

6. अनुच्छेद 352 के अन्तर्गत युद्ध, बाह्य आक्रमण या सशस्त्र

विद्रोह की स्थिति में राष्ट्रीय आपातकाल घोषित होने पर लोकसभा और विधानसभा का कार्यकाल एक वर्ष तक के लिए बढ़ाया जा सकता है। इस प्रावधान के कारण इनके कार्यकाल में व्यतिक्रम होना स्वाभाविक है। इसके बने रहते हुए एक देश-एक चुनाव की अवधारणा को लागू करना असम्भव है।

7. संविधान के अन्तर्गत राष्ट्रपति के पास पाँच वर्ष पूर्व लोकसभा को भंग करने की शक्ति है। इसी तरह की शक्ति राज्यपाल के पास विधानसभा भंग करने के लिए है। ये प्रावधान आवश्यक प्रावधान हैं और इन प्रावधानों के बने रहते हुए एक देश-एक चुनाव की अवधारणा अव्यवहारिक है।

8. अनुच्छेद 356 के अन्तर्गत संवैधानिक विफलता होने पर राज्यों में राष्ट्रपति शासन लगाकर विधानसभा भंग किया जा सकता है और कार्यकाल पूर्ण होने के पूर्व चुनाव कराया जा सकता है। इस आवश्यक प्रावधान के बने रहते हुए एक देश-एक चुनाव लागू करना असम्भव है।

पहला, दूसरा एवं तीसरा तर्क संसदीय प्रणाली एवं संघीय ढाँचे से जुड़ा तर्क है; चौथा तर्क बहुमत न मिल पाने या अल्पमत में आ जाने से उपजा सवाल है; छठाँ तर्क लोकसभा या विधानसभा के कार्यकाल को बढ़ाने से उपजी समस्या के बारे में है; जबकि पाँचवाँ, सातवाँ एवं आठवाँ तर्क लोकसभा या विधानसभा को कार्यकाल पूर्व भंग करने से उपजी समस्या के बारे में है। एक देश-एक चुनाव के विरोध में उक्त सभी संवैधानिक तर्कों का विश्लेषण हम अलग-अलग शीर्षक के माध्यम से करने का प्रयास करते हैं।

संघीय ढाँचे को सुरक्षित रखने का सवाल

एक देश-एक चुनाव की अवधारणा के विरोध का सबसे बड़ा आधार संघीय ढाँचा असुरक्षित होने की चिन्ता है। निश्चित ही यदि संविधान में स्वीकार किया गया संघीय ढाँचा असुरक्षित हो रहा है, तो यह एक गम्भीर बात है। इसकी वास्तविकता की समीक्षा करना आवश्यक है। इस सम्बन्ध

में एक तथ्य का उल्लेख करना समीचीन है कि सत्रहवीं लोकसभा के गठन के लिए हुए आम चुनाव के साथ आंध्र प्रदेश, अरुणाचल प्रदेश, उड़ीसा और सिक्किम राज्यों के विधानसभा का भी चुनाव एक साथ सम्पन्न किया गया था। ये सभी चुनाव 11/04/2019 और 19/05/2019 के मध्य सात चरणों में आयोजित कराये गये थे। यदि लोकसभा और विधानसभा का चुनाव एक साथ कराने से संघीय ढाँचे पर बुरा प्रभाव पड़ने की बात में सच्चाई होती, तो ये सभी राज्य अपवाद नहीं बने रह पाते। इन सभी चार राज्यों के विधानसभा का चुनाव लोकसभा के आम चुनाव के साथ इसलिए नहीं होता है क्योंकि इन राज्यों में संघीय ढाँचे को सुरक्षित रखने की आवश्यकता नहीं है और जिन राज्यों में विधानसभा के चुनाव लोकसभा से अलग होते हैं, वह सिर्फ इस कारण नहीं होते हैं, क्योंकि ऐसा करके इन राज्यों में संघीय ढाँचे को सुरक्षित किया जाता है। वस्तुत: ऐसी कोई बात होती ही नहीं है।

जिन राज्यों के विधानसभा के चुनाव लोकसभा से अलग हो रहे हैं, उसके कारण सर्वथा अलग-अलग हैं। इन राज्यों के विधानसभा का चुनाव लोकसभा से अलग इसलिए हो रहे हैं, क्योंकि या तो किसी राज्य में राष्ट्रपति शासन लगाकर विधानसभा भंग किया गया था और इस कारण समयपूर्व चुनाव कराना पड़ा था; या किसी राज्य में एक राजनीतिक पार्टी को बहुमत नहीं मिल पाने के कारण या सत्तासीन पार्टी के अल्पमत में आ जाने के कारण दुबारा चुनाव कराना पड़ा था, या फिर राज्य की विधानसभा को सिर्फ राजनीतिक सुविधा के कारण उनका कार्यकाल पूर्ण होने के पूर्व भंग कर दिया गया था। लोकसभा के आम चुनाव से अलग किसी भी राज्य के विधानसभा का चुनाव संघीय ढाँचे को सुरक्षित करने के लिए नहीं किया जा रहा है। और न ही भारतीय संविधान में स्वीकृत संघवाद की ऐसी कोई आवश्यकता है कि राज्यों के विधानसभा का चुनाव लोकसभा के चुनाव से अलग होना चाहिए।

संघीय संविधान का सामान्य अर्थ संघीय सरकार एवं राज्य सरकारों के मध्य कार्यों का वितरण है। भारतीय संविधान में इस वितरण को परिभाषित किया गया है। इसके साथ अवशिष्ट शक्तियों को केन्द्र में निहित

किया गया है। केन्द्र को प्राप्त अवशिष्ट शक्ति, संघीय शक्ति समिति की रिपोर्ट दिनांक 05/07/1947 के पैराग्राफ सं. 2 पर आधारित है, जिसमें यह निष्कर्ष निकाला गया था कि हमारे संविधान का सबसे स्वस्थ ढाँचा मजबूत केन्द्र के साथ संघवाद है। भारतीय संविधान में स्वीकार किए गए संघवाद की एक अन्य महत्त्वपूर्ण विशेषता इसका लचीला होना भी है। सामान्य परिस्थिति में भारत की शासन प्रणाली संघात्मक रहती है, किन्तु विशेष हालात में यह एकात्मक हो जाती है।

भारतीय संविधान में संघवाद के सम्बन्ध में जो भी प्रावधान स्वीकार किए गए हैं, वह राष्ट्रीय हित के अधीन रखे गए हैं। भारतीय संविधान के इस संघीय स्वरूप की व्याख्या देबी प्रसाद खेतान द्वारा संविधान सभा में बहुत सुन्दर शब्दों में किया गया है। खेतान के अनुसार हममें से सभी लोगों को, चाहे वे प्रान्तीय शक्ति में विश्वास रखते हैं या राष्ट्रीय शक्ति में, यह अवश्य देखना चाहिए कि आन्तरिक शान्ति एवं बाहरी आक्रमण से सुरक्षा को बनाये रखना है और कृषि एवं औद्योगिक दोनों वस्तुओं के उत्पादन को विकसित करना है तो इसके लिए केवल राष्ट्रीय समृद्धि को निर्मित करके ही राष्ट्र-निर्माण के क्रियाकलाप को विकसित कर सकते हैं। इसलिए इसे केन्द्र बनाम प्रान्त का नारा नहीं बनाना चाहिए और देश के सर्वांगीण हित को ध्यान में रखकर गहराई से विचार करना चाहिए। हम अपनी आजादी को बनाये रखें और इसके लिए अपनी रक्षातंत्र को मजबूत करें। अपने संसाधनों को बनाकर अधिक से अधिक आवश्यकताओं की पूर्ति करें, ताकि हम सभी देश के सम्पूर्ण समृद्धि को विकसित कर सकें। यह केवल देश की सम्पूर्ण समृद्धि है, जिसके आधार पर हम शिक्षा, स्वास्थ, संस्कृति, कला एवं अन्य वे सब कुछ जो प्रत्येक मानवमात्र के जीवन को धनवान, सुन्दर एवं खुशहाल करने वाले हैं, का महल तैयार कर सकते हैं।[1]

एक देश-एक चुनाव की अवधारणा के खिलाफ संघवाद को लेकर जो सवाल उठाये जाते हैं, उसका जवाब खेतान द्वारा राष्ट्रीय हित को केन्द्रित कर दिए गए भारतीय संघवाद की उक्त परिभाषा में मौजूद

---

1. संविधान सभा बहस, खण्ड V पृष्ठ 91

है। बावजूद इसके कि संघवाद का विचार संघीय सरकार एवं राज्य सरकारों के मध्य कार्यों के वितरण में निहित है, एक देश-एक चुनाव की अवधारणा संघवाद के खिलाफ नहीं है, बल्कि यह इसके उद्देश्य की पूर्ति में सहायक सिद्ध होगा। बार-बार चुनाव होने से सबसे अधिक राज्यों की प्रशासनिक मशीनरी प्रभावित होती है। पाँच वर्ष की अवधि में चार-चार बार चुनाव होने से राज्य के प्रशासनिक तंत्र को चुनाव आयोग के अधीन काम करना पड़ता है। यह स्थिति संघवाद के लिए ज्यादा नुकसानदायक है। यदि राज्य के विधानसभा और स्थानीय पंचायत-निकाय के चुनाव लोकसभा के साथ हो जाते हैं तो इसका सबसे अधिक आर्थिक लाभ राज्य को तो मिलेगा-ही-मिलेगा, इसके साथ उसे बार-बार चुनाव आचार संहिता का सामना नहीं करना पड़ेगा। इसलिए यदि एक देश-एक चुनाव की अवधारणा सैद्धान्तिक तौर पर उपयोगी और व्यवहारिक रूप से प्रवर्तनीय है, तो इसका विरोध इस आधार पर करना कि यह संघवाद के खिलाफ है, अनुचित है।

लोकतांत्रिक मूल्य बचाने का सवाल

एक देश-एक चुनाव की अवधारणा के खिलाफ दूसरा महत्त्वपूर्ण तर्क लोकतांत्रिक मूल्यों को नुकसान पहुँचने से जोड़कर दिया जाता है। इस तर्क के दो पहलू हैं। पहला जनता के मताधिकार से जुड़ा पहलू और दूसरा संसद में विपक्ष के अविश्वास प्रस्ताव लाने के अधिकार से जुड़ा पहलू। लोकतंत्र में लोग अपने मताधिकार का प्रयोग मुद्दों के आधार पर करते हैं। लोकसभा के चुनाव में जहाँ राष्ट्रीय मुद्दे प्रमुख होते हैं, वहीं विधानसभा के चुनाव में राज्य-स्तरीय एवं क्षेत्रीय मुद्दे प्रभावी होते हैं। तर्क यह है कि एक साथ चुनाव कराने पर मतदातागण अलग-अलग मुद्दों को लेकर भ्रम की स्थिति में रहेंगे और वे एक ही बार अलग-अलग मुद्दों पर होने वाले इन चुनावों के लिए अपना मत देते समय स्पष्ट नहीं बने रह पाएँगे। यह भी तर्क दिया जाता है कि ऐसी स्थिति में राष्ट्रीय मुद्दे हावी और क्षेत्रीय मुद्दे गौण हो जाएँगे और इसका लाभ केन्द्र की राजनीति में प्रभाव रखने वाले राजनीतिक पार्टी को मिलेगा।

यद्यपि यह कहना उचित नहीं है कि हर हाल में राष्ट्रीय मुद्दों के सामने क्षेत्रीय मुद्दे गौण हो जाएँगे और क्षेत्रीय मुद्दों के सामने राष्ट्रीय मुद्दे गौण नहीं होंगे। यदि ऐसा खतरा है, तो वह दोनों तरफ हो सकता है। ऐसे भी कई तर्क हैं कि क्षेत्रीय मुद्दों के सामने राष्ट्रीय मुद्दों का गौण हो जाने का खतरा ज्यादा है। यह स्थिति तो संघवाद के लिए ज्यादा लाभकारी है। किन्तु यहाँ सवाल किसी एक व्यवस्था या विचारधारा को लाभ पहुँचने या पहुँचाने का नहीं है। यह सवाल तब पैदा होगा, जब हम मतदाताओं को अपरिपक्व मानकर चल रहे हों और यह समझते हों कि इस देश के मतदाताओं में राष्ट्रीय मुद्दों और राज्य-स्तरीय मुद्दों के मध्य अन्तर करने का विवेक नहीं है। 75 वर्ष की परिपक्वता हासिल करने जा रहे भारतीय लोकतंत्र के मतदाताओं के विवेक एवं समझ पर सन्देह करना अनुचित है।

मुद्दों को लेकर मतदाताओं की समझ और इसका एक देश-एक चुनाव के सन्दर्भ में पड़ने वाले प्रभाव को हाल ही में हुए कुछ चुनाव के उदाहरण के माध्यम से समझने का प्रयास करते हैं।

2019 में हुए लोकसभा के आम चुनाव के साथ ही उड़ीसा का विधानसभा चुनाव भी सम्पन्न हुआ था। यहाँ 21 सीटों हेतु लोकसभा चुनाव में भारतीय जनता पार्टी को 8 सीट और बीजू जनता दल को 12 सीट मिली। इसके साथ हुए विधानसभा चुनाव में बीजू जनता दल को स्पष्ट बहुमत प्राप्त हुआ। लोकसभा के कई ऐसी सीटों पर भारतीय जनता पार्टी ने विजय हासिल की, जिसके अन्तर्गत आने वाले विधानसभा सीटों पर बीजू जनता दल ने विजय दर्ज की। इसी तरह आंध्र प्रदेश का उदाहरण लेते हैं। वर्ष 2019 में यहाँ भी लोकसभा और विधानसभा का चुनाव साथ-साथ हुए थे। किन्तु दोनों राष्ट्रीय पार्टी भाजपा और कांग्रेस यहाँ असफल हो गये और 2014 की भाँति दोनों स्थानीय पार्टियाँ वाईएसआर कांग्रेस पार्टी और तेलगूदेशम पार्टी का ही वर्चस्व बना रहा। 49.15 प्रतिशत मत पाकर जहाँ वाईएसआर कांग्रेस पार्टी को 25 लोकसभा सीटों में से 22 सीट प्राप्त हुई, वहीं तेलगूदेशम पार्टी 39.59 प्रतिशत मत पाकर 3 सीट हासिल करने में सफल रही। भाजपा को मात्र 0.96 प्रतिशत मत प्राप्त

     एक देश-एक चुनाव : भारत में राजनीतिक सुधार की संभावनाएँ

हुए, जो 2014 के लोकसभा चुनाव के मुकाबले 7.54 प्रतिशत कम थे। इसी तरह भारतीय राष्ट्रीय कांग्रेस को मात्र 1.29 प्रतिशत मत प्राप्त हुए। इसके विपरीत पवन कल्याण द्वारा स्थापित एक नई स्थानीय पार्टी जनसेना पार्टी को 6.30 प्रतिशत मत मिला और उसे इस चुनाव में तीसरा स्थान हासिल हुआ।

कमोबेश आंध्रप्रदेश जैसी ही स्थिति सिक्किम राज्य में भी पायी गयी। यहाँ पर भी 2019 में लोकसभा और विधानसभा के चुनाव साथ-साथ हुए थे। 2019 के लोकसभा चुनाव में वहाँ की स्थानीय पार्टी सिक्किम क्रांतिकारी मोर्चा और सिक्किम डेमोक्रेटिक फ्रण्ट को क्रमश: 47.23 और 43.71 प्रतिशत मत प्राप्त हुए, वहीं भाजपा को केवल 4.69 प्रतिशत मत प्राप्त हुए। जबकि इसके साथ सम्पन्न हुए विधानसभा चुनाव में भाजपा को मात्र 1.62 प्रतिशत मत प्राप्त हुए। इस तरह एक साथ हुए चुनाव में भाजपा को लोकसभा के मुकाबले विधानसभा में लगभग एक-तिहाई से कम मत प्राप्त हुए। 2014 के लोकसभा चुनाव में भी यही स्थिति थी। सिक्किम क्रांतिकारी मोर्चा और सिक्किम डेमोक्रेटिक फ्रण्ट को क्रमश: 39.47 प्रतिशत और 52.98 प्रतिशत मत प्राप्त हुए, वहीं भाजपा को केवल 2.36 प्रतिशत और भारतीय राष्ट्रीय कांग्रेस को 2.33 प्रतिशत मत प्राप्त हुए। जबकि 2014 में साथ सम्पन्न हुए विधानसभा चुनाव में भाजपा को मात्र 0.7 प्रतिशत और भारतीय राष्ट्रीय कांग्रेस को 1.4 प्रतिशत मत प्राप्त हुए। इस तरह साथ हुए चुनाव में दोनों राष्ट्रीय पार्टियों को लोकसभा के मुकाबले विधानसभा में कम मत प्राप्त हुए।

जहाँ तक राष्ट्रीय एवं राज्य-स्तरीय मुद्दों के मध्य अन्तर समझने को लेकर मतदाताओं की दृष्टि का सवाल है, इसे दिल्ली राज्य में हाल ही में हुए चुनाव के माध्यम से भी समझा जा सकता है। दिल्ली में मई 2019 में हुए लोकसभा के आम चुनाव में जहाँ भाजपा 58.86 प्रतिशत मत प्राप्त कर सात में से सात सीट जीतने में सफल हुई थी, तो वहीं मात्र आठ महीने बाद फरवरी 2020 में सम्पन्न हुए विधानसभा चुनाव में भाजपा मात्र 38.51 प्रतिशत मत पाकर 70 में से केवल 8 सीट जीत सकी, जबकि वहाँ की स्थानीय पार्टी 'आम आदमी पार्टी' विधानसभा चुनाव में

53.57 प्रतिशत मत पाकर 62 सीट जीतने में सफल हुई। भारतीय राष्ट्रीय कांग्रेस को केवल 4.26 प्रतिशत मत प्राप्त हो सका और एक भी सीट नहीं मिली। दिल्ली का यह दृष्टान्त यह सिद्ध करने के लिए पर्याप्त है कि जनता में मुद्दों को लेकर समझ प्रत्येक स्थिति में कायम रहता है। दिल्ली राज्य के मतदाताओं का राष्ट्रीय मुद्दों और राज्य-स्तरीय मुद्दों को लेकर दृष्टिकोण बिल्कुल स्पष्ट था। केवल आठ महीने में यह बदलाव केन्द्र सरकार के कार्य का मूल्यांकन करने के कारण नहीं था, बल्कि इसलिए था क्योंकि उन्होंने राज्य-स्तरीय मुद्दों के लिए आम आदमी पार्टी पर ज्यादा भरोसा दिखाया। यह नहीं हो पाया कि मात्र आठ महीने के अन्तराल पर हुए लोकसभा और विधानसभा के चुनाव में वहाँ के मतदाता मुद्दों के बीच अन्तर समझने में विफल हो गए हों।

उड़ीसा, आंध्रप्रदेश, सिक्किम और दिल्ली के उक्त दृष्टान्त कम-से-कम इस तर्क को पूरी तरह नकारते हैं कि एक साथ चुनाव कराने से मतदाता मुद्दों को लेकर भ्रम की स्थिति में होंगे या उनके मन-मस्तिष्क में राष्ट्रीय मुद्दे स्थानीय मुद्दों पर हावी हो जाएँगे और इसका लाभ केन्द्र की राजनीति में प्रभाव रखने वाली पार्टी को मिलेगा। लोकसभा और विधानसभा का चुनाव एक साथ होने या कुछ अन्तराल पर होने के कारण न तो राष्ट्रीय पार्टियों को अतिरिक्त लाभ मिल पाया और न ही स्थानीय मुद्दे राष्ट्रीय मुद्दों के सामने गौण हुए।

यह अविवादित है कि तीनों स्तर के प्रत्यक्ष-निर्वाचित विधायिका— केन्द्र में लोकसभा, राज्य में विधानसभा और स्थानीय इकाई में नगर निकाय/ग्राम पंचायत के चुनावी मुद्दे अलग-अलग हैं। जहाँ लोकसभा चुनाव में राष्ट्रीय एवं अन्तर्राष्ट्रीय स्तर के मुद्दे होते हैं, वहीं विधानसभा चुनाव में राज्य-स्तरीय मुद्दे और नगर निकाय-ग्राम पंचायत चुनाव में स्थानीय मुद्दे होते हैं। यद्यपि ऐसी आशंका करने का कोई औचित्य नहीं है कि राष्ट्रीय, राज्य-स्तरीय या स्थानीय मुद्दे किसी भी स्थिति में गौण हो जाएंगे, किन्तु यदि ऐसी कोई आशंका है, तो इसका निराकरण कई तरीके से किया जा सकता है। जैसे इन तीनों स्तर के विधायी संस्था के निर्वाचन हेतु अलग-अलग पोलिंग बूथ पर कुछ समय के अन्तराल पर मतदान

   एक देश-एक चुनाव : भारत में राजनीतिक सुधार की संभावनाएँ

कराया जा सकता है या एक देश-एक चुनाव की त्रिस्तरीय योजना लागू की जा सकती है, ताकि मतदाताओं के मन में इन अलग-अलग चुनावी मुद्दों को लेकर कोई भ्रम न रहने पाये।

राष्ट्रीय आपातकाल : कार्यकाल वृद्धि से उपजा सवाल

अनुच्छेद 83(2) के अन्तर्गत लोकसभा का कार्यकाल इसकी पहली बैठक की तिथि से पाँच वर्ष का होगा, जब तक कि इसे पहले ही न भंग कर दिया गया हो। किन्तु इसका 'परन्तुक' कहता है कि आपातकाल की घोषणा के दौरान लोकसभा का कार्यकाल एक वर्ष तक की अवधि के लिए बढ़ाया जा सकता है। इसी तरह अनुच्छेद 172(1) के अनुसार प्रत्येक राज्य के विधानसभा का कार्यकाल इसकी पहली बैठक की तिथि से पाँच वर्ष का होगा, जब तक कि इसे पहले ही न भंग कर दिया गया हो। किन्तु इसका 'परन्तुक' कहता है कि आपातकाल की घोषणा के दौरान विधानसभा का कार्यकाल एक वर्ष तक की अवधि के लिए बढ़ाया जा सकता है।

उक्त दोनों प्रावधानों के परन्तुक को एक देश-एक चुनाव की अवधारणा के विपरीत बताया जाता है। यदि अनुच्छेद 83(2) के परन्तुक का प्रयोग करके लोकसभा का कार्यकाल बढ़ाया जाता है, और उसी समय अनुच्छेद 172(1) का प्रयोग करके किसी राज्य का या सभी राज्यों के विधानसभा का कार्यकाल नहीं बढ़ाया जाता है, तो कार्यकाल-व्यतिक्रम पैदा होना स्वाभाविक है। इसके कारण एक देश-एक चुनाव की अवधारणा साकार नहीं हो सकती है। 1977 के आपातकाल के दौरान ऐसा ही किया गया था। लोकसभा का कार्यकाल 10 महीने के लिए तो बढ़ाया गया था, किन्तु राज्यों के विधानसभा का कार्यकाल नहीं बढ़ाया गया था।

निश्चित ही आपातकाल के दौरान कार्यकाल बढ़ाने वाले उक्त प्रावधान एक साथ चुनाव में व्यतिक्रम पैदा कर सकते हैं, किन्तु इस समस्या का समाधान बहुत सरल है। लोकसभा एवं विधानसभा के कार्यकाल बढ़ाने से सम्बन्धित अलग-अलग प्रावधान होने के कारण आपातकाल के प्रभाव को लेकर सामंजस्य नहीं बन पाता है। किन्तु एक स्वाभाविक सा प्रश्न पैदा

होता है कि यदि राष्ट्रीय आपातकाल के कारण लोकसभा का कार्यकाल बढ़ाने की आवश्यकता हुई है, तो राज्यों के विधानसभा का कार्यकाल बढ़ाने की आवश्यकता क्यों नहीं होगी? इस दृष्टि से उक्त दोनों प्रावधानों के मध्य सामंजस्य बनाने की आवश्यकता है। यदि यह प्रावधान बना दिया जाय कि राष्ट्रीय आपातकाल के दौरान लोकसभा का कार्यकाल बढ़ाए जाने के साथ समस्त राज्यों के विधानसभा का कार्यकाल उतनी ही अवधि के लिए बढ़ाया जाएगा, तो इस समस्या का समाधान हो जाएगा। ऐसा प्रावधान होने से एक देश-एक चुनाव की अवधारणा में व्यतिक्रम नहीं हो पाएगा और लोकसभा एवं विधानसभा के कार्यकाल में एकरूपता बनी रहेगी।

यह भी प्रावधान बनाया जाना उचित है कि आपातकाल के दौरान जितनी अवधि के लिए लोकसभा एवं विधानसभा का कार्यकाल बढ़ाया गया है, अगले निर्मित होने वाले लोकसभा एवं विधानसभा का कार्यकाल उतनी अवधि के लिए छोटा कर दिया जाएगा, ताकि चुनावी वर्ष भी स्थिर बना रहे और स्थानीय इकाई के चुनाव के साथ तालमेल भी बना रहे।

दौरान कार्यकाल विधायिका भंग करने से उपजा सवाल

संविधान के अनुच्छेद 83(2) और अनुच्छेद 172(1) के अनुसार लोकसभा और राज्य के विधानसभा का कार्यकाल पाँच वर्ष है, जब तक कि ये पहले ही भंग न कर दिया जाए। अनुच्छेद 85(2)(ख) के अन्तर्गत राष्ट्रपति लोकसभा को और अनुच्छेद 174(2)(ख) के अन्तर्गत राज्यपाल विधानसभा को समय-समय पर भंग कर सकता है। संघक्षेत्र शासन अधिनियम, 1963 की धारा 5 के अनुसार भी संघशासित क्षेत्रों के विधानसभा का कार्यकाल पाँच वर्ष है, जब तक कि ये पहले ही भंग न कर दिया जाए। इस अधिनियम की धारा 6 के अन्तर्गत प्रशासक संघशासित क्षेत्रों के विधानसभा को समय-समय पर भंग कर सकता है।

इसी तरह अनुच्छेद 243-ई और 243-यू के अनुसार पंचायत और नगर निकाय का कार्यकाल पाँच वर्ष है, जब तक कि ये पहले ही भंग न कर दिया जाए। अलग-अलग राज्य द्वारा अपनाये गये अलग-अलग

कानून के अन्तर्गत राज्य सरकार के पास ग्राम पंचायत या नगर निकाय को भंग करने की शक्ति है। जैसे उत्तर प्रदेश राज्य में लागू पंचायत राज अधिनियम, 1947 की धारा 95(1)(एफ) के अन्तर्गत ग्राम पंचायत को; नगरपालिका अधिनियम, 1916 की धारा 30 के अन्तर्गत नगर पालिका को और नगर निगम अधिनियम, 1959 की धारा 538 के अन्तर्गत नगर निगम को पाँच वर्ष कार्यकाल पूर्ण होने के पहले भंग किया जा सकता है। उत्तर प्रदेश राज्य के कानूनों के अन्तर्गत कर्तव्य निर्वहन करने में बार-बार विफल होने जैसे आधार पर पंचायत एवं नगर निकायों को भंग किया जा सकता है। यह शक्ति कुछ वैसे ही है, जैसे राष्ट्रपति 356(1) के अन्तर्गत प्रयोग करता है।

अनुच्छेद 85(2)(ख) और अनुच्छेद 174(2)(ख) और धारा 5 के प्रावधान उन परिस्थितियों को स्पष्ट नहीं करते हैं, जब लोकसभा या विधानसभा भंग किये जा सकते हैं। ये प्रावधान यह भी स्पष्ट नहीं करते हैं कि लोकसभा और विधानसभा को किस आधार पर भंग किया जा सकता है। किन्तु यहाँ प्रयुक्त शब्दावली 'समय-समय पर' का सामान्य सन्दर्भ यही है कि पंचवर्षीय कार्यकाल पूर्ण होने पर लोकसभा/विधानसभा भंग किया जाएगा, जब तक कि विशेष आपवादिक संवैधानिक संकट न आ जाये। लचीलापन होने के कारण ये प्रावधान कार्यकाल पूर्ण होने के बाद और कार्यकाल पूर्ण होने के पूर्व, दोनों स्थिति में सामान्य तरीके से लागू किया जाता है।

एक देश-एक चुनाव की अवधारणा के विरोध में एक तर्क यह दिया जाता है कि भंग करने सम्बन्धित उक्त प्रावधान लोकसभा एवं विधानसभा के कार्यकाल में अप्रत्याशित बदलाव करते हैं और इस कारण निश्चित कार्यकाल से आगे या पीछे इन विधायिकाओं का चुनाव कराना अपरिहार्य हो जाता है और इनसे उपजी परिस्थितियाँ एक देश-एक चुनाव की अवधारणा को लागू करने में बाधा पैदा करती हैं। कमोबेश 1952, 1957, 1962 और 1967 के बाद यदि एक देश-एक चुनाव का क्रम टूटा है, तो उसका कारण 1968 से 1969 के दौरान कई विधानसभाओं को और 1970 में लोकसभा को समय से पूर्व भंग किया जाना था। अभी

तक छह बार अलग-अलग कारणों से लोकसभा को उसका कार्यकाल पूर्ण होने के पहले भंग किया गया है। इसे निम्न तालिका के माध्यम से समझा जा सकता है—

लोकसभा	कार्यकाल पूर्ण होने की तिथि	भंग होने की तिथि	कितना दिन पूर्व भंग किया गया
चौथा	15/03/1972	27/12/1970	1 वर्ष 2 महीना
छठां	24/03/1982	22/08/1979	2 वर्ष 7 महीना
नौवां	17/12/1994	31/03/1991	3 वर्ष 9 महीना
ग्यारहवां	21/05/2001	04/12/1997	3 वर्ष 6 महीना
बारहवां	22/03/2003	26/04/1999	3 वर्ष 11 महीना
तेरहवां	19/10/2004	06/02/2004	8 महीना

इसी तरह भारत के राज्यों के विधानसभा भी अलग-अलग कारणों से भंग होते रहे हैं। लोकसभा या विधानसभा को समयपूर्व भंग करने के निम्न छह प्रमुख कारण हो सकते हैं—

1. जब चुनाव के बाद लोकसभा या विधानसभा में त्रिशंकु की स्थिति पैदा हो जाय और किसी भी पार्टी को पूर्ण बहुमत नहीं मिल पाये। त्रिशंकु लोकसभा/विधानसभा की स्थिति में सरकार नहीं बन पाने के कारण इन्हें भंग करना पड़ता है।

2. जब केन्द्र या राज्य सरकार के खिलाफ लोकसभा या विधानसभा में अविश्वास प्रस्ताव पारित हो जाय और उसके पश्चात कोई अन्य राजनीतिक पार्टी या गठबंधन बहुमत की सरकार बनाने में विफल हो जाय, तो ऐसी स्थिति में नया चुनाव कराने के उद्देश्य से लोकसभा या विधानसभा भंग करना पड़ता है।

3. जब केन्द्र या राज्य की सरकार पार्टी टूटने या अन्य किसी कारण से अल्पमत में आ जाय और अन्य पार्टियों के पास सरकार बनाने के लिए आवश्यक बहुमत नहीं हो, तो ऐसी स्थिति में नया चुनाव कराने के उद्देश्य से लोकसभा या विधानसभा को भंग

     एक देश-एक चुनाव : भारत में राजनीतिक सुधार की संभावनाएँ

करना पड़ता है।

4. जब अनुच्छेद 3 के अन्तर्गत राज्य का विभाजन करने जैसी विशेष परिस्थिति आ जाय, तो राज्यपाल विधानसभा भंग कर सकता है।

5. जब कोई राज्य सरकार संविधान के अनुसार चलने में विफल हो तो केन्द्र द्वारा अनुच्छेद 356 की शक्ति का प्रयोग करके राष्ट्रपति शासन लगाया जा सकता है और विधानसभा को भंग भी किया जा सकता है।

6. जब सरकार अपनी राजनीतिक सुविधा के लिए कार्यकाल पूर्ण होने के पूर्व चुनाव कराने की अनुशंसा करे, तो ऐसी स्थिति में कार्यकाल से पूर्व ही लोकसभा या विधानसभा को भंग करना पड़ता है।

भारत में मौजूद सभी प्रत्यक्ष-निर्वाचित विधायी संस्थाओं[1] में से किसी एक को भी उसका कार्यकाल पूर्ण होने के पूर्व यदि भंग किया जाता है तो इनके कार्यकाल-स्थिति का तारतम्य टूटना और लोकसभा एवं विधानसभा का चुनाव अलग-अलग होना स्वाभाविक है। यदि हम एक देश-एक चुनाव की अवधारणा को लेकर आगे बढ़ते हैं, तो उक्त छह कारणों का समाधान निकालना आवश्यक है।

जहाँ तक राजनीतिक सुविधा वाला छठाँ कारण है, इस पर कड़ाई से रोक लगाया जा सकता है और लगाया ही जाना चाहिए। सरकार को मात्र अपनी राजनीतिक सुविधा के लिए कार्यकाल पूर्ण होने के पूर्व लोकसभा या विधानसभा भंग करने की अनुमति नहीं दी जा सकती है। संविधान भी ऐसे किसी आधार को मान्यता नहीं देता है। और फिर जब हम एक देश-एक चुनाव की अवधारणा को लेकर व्यवस्था बनाएँगे, तो यह बात स्पष्ट करना ही होगा कि अब केवल राजनीतिक सुविधा के लिए लोकसभा या विधानसभा को समयपूर्व भंग करने की संस्तुति नहीं की जा सकेगी।

पहला और दूसरा कारण किसी एक पार्टी को बहुमत न प्राप्त होने

---

1. एक लोकसभा और 31 राज्य विधानसभा

से जुड़ा सवाल है। इसका समाधान आर. वी. वी. प्रणाली[1] है। यह प्रणाली अपनाकर बहुमत की सरकार प्राप्त किया जा सकता है और लोकसभा/ विधानसभा को समयपूर्व भंग होने से बचाया जा सकता है।

तीसरा कारण राज्य के विभाजन से उपजी विशेष परिस्थिति है। राज्य के विभाजन के साथ विधानसभा का भी विभाजन अपरिहार्य हो जाता है। विभाजित राज्यक्षेत्र हेतु बनने वाले नये विधानसभा को शेष कार्यकाल के लिए न बनाये रखने का कोई औचित्य नहीं है। यदि विभाजित नये राज्यक्षेत्र के विधानसभा में किसी पार्टी को बहुमत प्राप्त है, तो उसे सरकार बनाने देना चाहिए। यदि बहुमत नहीं प्राप्त है, तो आर. वी. वी. प्रणाली का प्रयोग करके बहुमत की सरकार प्राप्त किया जा सकता है और विभाजन के बावजूद विधानसभा का कार्यकाल पाँच वर्ष पूरा होने दिया जा सकता है। चौथे और पाँचवें कारण पर हम विस्तार से चर्चा आगे करेंगे।

संसदीय परंपरा और अविश्वास प्रस्ताव सम्बन्धी चुनौती

प्रचलित संसदीय परंपरा के अनुसार विपक्ष का यह अधिकार है कि वह शासन के खिलाफ अविश्वास प्रस्ताव लाये। यदि लोकसभा या विधानसभा में विपक्ष द्वारा लाया गया अविश्वास प्रस्ताव पारित हो जाता है, तो सरकार को इस्तीफा देना पड़ता है।

भारतीय संविधान में अविश्वास प्रस्ताव को लेकर कोई प्रावधान नहीं है। इसका अनुच्छेद 75(3) और 164(2) केवल इतना ही कहता है कि संघ का मंत्रिपरिषद सामूहिक रूप से लोकसभा के प्रति और राज्य का मंत्रिपरिषद सामूहिक रूप से विधानसभा के प्रति जवाबदेह होगा। इसी के अनुक्रम में अनुच्छेद 118 और 208 के अन्तर्गत लोकसभा एवं विधानसभा के पास व्यवस्था-संचालन हेतु आवश्यक नियम बनाने की शक्ति प्राप्त है। अनुच्छेद 118 द्वारा प्रदत्त शक्ति का प्रयोग कर 'लोकसभा प्रक्रिया एवं कार्य संचालन नियम' बनाया गया है। इसके नियम 198 के अन्तर्गत कोई भी लोकसभा सदस्य सरकार के खिलाफ अविश्वास प्रस्ताव

---

1. विस्तार के लिए देखें, इस पुस्तक का पृष्ठ संख्या 69

की नोटिस दे सकता है। इस अविश्वास प्रस्ताव पर कम-से-कम पचास सदस्यों का हस्ताक्षर होना आवश्यक है। इसी तरह अलग-अलग राज्यों के विधानसभा के संचालन के लिए अनुच्छेद 208 की शक्ति का प्रयोग करके अलग-अलग नियम मंत्रिपरिषद के खिलाफ अविश्वास प्रस्ताव लाने के लिए बनाये गये हैं।

लोकसभा में सरकार के खिलाफ अविश्वास प्रस्ताव पारित होने के बाद दो स्थिति बनती है। या तो पूरा मंत्रिपरिषद इस्तीफा दे देगा और कोई अन्य राजनीतिक पार्टी/गठबंधन सरकार बनाने का दावा करेगी/करेगा या फिर ऐसा कोई संतोषजनक दावा न किए जाने पर लोकसभा भंग कर दुबारा चुनाव कराया जाएगा। लगभग ऐसी ही व्यवस्था राज्यों में भी है। यदि राज्य सरकार के खिलाफ विधानसभा में अविश्वास प्रस्ताव पारित हो जाता है, तो या तो पूरा मंत्रिपरिषद इस्तीफा दे देगा और कोई अन्य राजनीतिक पार्टी/गठबंधन सरकार बनाने का दावा करेगी/करेगा या फिर ऐसा कोई संतोषजनक दावा न किए जाने पर विधानसभा भंग कर दुबारा चुनाव कराया जाएगा।

संविधान लागू होने के बाद अभी तक 27 बार केन्द्र सरकार को अविश्वास प्रस्ताव का सामना करना पड़ा है। इसमें से दो बार 1979 और 1999 में केन्द्र सरकार के खिलाफ लोकसभा में लाये गये अविश्वास प्रस्ताव के कारण मोरारजी देसाई सरकार और अटलबिहारी वाजपेयी सरकार गिर चुकी है।

देश में कुल 32 प्रत्यक्ष निर्वाचित विधायिका[1] हैं। यह नहीं कहा जा सकता है कि इन सभी की स्थिति एक जैसी होगी। स्वाभाविक सी बात है कि इन विधायिकाओं में अलग-अलग समय पर अविश्वास प्रस्ताव लाया जा सकता है। इस कारण इनके कार्यकाल में भी व्यतिक्रम पैदा हो सकता है और समयपूर्व चुनाव कराने की स्थिति बन सकती है। यह स्थिति भी एक देश-एक चुनाव की अवधारणा के लिए एक बाधा है। अविश्वास प्रस्ताव के इस व्यवस्था के बने रहते इस अवधारणा को सफल

---

1. एक लोकसभा और 31 विधानसभा

नहीं बनाया जा सकता है।

जर्मन संविधान में इस समस्या का समाधान उत्तराधिकारी का बाध्यकारी चयन सुनिश्चित करने वाले प्रावधान के माध्यम से निकाला गया है। इसके अनुच्छेद 67[1] के अनुसार बुण्डेसताग[2] संघीय चान्सलर[3] में अविश्वास उसके उत्तराधिकारी का चयन करके कर सकता है। इस तरह वहाँ की विधायिका कार्यपालिका प्रमुख के खिलाफ अविश्वास प्रस्ताव तभी पारित कर सकती है, जब वह इसके साथ उसके उत्तराधिकारी का भी चुनाव करे। ऐसा ही कुछ विचार प्राण चोपड़ा ने अपने लेख में दिया है। उनके अनुसार पदारुढ़ व्यक्ति में अविश्वास और इसके विकल्प में विश्वास पर एक साथ मत कराने की व्यवस्था ज्यादा सुरक्षित तरीका है।

चोपड़ा के उक्त विचार का उल्लेख करते हुए विधि आयोग ने भी अपने 170वें रिपोर्ट के पैरा संख्या 7.1.4 के अन्तर्गत लोकसभा संचालन नियम में नया नियम 198-क जोड़ने का सुझाव दिया है। इस प्रस्तावित नियम 198-क के माध्यम से निम्न तीन प्रमुख सुझाव दिए गए हैं—

1. यदि एक बार अविश्वास प्रस्ताव पर चर्चा एवं मतदान करा लिया गया है, तो मंत्रिपरिषद के खिलाफ दो वर्ष के अन्दर नया अविश्वास प्रस्ताव नहीं लाया जा सकेगा।

2. यदि एक बार मंत्रिपरिषद में विश्वास व्यक्त कर दिया गया है, तो इस मंत्रिपरिषद के खिलाफ दो वर्ष के अन्दर अविश्वास प्रस्ताव नहीं लाया जा सकेगा।

3. जब तक अविश्वास प्रस्ताव के साथ किसी नामित व्यक्ति के प्रति विश्वास होने का प्रस्ताव न जुड़ा हो, अविश्वास प्रस्तुत करने की अनुमति नहीं दिया जाएगा। केवल किसी नामित व्यक्ति के पक्ष में विश्वास व्यक्त करने वाले प्रस्ताव को मतदान के लिए प्रस्तुत किया जाएगा।

तीसरे सुझाव का प्रभाव यह है कि यदि विधायिका विपक्ष द्वारा प्रस्तावित व्यक्ति के पक्ष में विश्वास व्यक्त कर देती है, तो यह मान लिया

---

1. शीर्षक नाम- अविश्वास का रचनात्मक मत 2. जर्मनी का निचला सदन
3. जर्मनी का कार्यपालिका प्रमुख

जाएगा कि कार्यरत मंत्रिपरिषद में लोकसभा/विधानसभा का विश्वास नहीं रह गया है। तब ऐसे मंत्रिपरिषद को इस्तीफा देना पड़ेगा।

विधि आयोग का पहला और दूसरा सुझाव भारत के लिए नया नहीं है। इसमें अन्तर्निहित सिद्धान्त को कई राज्यों में ग्राम प्रधान के सम्बन्ध में स्वीकार किया गया है। उत्तर प्रदेश पंचायत राज अधिनियम, 1947 की धारा 14 ऐसा ही एक प्रावधान है। अत: इस व्यवस्था को संघ और राज्य के मंत्रिपरिषद के सम्बन्ध में लागू करने में कोई समस्या नहीं आनी चाहिए। हार्स ट्रेडिंग (सौदेबाजी) पर काफी हद तक अंकुश लगाया जा सकता है। विधायिका ने यदि किसी मंत्रिपरिषद में एक बार विश्वास प्रस्ताव पारित करके या अविश्वास प्रस्ताव खारिज करके विश्वास व्यक्त किया है, तो कुछ सोचकर ही विश्वास व्यक्त किया होगा। इसलिए पुन: कुछ ही समय बाद अविश्वास प्रस्ताव लाने की छूट देना अतार्किक है। इसके लिए एक न्यूनतम समय सीमा निश्चित किया ही जाना चाहिए। विधि आयोग ने दो वर्ष की समय सीमा प्रस्तावित किया है। विधायिका के पाँच वर्ष के कार्यकाल को देखते हुए इस समय सीमा को दो वर्ष के बजाय ढाई वर्ष किया जा सकता है। इसका लाभ यह होगा कि एक बार विश्वास प्राप्त करने वाला मंत्रिपरिषद सुरक्षित तरीके से ढाई वर्ष यानी आधा कार्यकाल तक कार्य कर सकेगा। यदि इसके बाद अविश्वास प्रस्ताव लाया जाता है, और यह अविश्वास प्रस्ताव गिर जाता है, तो मंत्रिपरिषद सुरक्षित तरीके से अपना बाकी कार्यकाल पूर्ण कर लेगा।

विधि आयोग का तीसरा सुझाव जर्मन संविधान पर आधारित है। इस सुझाव की समीक्षा भारतीय संविधान अन्तर्गत स्वीकृत संसदीय प्रणाली आधारित लोकतांत्रिक मूल्य की कसौटी पर कसना आवश्यक है। विधि आयोग का सुझाव इस सिद्धान्त पर आधारित है कि यदि विपक्ष कोई वैकल्पिक नेता नहीं प्रस्तावित कर पाता है या यदि विपक्ष द्वारा प्रस्तावित किसी व्यक्ति के पक्ष में लोकसभा/विधानसभा विश्वास नहीं व्यक्त कर पाता है, तो यह मान लिया जाएगा कि सरकार के पास लोकसभा/विधानसभा के बहुमत का विश्वास हासिल है। सवाल पैदा होता है कि यदि विपक्ष में विघटन की स्थिति है और वह किसी बहुमत वाले नेता

का नाम प्रस्तावित नहीं कर पा रहा है, तो क्या इसका लाभ सरकार को अल्पमत में आ जाने के बावजूद भी मिलना चाहिए?

ऐसी स्थिति बनने से इन्कार नहीं किया जा सकता है कि एक ही समय सरकार बहुमत का विश्वास भी खो दे और विपक्ष के पास ऐसा कोई नेता न हो, जिसको सदन का विश्वास हासिल हो। अब यदि विधि आयोग के तीसरे सुझाव को मान लिया जाता है तो परीक्षण सरकार का नहीं, बल्कि विपक्ष का होगा कि वह विश्वास लायक व्यक्ति सामने लेकर आये। इस स्थिति को मान्य करना एक तरह से अल्पमत की सरकार को बने रहने का अवसर देने जैसा होगा। इसे न तो संविधान सम्मत कहा जा सकता है और न लोकतांत्रिक मूल्यों के अनुकूल। सबसे महत्त्वपूर्ण बात यह है कि विधि आयोग का तीसरा सुझाव एक निश्चित समय के बाद भी सरकार के परीक्षण की व्यवस्था को इन्कार कर देता है। यह अल्पमत को न्यायोचित ठहराने वाली ऐसी व्यवस्था है, जिसे नंगी आँखों से देखा जाता रहेगा। इससे बड़ी शायद ही कोई और संवैधानिक त्रासदी हो।

तीसरा सुझाव देते समय विधि आयोग के मन-मस्तिष्क में सरकार को स्थायित्व प्रदान करने का भाव ज्यादा प्रभावी था, भले ही यह संसदीय प्रणाली के लोकतांत्रिक मूल्यों एवं संवैधानिक प्रावधानों के खिलाफ हो। विधि आयोग ने जिस शीर्षक के अन्तर्गत यह सुझाव दिया है, उसका नाम भी 'यह प्रावधान स्थायी सरकार सुनिश्चित करने का उद्देश्य रखने वाला है' रखा हुआ है।

यहाँ जब हम एक देश-एक चुनाव की अवधारणा के परिप्रेक्ष्य में अविश्वास प्रस्ताव की चुनौती पर चर्चा कर रहे हैं, तब सवाल इस पर केन्द्रित होना चाहिए कि कैसे लोक सभा/ विधानसभा को स्थायित्व प्रदान किया जाय, न कि इस पर कि कैसे सरकार को स्थायित्व प्रदान किया जाय। सवाल यह होना चाहिए कि कैसे ये प्रत्यक्ष निर्वाचित विधायी संस्थाएं अपना कार्यकाल पूरा करें और बहुमत की सरकार बनने देने में भी ये विधायी संस्थाएं लोकतांत्रिक तरीके से अपनी भूमिका निभाये।

एक निश्चित समय सीमा के बाद विपक्ष के अविश्वास प्रस्ताव लाने के अधिकार को हम इस तरीके से नहीं दबा सकते हैं। यदि सरकार के

    एक देश-एक चुनाव : भारत में राजनीतिक सुधार की संभावनाएँ

पास लोकसभा/विधानसभा में बहुमत का विश्वास नहीं है तो उसे जाना ही होगा। हां, तब हमें एक बेहतर उपाय ढूढ़ना होगा। ऐसा उपाय, जिससे लोकसभा/विधानसभा अपना कार्यकाल पूर्ण कर ले और लोकतांत्रिक तरीके से बहुमत वाली सरकार का गठन भी हो जाय।

इस दृष्टि से जब अविश्वास प्रस्ताव पारित होने से उपजी समस्या के समाधान की बात करते हैं, तो आर. वी. वी. प्रणाली[1] का प्रयोग करना एक सर्वोत्तम उपाय है। यदि सरकार के खिलाफ अविश्वास प्रस्ताव पारित हो जाता है और कोई दूसरी पार्टी/गठबन्धन सरकार बनाने में विफल रहता है, तो ऐसी स्थिति में इस प्रणाली का प्रयोग कर बहुमत की सरकार का गठन किया जा सकता है और लोकसभा/विधानसभा को उसके कार्यकाल पूर्व भंग होने से बचाया भी जा सकता है। यह न केवल लोकतांत्रिक मूल्यों के, बल्कि संवैधानिक प्रावधान के अनुकूल है।

राष्ट्रपति शासन के कारण उपजी समस्या

किसी राज्य के विधानसभा का समयपूर्व भंग होने का एक महत्त्वपूर्ण कारण राष्ट्रपति शासन लगाया जाना है, जिसे अनुच्छेद 356 के खण्ड (1) के अन्तर्गत राष्ट्रपति द्वारा उद्घोषणा जारी करके किया जाता है। राष्ट्रपति इस शक्ति का प्रयोग राज्य सरकार के संविधान अनुसार चलने में विफल होने पर कर सकता है। इसी तरह संघशासित क्षेत्रों के सम्बन्ध में भी राष्ट्रपति ऐसी शक्ति का प्रयोग संघक्षेत्र शासन अधिनियम, 1963 की धारा 51 के अन्तर्गत इस अधिनियम का उल्लंघन होने पर कर सकता है।

राज्यों और संघशासित क्षेत्रों में लगाए गए राष्ट्रपति शासन का उल्लेख करते हुए सुप्रीम कोर्ट ने एस. आर. बोम्मई निर्णय के पैरा 7 में टिप्पणी किया है कि 1991 तक राज्यों में 82 बार और संघशासित क्षेत्रों में 13 बार राष्ट्रपति शासन लगाया गया है। इसमें से 23 बार मुख्यमंत्री के परामर्श पर या उनके इस्तीफा देने पर विधानसभा भंग किया गया है। अनुच्छेद 356 की शक्ति के प्रयोग का यह आँकड़ा अब बढ़कर लगभग

---

1. विस्तार के लिए देखें, इस पुस्तक का पृष्ठ संख्या 69

सवा सौ बार हो गया है। इस तरह से भी विधानसभा भंग होने के कारण एक देश-एक चुनाव की अवधारणा लागू करने में बाधा पैदा होती है।

अनुच्छेद 356 की शक्ति के प्रयोग से उपजी समस्या का उल्लेख करते हुए विधि आयोग ने अपनी 170वें रिपोर्ट में टिप्पणी किया है कि 'जिस मामले में संविधान के अनुच्छेद 356 के अन्तर्गत प्राप्त शक्ति का प्रयोग करके राज्य विधानसभा कार्यकाल पूर्ण होने के पूर्व ही भंग किया जाता है, विधानसभा का चुनाव निर्धारित समय सीमा के अन्दर कराना ही पड़ेगा। कभी-कभी यह होता है कि राज्य का कोई मुख्यमंत्री राज्यपाल को विधानसभा कार्यकाल पूर्ण होने के पूर्व भंग करने की सलाह दे देता है और यदि राज्यपाल ऐसी संस्तुति स्वीकार कर लेता है तो निर्धारित समय सीमा के अन्दर उस विधानसभा का नया चुनाव कराना ही पड़ेगा। दुर्भाग्य से 1994 तक अनुच्छेद 356 का अनियंत्रित तरीके से उपयोग किया गया है। कुछ उदाहरण ऐसे हैं, जब एक ही बार छह या उससे अधिक राज्य सरकार एवं विधानसभा को बर्खास्त/भंग किया गया है और इसके तुरन्त बाद इन विधानसभाओं का चुनाव कराने के लिए मजबूर किया गया। इसका परिणाम यह हुआ कि लोकसभा चुनाव का कार्यक्रम और विधानसभाओं के चुनाव का कार्यक्रम पूरी तरह अलग हो गया है।...'

किन्तु विधि आयोग की उक्त रिपोर्ट अनुच्छेद 356 के कारण उपजने वाली समस्या के समाधान पर मौन है। इसलिए इस समस्या के समाधान के रास्तों पर विचार करना आवश्यक है, ताकि भविष्य में इसके कारण एक देश-एक चुनाव की अवधारणा विचलित न होने पाये।

अनुच्छेद 356 के प्रावधान में राष्ट्रपति शासन लगाने के लिए जिस आधार का उल्लेख है, वह राज्य सरकार के संविधान अनुसार चलने में विफलता है। कई कारणों से कोई राज्य सरकार संविधान अनुसार चलने में विफल हो सकता है। जैसे जब राज्य सरकार केन्द्र सरकार के संवैधानिक दिशानिर्देश का पालन न करे, या जब राज्य सरकार जानबूझकर संविधान के खिलाफ कार्य करने लगे, या जब सरकार राज्य की सुरक्षा को खतरे में डालकर अपने संवैधानिक दायित्व का निर्वहन करने से मना कर दे, या जब कोई राज्य सरकार स्वतंत्र सम्प्रभु हैसियत का दावा करने लगे,

   एक देश-एक चुनाव : भारत में राजनीतिक सुधार की संभावनाएँ

इत्यादि। इनके अलावा कभी-कभी परिस्थितियाँ ऐसी आ जाती हैं, जब सरकार का गठन न हो पाने के कारण राज्य में संवैधानिक संकट पैदा हो जाता है। जैसे जब चुनाव बाद त्रिशंकु विधानसभा बन जाने के कारण कोई पार्टी सरकार बनाने की स्थिति में न हो या जब राज्य सरकार विधानसभा में अपना बहुमत खो दे। विधानसभा के विश्वास वाले सरकार का गठन न हो पाना भी संवैधानिक विफलता माना जाता है। इनमें से किसी एक कारण के उत्पन्न होने पर राष्ट्रपति शासन लगाया जा सकता है और विधानसभा को भी समयपूर्व भंग किया जा सकता है। राष्ट्रपति शासन लागू होते ही केन्द्र सरकार राज्य सरकार के स्थान पर कार्य करने की हैसियत प्राप्त कर लेता है और इस हैसियत से अनुच्छेद 174 के अन्तर्गत केन्द्र सरकार राज्यपाल को परामर्श देकर विधानसभा भंग करवा सकता है। इस तरह एक संवैधानिक प्रक्रिया के अन्तर्गत विधानसभा को भंग होना पड़ता है।

राष्ट्रपति शासन हेतु जारी होने वाले उद्घोषणा पर दो निर्बन्धन लगे हुए हैं। एक संसदीय निर्बन्धन और दूसरा न्यायिक निर्बन्धन। पहला निर्बन्धन यह है कि इस उद्घोषणा को संसद के दोनों सदनों द्वारा स्वीकृत किया जाना आवश्यक है। अनुच्छेद 356 के खण्ड (3) एवं (4) के अनुसार ऐसे प्रत्येक उद्घोषणा को संसद के समक्ष रखना होगा और दो महीने के अन्दर संसद के दोनों सदनों द्वारा स्वीकृत न किए जाने पर यह स्वत: रद्द हो जाएगा। स्वीकृत होने के बाद यह जारी होने की तिथि से छह महीने की अवधि के लिए बना रह सकेगा। इसे इतनी ही अवधि के लिए और बढ़ाया जा सकेगा, किन्तु ऐसी कोई उद्घोषणा तीन वर्ष से ज्यादा नहीं लागू रह सकेगी। ज्यादातर मामलों में यह निर्बन्धन मात्र कागजी प्रयोग बनकर रह जाता है, क्योंकि केन्द्र सरकार का लोकसभा में बहुमत रहता ही है और कुछ अपवादों को छोड़कर कमोबेश राज्यसभा में भी रहता है। यही कारण है कि अनुच्छेद 356 के खण्ड (1) के अन्तर्गत जारी की गई ज्यादातर उद्घोषणाएँ संसद द्वारा स्वीकृत हुए हैं। 1991 तक यदि इस शक्ति का प्रयोग 95 बार किया गया है, तो समझा जा सकता है कि किस तरह इसका बार-बार प्रयोग किया जाता रहा है और संसद से स्वीकृति भी मिलती रही है।

यह स्थिति तब है जब अनुच्छेद 356 (1) की शक्ति आपवादिक परिस्थिति से निपटने के लिए दिया गया है। संविधानसभा में चर्चा के दौरान बी. एम. गुप्ते ने आशा व्यक्त किया था कि यह प्रावधान मृत अक्षर की तरह बना रहेगा और इस असाधारण शक्ति का प्रयोग करने का कभी अवसर ही नहीं पैदा होगा। गुप्ते के इस विचार से सहमति व्यक्त करते हुए डॉ. बी. आर. अम्बेडकर ने सुझाव दिया कि यदि राष्ट्रपति ऐसी शक्ति का प्रयोग कर रहा है तो प्रान्तों के प्रशासन को निलम्बित करने के पूर्व वह उचित सावधानी बरतेगा। सर्वप्रथम वह कमी को लेकर चेतावनी देगा कि चीजे उस तरह नहीं हो रही हैं, जैसा संविधान में होने का आशय है। यदि यह चेतावनी असफल हो जाती है तब उसके लिए दूसरा कार्य चुनाव हेतु आदेश करने का होगा, ताकि उस राज्य की जनता मामले को खुद सुलझा ले।

राष्ट्रपति शासन पर न्यायिक पुनरीक्षण का निर्बन्धन

अनुच्छेद 356 (1) के अन्तर्गत जारी उद्घोषणा के खिलाफ दूसरा निर्बन्धन न्यायिक पुनरीक्षण है, जिसका प्रतिपादन सुप्रीम कोर्ट ने एस. आर. बोम्मई मामले (1994) में किया है। इस ऐतिहासिक मामले में सुप्रीम कोर्ट की संवैधानिक पीठ ने कहा है कि न्यायालय अपनी न्यायिक पुनरीक्षण शक्ति का प्रयोग करके अनुच्छेद 356 की उद्घोषणा को कुछ आधारों पर रद्द कर सकता है। इनमें से तीन प्रमुख आधार निम्न हैं—

1. जब राष्ट्रपति द्वारा बिना किसी सामग्री के उद्घोषणा जारी किया गया हो;

2. जब उद्घोषणा ऐसे विचार के साथ जारी किया गया हो, जो अनुच्छेद 356 के उद्देश्य से पूर्णतया असंगत या अप्रासंगिक हो;

3. जब अनुच्छेद 356 की शक्ति का प्रयोग दुराशय से किया गया हो।

एस. आर. बोम्मई मामले में न्यायमूर्ति बी. पी. जीवन रेड्डी ने निर्णय दिया है कि उद्घोषणा को रद्द करने के साथ न्यायालय के पास

बर्खास्त किए गए राज्य सरकार को पुनर्स्थापित करने और भंग किए गए विधानसभा को पुनर्जीवित करने की भी शक्ति प्राप्त है। इसी मामले में न्यायमूर्ति पी. बी. सावन्त ने यह भी निर्णय दिया है कि समुचित मामलों में न्यायालय के पास विचारण के दौरान विधानसभा के नए चुनाव को रोकने की भी शक्ति प्राप्त है। एस. आर. बोम्मई के इस निर्णय का सुप्रीम कोर्ट द्वारा रामेश्वर प्रसाद मामले (2006) में अनुसरण किया गया है। इस तरह भारत में अब यह एक स्थापित व्यवस्था हो गयी है कि अनुच्छेद 356 (1) के अन्तर्गत जारी उद्घोषणा से प्रभावित राज्य सरकार इसे न्यायालय के समक्ष चुनौती दे सकते हैं और समुचित आधार पाये जाने पर न्यायालय हस्तक्षेप कर सकता है और उद्घोषणा को रद्द भी कर सकता है।

एस. आर. बोम्मई मामले में सुप्रीम कोर्ट ने छह राज्यों —कर्नाटक, मेघालय, नागालैण्ड, मध्य प्रदेश, राजस्थान, हिमाचल प्रदेश— में राष्ट्रपति शासन लगाने की वैधता पर विचार किया था। कर्नाटक राज्य के मामले में अनुच्छेद 356(1) के अन्तर्गत जारी उद्घोषणा दिनांक 20/04/1989 की वैधता को कर्नाटक हाईकोर्ट के समक्ष रिट दाखिल करके चुनौती दी गई थी। कर्नाटक हाईकोर्ट के तीन न्यायाधीश की पूर्ण पीठ ने उद्घोषणा को वैध पाते हुए यह अभिनिर्धारित किया था कि राज्यपाल के रिपोर्ट को दुराशय के आधार पर चुनौती नहीं दिया जा सकता है। इस आदेश के खिलाफ सुप्रीम कोर्ट में अपील दाखिल किया गया। इसी तरह नागालैण्ड राज्य के सम्बन्ध में 07/08/1988 को और मेघालय राज्य के सम्बन्ध में 11/10/1991 को उद्घोषणा जारी कर इन राज्यों में राष्ट्रपति शासन लगाया गया था। मध्यप्रदेश, राजस्थान एवं हिमाचल प्रदेश में साम्प्रदायिक दंगा के आधार पर उद्घोषणा दिनांक 15/12/1992 जारी किया गया था और इन राज्यों के भाजपा सरकारों को हटाकर राष्ट्रपति शासन लगाया गया था। मध्य प्रदेश राज्य के सम्बन्ध में हाईकोर्ट ने उद्घोषणा दिनांक 15/12/1992 को असंवैधानिक घोषित किया था। हाईकोर्ट के इस आदेश के खिलाफ सुप्रीम कोर्ट में अपील दाखिल की गई थी। जबकि राजस्थान एवं हिमाचल प्रदेश से सम्बन्धित मामलों को सुप्रीम कोर्ट द्वारा हाईकोर्ट से मंगा लिया गया था।

उक्त सभी मामलों[1] में सुप्रीम कोर्ट द्वारा 11/03/1994 को निर्णय दिया गया। सुप्रीम कोर्ट ने कर्नाटक, मेघालय और नागालैण्ड के लिए जारी उद्घोषणा को असंवैधानिक पाया, जबकि मध्यप्रदेश, राजस्थान और हिमाचल प्रदेश के लिए जारी उद्घोषणा को असंवैधानिक नहीं पाया।

सुप्रीम कोर्ट द्वारा जब कर्नाटक, मेघालय और नागालैण्ड में राष्ट्रपति शासन लगाने वाले उद्घोषणा को असंवैधानिक घोषित करने का निर्णय दिया जा रहा था, उसके पहले ही इन राज्यों में नए विधानसभा का चुनाव सम्पन्न होकर नये सरकार का गठन किया जा चुका था। इस कारण सुप्रीम कोर्ट द्वारा कोई प्रत्यक्ष उपचार या राहत नहीं दिया जा सका। यदि कर्नाटक या नागालैण्ड या मेघालय मामले में एक तार्किक समयसीमा के अन्दर अन्तिम निर्णय आ गये होते और इन राज्यों में नये विधानसभा का चुनाव कराने में जल्दबादी नहीं की गई होती, तो शायद इनके विधानसभा अपना-अपना पाँच वर्षीय कार्यकाल पूरा कर लिए होते और ये राज्य दुबारा चुनाव में जाने से बच जाते।

यहाँ रामेश्वर प्रसाद मामले (2006) के तथ्य का भी उल्लेख करना आवश्यक है। फरवरी 2005 के चुनाव के बाद बिहार विधानसभा की स्थिति त्रिशंकु हो गयी थी। इसके बाद केन्द्र सरकार ने 23/05/2005 को उद्घोषणा जारी कर बिहार राज्य में राष्ट्रपति शासन लगा दिया और बिहार विधानसभा को भंग भी कर दिया। इस उद्घोषणा को हाईकोर्ट में चुनौती न देकर सीधे सुप्रीम कोर्ट में चुनौती दी गई। इस कारण सुप्रीम कोर्ट का अन्तिम निर्णय मात्र आठ महीने के अन्दर 24/01/2006 को आ गया। इस निर्णय में सुप्रीम कोर्ट ने उद्घोषणा दिनांक 23/05/2005 को असंवैधानिक घोषित कर दिया। किन्तु निर्णय आने के पूर्व अक्टूबर 2005 में ही नए विधानसभा के लिए चुनाव सम्पन्न किया जा चुका था और नये सरकार का गठन भी हो चुका था। इस कारण सुप्रीम कोर्ट का निर्णय लागू नहीं किया जा सका और यह मात्र एकेडमिक महत्त्व का निर्णय बनकर रह गया।

एस. आर. बोम्मई निर्णय या रामेश्वर प्रसाद निर्णय का अनुपालन न

---

1. अग्र मामला – एस. आर. बोम्मई का मामला

हो पाना भारत जैसे संवैधानिक मूल्यों के अनुसार चलने वाले देश और इसके संवेदनशील तंत्र के लिए चिन्ता का विषय हो सकता है। एस. आर. बोम्मई निर्णय के पूर्व तो 95 बार राज्यों/संघशासित क्षेत्रों में राष्ट्रपति शासन लागू किए गए थे और इस कारण कई बार राज्यों के विधानसभा को कार्यकाल पूर्ण होने के पूर्व ही भंग होना पड़ा था। यह शोध का विषय है कि बोम्मई सिद्धान्त के अनुसार ऐसी कितनी उद्घोषणाएं असंवैधानिक थी। इसका निष्कर्ष जो भी हो, किन्तु संविधानसभा बहस और इन दोनों निर्णयों से कई ऐसे सारवान बिन्दु निकलकर आते हैं, जिसे स्वस्थ परंपरा और स्पष्ट व्यवस्था का अंग बनाया जाना चाहिए। ऐसे कुछ सारवान बिन्दु निम्न हैं—

1. यह सुनिश्चित किया जाना चाहिए कि अनुच्छेद 356 का प्रावधान मृत अक्षर ही बना रहे और इस असाधारण शक्ति का प्रयोग करने का कभी अवसर ही न पैदा हो।

2. यदि राष्ट्रपति अनुच्छेद 356(1) की शक्ति का प्रयोग करना चाहता है, तो ऐसा करने के पूर्व राष्ट्रपति की यह जिम्मेदारी है कि वह राज्य को चेतावनी दे और बताये कि राज्य सरकार इस कारण संविधान अनुसार चलने में विफल है। राज्य सरकार द्वारा सकारात्मक कदम न उठाये जाने के बाद ही राष्ट्रपति शासन लगाया जाना चाहिए।

3. अनुच्छेद 356 की शक्ति का प्रयोग कर जारी उद्घोषणा के खिलाफ न्यायिक पुनर्विलोकन का सिद्धान्त लागू होता है और इस उद्घोषणा को तीन आधार पर चुनौती दी जा सकती है। पहला जब राष्ट्रपति द्वारा उद्घोषणा बिना किसी सामग्री के आधार पर जारी किया गया हो; दूसरा जब उद्घोषणा ऐसे विचार के साथ जारी किया गया हो, जो अनुच्छेद 356 के उद्देश्य से पूर्णतया असंगत या अप्रासंगिक हो; तीसरा जब अनुच्छेद 356 की शक्ति का प्रयोग दुराशय से किया गया हो।

4. न्यायालय मामले की सुनवाई के दौरान प्रश्नगत विधानसभा का नया चुनाव कराये जाने पर रोक भी लगा सकता है।

5. न्यायालय द्वारा समुचित आधार पाये जाने पर उद्घोषणा को रद्द किया जा सकता है। उद्घोषणा रद्द करने के साथ न्यायालय बर्खास्त किए गए राज्य सरकार को पुनर्स्थापित और भंग किए गए विधानसभा को पुर्नजीवित भी कर सकता है।

उक्त सारवान बिन्दुओं की विवेचना एक देश-एक चुनाव की अवधारणा लागू करने और विधानसभा को उसके कार्यकाल तक सुरक्षित रखने के सन्दर्भ में करने का प्रयास करते हैं।

राष्ट्रपति शासन से उपजी समस्या का समाधान

अनुच्छेद 356 की शक्ति का प्रयोग करने के मूलत: दो कारण हैं। पहला विधानसभा में किसी नेता या पार्टी को बहुमत का विश्वास न मिल पाना और दूसरा किसी राज्य सरकार द्वारा संविधान के खिलाफ कार्य करना। इन दोनों स्थिति में विधानसभा को समयपूर्व भंग होना पड़ता है, जो एक देश-एक चुनाव की अवधारणा के लिए बाधा की तरह कार्य करता है। इसलिए इस स्थिति का समाधान निकालना आवश्यक है।

यहाँ यह समझना जरुरी है कि त्रिशंकु विधानसभा का गठन होने या सरकार के अल्पमत में आ जाने के कारण पैदा हुई संवैधानिक संकट के निराकरण के लिए विधानसभा भंग करना एक बात है और राज्य सरकार द्वारा संविधान के खिलाफ कार्य करने या केन्द्र सरकार के संवैधानिक निर्देश का पालन न करने से पैदा हुई संवैधानिक संकट के निराकरण के लिए विधानसभा भंग करना दूसरी बात है। पहला संकट किसी पार्टी या नेता का विधानसभा में बहुमत का विश्वास न मिल पाने से संबंधित है, जबकि दूसरा संकट विश्वासप्राप्त सरकार द्वारा संवैधानिक दायित्व का निर्वहन न करने से संबंधित। पहले स्तर पर पैदा हुए संकट का समाधान उपविजेता मत मूल्यांकन प्रणाली[1] का प्रयोग करके निकाला जा सकता है और बहुमत की सरकार का गठन कर विधानसभा का कार्यकाल पूर्ण किया जा सकता है। किन्तु दूसरा संकट अलग तरह का है। यह संकट

---

1. विस्तार के लिए देखें, इस पुस्तक का पृष्ठ संख्या 69

   एक देश-एक चुनाव : भारत में राजनीतिक सुधार की संभावनाएँ

राज्य सरकार के दायित्वलोप के कारण उपजा संकट है।

सवाल पैदा होता है कि क्या राज्य सरकार के दायित्वलोप या विफलता का खामियाजा सम्पूर्ण विधानसभा को भुगतने देना उचित है?

संविधान के अन्तर्गत राज्य में सरकार का नेतृत्व मुख्यमंत्री के हाथ में होता है। संविधान के अनुच्छेद 164 के खण्ड (1) के अन्तर्गत राज्यपाल सर्वप्रथम बहुमत दल के नेता को मुख्यमंत्री पद पर नियुक्त करता है और फिर मुख्यमंत्री के परामर्श पर मंत्रिपरिषद के अन्य सदस्यों की नियुक्ति करता है। यदि राज्य सरकार के ऊपर संविधान अनुसार कार्य न करने या संविधान के खिलाफ आचरण करने का आरोप लगता है, तो ऐसे आरोप लगने के लिए कोई जिम्मेदार होता है, तो वह मुख्यमंत्री है। ऐसे आरोप का समाधान निकालने की भी यदि किसी की जवाबदेही है, तो वह मुख्यमंत्री की ही है।

विधायिका जैसे निकाय का मुख्य उद्देश्य ऐसा तंत्र बनाना है, जो न केवल शासन व्यवस्था के समक्ष जनता का प्रतिनिधित्व कर इनकी आवाज उठाये, बल्कि कानून बनाने में योगदान करे। विधानसभा के सन्दर्भ में इन उद्देश्यों का उल्लेख अनुच्छेद 196-212 के अन्तर्गत किया गया है। इसी के समानान्तर अनुच्छेद 164 का खण्ड (2) कहता है कि मंत्रिपरिषद विधानसभा के प्रति सामूहिक रूप से जवाबदेह होगा। इस प्रावधान का कुल आशय यही है कि मंत्रिपरिषद के पास विधानसभा के बहुमत का विश्वास होगा। इसका आशय यह कदापि नहीं है कि विधानसभा मंत्रिपरिषद के प्रति जवाबदेह होगा और इस कारण यह भी नहीं है कि विधानसभा का अस्तित्व मंत्रिपरिषद के आचरण पर निर्भर होगा। किन्तु जब हम मुख्यमंत्री या मंत्रिपरिषद के किसी आचरण के कारण विधानसभा को भंग करने लगते हैं, तो ऐसा करने के पहले यह मान लिया जाता है कि विधानसभा का अस्तित्व मंत्रिपरिषद पर निर्भर है। ऐसे किसी मान्यता या निवर्चन को न तो संविधान सम्मत कहा जा सकता है और न ही इसे प्रचलित प्रथा बनाया जाना उचित है।

इसलिए संवैधानिक एवं व्यवहारिक दोनों दृष्टि से यह उचित नहीं लगता है कि किसी राज्य सरकार की विफलता के कारण विधानसभा को

भंग कर उसके अस्तित्व को समाप्त कर दिया जाय। यदि सरकार विफल है, तो जो कुछ भी सजा होनी चाहिए वह सरकार को होनी चाहिए, न कि विधानसभा को। राष्ट्रपति शासन लगाने की सजा उस नेतृत्व को मिलना चाहिए, जो संवैधानिक संकट पैदा करने के लिए दोषी है। इसके लिए बहुमत प्राप्त पार्टी को अपना नेतृत्व बदलने का अवसर भी देना चाहिए। यदि बहुमत वाली पार्टी दोषी नेतृत्व को बदलने और उसके द्वारा किये जा रहे या किये गये असंवैधानिक कार्य को सुधारने के लिए तैयार हो जाती है, तो कोई कारण नहीं है कि राष्ट्रपति शासन लागू किया जाय। यदि बहुमत वाली पार्टी दोषी नेतृत्व बदलने के लिए तैयार नहीं है, तो भी इसके कारण सम्पूर्ण विधानसभा और राज्य को सजा नहीं दी जा सकती है। बल्कि केवल दोषी नेतृत्व को और उसे बदल पाने में अक्षम पार्टी और उससे जुड़े विधानसभा सदस्यों को ही इसकी सजा मिलनी चाहिए।

अब जबकि एस. आर. बोम्मई निर्णय के बाद भारत में यह कानून-व्यवस्था स्थापित हो चुका है कि अनुच्छेद 356(1) के अन्तर्गत जारी उद्घोषणा को न्यायालय के समक्ष चुनौती दी जा सकती है, इस व्यवस्था को संवैधानिक रूप से मान्यता दिया जाना कई कारणों से आवश्यक है।

नागालैण्ड राज्य के सम्बन्ध में एस. आर. बोम्मई का निर्णय आने में छह वर्ष लग गए थे, तो कर्नाटक राज्य के सम्बन्ध में पाँच वर्ष और मेघालय राज्य के सम्बन्ध में तीन वर्ष का समय लग गया था। इसका एक कारण यह भी है कि ये मामले पहले हाईकोर्ट में दाखिल हुए और उसके बाद सुप्रीम कोर्ट के समक्ष आये। जबकि रामेश्वर प्रसाद का मामला सीधे सुप्रीम कोर्ट के समक्ष दाखिल किया गया था। इसके कारण अन्तिम निर्णय आने में मात्र आठ महीने का समय लगा।

शायद ही इसे इन्कार किया जा सकता है कि अनुच्छेद 356 से उपजा विवाद देश के लिए सर्वाधिक गम्भीर और संवेदनशील विवाद है। इसलिए न्यूनतम अवधि के अन्दर इस विवाद का निस्तारण होना अति आवश्यक है। यदि यह संवैधानिक प्रावधान बना दिया जाय कि अनुच्छेद 356 से उपजे विवाद का निस्तारण सीधे सुप्रीम कोर्ट द्वारा किया जाएगा और इसके लिए एक न्यूनतम समय सीमा के अन्दर याचिका दाखिल करना अनिवार्य

होगा, तो यह एक श्रेष्ठ संवैधानिक सुधार होगा। यहाँ यह नहीं भूलना चाहिए कि रामेश्वर प्रसाद मामले में सुप्रीम कोर्ट ने जो निर्णय दिया है, वह अनुच्छेद 32 में रिट शक्ति का प्रयोग करके दिया है। अनुच्छेद 32 में प्रदत्त रिट शक्ति की घोषित सीमा यह है कि मामले में किसी मूल अधिकार का उल्लंघन होना चाहिए। अनुच्छेद 356 से उपजा सवाल मूल अधिकार के उल्लंघन से परे भी जा सकता है। एस. आर. बोम्मई निर्णय में हस्तक्षेप के जो तीन मुख्य आधार बताए गए हैं, उनका निराकरण शायद ही रिट क्षेत्राधिकार में किया जा सके। इस दृष्टि से अनुच्छेद 131 का उल्लेख करना महत्त्वपूर्ण हो जाता है, जो सुप्रीम कोर्ट को मूल क्षेत्राधिकार प्रदान करता है कि वह भारत सरकार और राज्य सरकार के मध्य या दो राज्यों के मध्य उपजा विवाद निपटा सके। अनुच्छेद 356 से उपजा विवाद भी कुछ इसी तरह का होता है। इसलिए अनुच्छेद 356 से उपजे विवाद को सीधे-सीधे सुप्रीम कोर्ट के मूल क्षेत्राधिकार में ले आना श्रेयस्कर और एक महत्त्वपूर्ण सुधार होगा।

एस. आर. बोम्मई और रामेश्वर प्रसाद मामले में कर्नाटक, नागालैण्ड, मेघालय और बिहार में राष्ट्रपति शासन लगाने वाले उद्घोषणा को असंवैधानिक घोषित कर दिया गया था, किन्तु इसके बावजूद इन निर्णयों को लागू नहीं किया जा सका था। कारण यह था कि निर्णय आने के पूर्व ही न केवल इन राज्यों के विधानसभा को भंग कर दिया गया था, बल्कि नए विधानसभा के लिए चुनाव कराकर सरकार का भी गठन कर लिया गया था। यह स्थिति पैदा होने से बचाया जाना आवश्यक है। इस दिशा में यथाशीघ्र निर्णय के लिए न्यूनतम समय सीमा निर्धारित करके ऐसी व्यवस्था बनाई जानी चाहिए, ताकि सुप्रीम कोर्ट में सुनवाई के दौरान विधानसभा को भंग न किया जा सके।

इस तरह संविधान के अनुच्छेद 356 में स्पष्ट प्रावधान बनाकर यह घोषित किया जाना आवश्यक है कि खण्ड (1) के अन्तर्गत जारी उद्घोषणा को प्रभावित राज्य सरकार सीधे सुप्रीम कोर्ट के समक्ष चुनौती दे सकता है। इसके लिए सात दिन या पन्द्रह दिन की समयसीमा निर्धारित की जा सकती है। यह भी प्रावधान होना चाहिए कि प्रश्नगत उद्घोषणा

को सुप्रीम कोर्ट के समक्ष चुनौती दिये जाने के बाद सुनवाई के दौरान, यद्यपि राष्ट्रपति शासन लागू होगा; यद्यपि राज्य सरकार का कार्य राष्ट्रपति के हाथ में आ जाएगा; यद्यपि विधायिका का कार्य संसद द्वारा किया जा सकेगा; यद्यपि विधानसभा निलम्बित भी होगी; किन्तु विधानसभा को भंग नहीं किया जा सकेगा, भले ही खण्ड (3) एवं (4) के अन्तर्गत संसद की स्वीकृति मिल जाए। इसके साथ एक प्रावधान यह भी होना चाहिए कि इस मामले का निस्तारण सुप्रीम कोर्ट द्वारा जल्द से जल्द प्राथमिकता के आधार पर, यथासंभव, छह महीने (या अन्य कोई अवधि) के अन्दर किया जाएगा।

यदि सुप्रीम कोर्ट द्वारा उद्घोषणा को असंवैधानिक पाया जाता है, तो राज्य सरकार एवं विधानसभा पुनः स्थापित हो जाएँगे और यदि असंवैधानिक नहीं पाया जाता है, तो दो में से किसी एक विकल्प पर आगे बढ़ा जा सकता है। पहला विकल्प यह हो सकता है कि यदि कार्यकाल ढाई वर्ष से अधिक का बचा है, तो दोषी नेतृत्व के राजनीतिक पार्टी द्वारा जीते गए विधानसभा सदस्यों को बर्खास्त कर इन विधानसभा सीटों पर दोबारा मध्यावधि चुनाव कराया जाय और यह पुनर्निर्वाचन केवल शेष कार्यकाल के लिए कराया जाय, ताकि विधानसभा का कार्यकाल स्थिर बना रहे। इस मध्यावधि चुनाव के बाद संभव है कि किसी एक राजनीतिक पार्टी को बहुमत नहीं मिल पाये। यदि ऐसा होता है, तो आर. वी. वी. प्रणाली[1] का प्रयोग करके बहुमत की सरकार प्राप्त किया जा सकता है। दूसरा विकल्प यह हो सकता है कि यदि कार्यकाल ढाई वर्ष से कम बचा है, तो दोषी नेतृत्व के राजनीतिक पार्टी द्वारा जीते गए विधानसभा सदस्यों को बर्खास्त कर इन विधानसभा सीटों पर दूसरे स्थान पर रहे प्रत्याशियों को शेष अवधि के लिए विधानसभा का सदस्य बना दिया जाय और नये सरकार के गठन का मार्ग प्रशस्त किया जाय। ये दोनों विकल्प उस राजनीतिक पार्टी और उन विधानसभा सदस्यों के लिए सजा जैसा होगा,

---

1. विस्तार के लिए देखें, इस पुस्तक का पृष्ठ संख्या 69

जो संवैधानिक विफलता के लिए जिम्मेदार दोषी नेतृत्व को बदलने में असफल रहे हैं।

उक्त व्यवस्था के कारण विधानसभा अपना कार्यकाल पूरा कर सकेगी और एक देश-एक चुनाव की अवधारणा में कोई व्यतिक्रम नहीं होने पाएगा। सबसे खास बात यह होगी कि इस अवधारणा के बहाने हमें अनुच्छेद 356 को और ज्यादा तार्किक बनाने का अवसर प्राप्त होगा, ताकि इसका राजनीतिक दुरुपयोग न किया जा सके।

एक देश-एक चुनाव के समग्र समाधान हेतु रास्ते

एक देश-एक चुनाव की अवधारणा लागू करने में सबसे बड़ी चुनौती यह है कि कैसे प्रत्येक परिस्थिति में यह सुनिश्चित किया जाय कि लोकसभा और विधानसभा अपना पाँचवर्षीय कार्यकाल एक साथ पूरा करे और किसी तरह की विचलन की स्थिति पैदा होने पर कैसे इसका लोकतांत्रिक तरीके से समाधान निकाला जाय, ताकि बीच में चुनाव होने की सम्भावना समाप्त हो जाय। इस दिशा में निम्न छह स्तर पर प्रयास करने की आवश्यकता होगी—

1. पहला यह कि चुनाव के बाद त्रिशंकु विधायिका बनने की न्यूनतम संभावना हो।

2. दूसरा यह कि यदि त्रिशंकु विधायिका की स्थिति बनती है, तो मध्यावधि चुनाव से बचने के लिए ऐसी व्यवस्था तलाशी जाय, जिसके अन्तर्गत त्रिशंकु विधायिका में से ही किसी एक पार्टी/ चुनाव-पूर्व गठबन्धन के पक्ष में लोकतांत्रिक तरीके से बहुमत प्राप्त किया जा सके।

3. तीसरा यह कि एक बार सरकार को विश्वास हासिल होने के बाद इसे अधिकतम स्तर पर सुरक्षित किया जाय और विपक्ष को तार्किक तरीके से अविश्वास प्रस्ताव लाने का अधिकार भी मिले।

4. चौथा यह कि संविधान के आपातकालीन प्रावधानों के कारण उपजने वाली किसी विषम परिस्थिति से विधायिका का कार्यकाल

अस्थिर होने से बचाया जाय।

5. पाँचवाँ यह कि सभी प्रत्यक्ष निर्वाचित विधायी संस्थाओं को एक कालबिन्दु पर लाने हेतु इनके समायोजन का उपाय खोजा जाय।

6. छठाँ और अन्तिम यह कि जनता के राजनीतिक प्रतिनिधित्व को अधिकतम गुणात्मक और न्यूनतम संख्यात्मक बनाया जाय, ताकि एक देश-एक चुनाव की अवधारणा ज्यादा सार्थक बन पाये।

तीसरे और चौथे बिन्दु के समाधान पर पूर्व में चर्चा किया जा चुका है। पहले, दूसरे और पाँचवें बिन्दु के समाधान के लिए आगे हम इसी अध्याय में चर्चा करेंगे। छठाँ बिन्दु संस्थागत सुधार से सम्बन्धित विषय है, जिस पर हम दूसरे और तीसरे अध्याय में चर्चा करेंगे।

त्रिशंकु विधायिका से बचने का उपाय : नियंत्रित बहुदलीय व्यवस्था

एक देश-एक चुनाव को लागू करते समय पहली चुनौती ऐसी व्यवस्था की तलाश करना है, जिसमें चुनाव बाद विधायिका के त्रिशंकु बनने की संभावना न्यूनतम हो और किसी एक पार्टी के पक्ष में बहुमत मिलने की संभावना अधिकतम हो, ताकि विधायिका मध्यावधि चुनाव से और देश राजनीतिक अस्थिरता से बच सके।

संसदीय शासन प्रणाली स्वीकृत करने वाले ब्रिटेन जैसे देश में यह प्रणाली इसलिए सफल है, क्योंकि वहाँ द्विदलीय व्यवस्था अपनायी गयी है। अमेरिका जैसे देश में अध्यक्षीय शासन प्रणाली लागू होने के बावजूद द्विदलीय व्यवस्था अपनायी गयी है। वहाँ के लोग भी इस व्यवस्था का पूरा-पूरा सम्मान करते हैं। जर्मनी में 1949 में सम्पन्न बुण्डेसताग[1] के चुनाव में 36 राजनीतिक पार्टियों ने भाग लिया था, किन्तु इस देश ने ऐसी व्यवस्था बनायी, जिसकी वजह से चुनाव में भाग लेने वाली पार्टियों की संख्या कम होती जाय, परिणामस्वरूप 1990 आते-आते राजनीतिक पार्टियों की यह संख्या केवल चार रह गयी है। चुनाव में सीमित पार्टी होने के कारण किसी-न-किसी एक राजनीतिक पार्टी के पक्ष में बहुमत मिलने

---

1. जर्मनी का निचला सदन

की संभावना ज्यादा होती है और देश न केवल राजनीतिक अस्थिरता से बचा रह सकता है, बल्कि सीमित संख्या में प्रत्याशी खड़े होने से आर्थिक बचत भी होती है।

किन्तु भारत की स्थिति सवर्था भिन्न है। यहाँ बिना नियंत्रण वाली बहुदलीय व्यवस्था पनप गयी है। एक रिपोर्ट के अनुसार 1951-1952 में हुए पहले लोकसभा चुनाव में 53 पार्टियों ने भाग लिया था। 2019 के लोकसभा चुनाव में यह संख्या बढ़कर लगभग 650 हो गयी। लोकसभा या विधानसभा में इतनी ज्यादा संख्या में भाग लेने वाले राजनीतिक पार्टियों के प्रत्याशी ज्यादातर डमी के रूप में सिर्फ नकारात्मक भूमिका निभाते हैं और चुनाव की गुणवत्ता प्रभावित करते हैं। इतनी अधिक संख्या में राजनीतिक पार्टियों के भाग लेने के कारण देश पर पड़ने वाले आर्थिक बोझ का भी सहज अनुमान लगाया जा सकता है। यह समझा जा सकता है कि यदि लोकसभा एवं विधानसभा में भाग लेने वाले प्रत्याशियों की संख्या सीमित और गुणवत्तायुक्त कर दी जाय, तो इस देश की कितनी आर्थिक बचत होगी।

वर्तमान हालात में द्विदलीय व्यवस्था अपनाना शायद ही तुरन्त सम्भव हो। किन्तु बहुदलीय व्यवस्था को नियन्त्रित कर राजनीतिक अस्थिरता के खतरे को कम किया जा सकता है। इसके लिए एक समाधान यह हो सकता है कि लोकसभा के स्तर पर केवल राष्ट्रीय राजनीतिक पार्टियों को और विधानसभा के स्तर पर केवल पंजीकृत राजनीतिक पार्टियों को भाग लेने की अनुमति दी जाय।

भारत में बहुत सारी राजनीतिक पार्टियों के क्रियाकलाप केवल एक राज्य तक सीमित रहते हैं। कई पार्टियाँ तो केवल एक ही राज्य के नाम एवं पहचान के साथ स्थापित होकर अपनी राजनीतिक गतिविधियों का संचालन करती हैं। जम्मू-कश्मीर नेशनल कान्फ्रेन्स से लेकर तेलंगाना राष्ट्र समिति, झारखण्ड मुक्ति मोर्चा से लेकर सिक्किम डेमोक्रेटिक फ्रण्ट, महाराष्ट्र नवनिर्माण सेना से लेकर आसाम गण परिषद ऐसी अनेक राजनीतिक पार्टियाँ हैं, जो मात्र एक राज्य के नाम पर स्थापित हैं और उनकी समस्त राजनीतिक गतिविधियाँ इन राज्यों तक सीमित होती हैं। इस

तरह से स्थापित राजनीतिक पार्टी पहले से ही अपनी सीमा की घोषणा कर चुकी होती हैं। अब महाराष्ट्र नवनिर्माण सेना बिहार जाकर चुनाव नहीं लड़ सकती है या जम्मू-कश्मीर नेशनल कान्फ्रेन्स तमिलनाडु जाकर चुनाव नहीं लड़ सकती है। यहाँ तक कि ये राजनीतिक पार्टियाँ लोकसभा का चुनाव भी केवल सम्बन्धित राज्य में लड़ती हैं। इसके अलावा बहुत सारी राजनीतिक पार्टियाँ हैं, जो मात्र दो-चार राज्यों की क्षेत्रीय पार्टी के रूप में ही स्थापित हैं। इनका अन्य राज्यों की राजनीतिक गतिविधियों से कुछ भी लेना-देना नहीं होता है।

एक राज्य या एक राज्य-क्षेत्र तक सीमित रहने वाली छोटी-छोटी पार्टियाँ बहुत हद तक केन्द्र में राजनीतिक अस्थिरता का कारण बनती हैं। इस दृष्टि से एक प्रभावशाली समाधान यह है कि लोकसभा चुनाव में केवल उन्हीं पार्टियों को भाग लेने की अनुमति दी जाय, जो पिछले लोकसभा, राज्यों के विधानसभा एवं स्थानीय चुनाव में भाग लेकर राष्ट्रीय पार्टी के रूप में स्थापित हुई हों। इस नियन्त्रित बहुदलीय व्यवस्था के अन्तर्गत सभी को अपनी विचारधारा के अनुसार राजनीतिक पार्टी स्थापित करने का अधिकार होगा और इन्हें सभी राज्यों की स्थानीय पंचायत एवं विधानसभा चुनाव में भाग लेकर खुद को राष्ट्रीय पार्टी के रूप में स्थापित करने का समान अवसर भी प्राप्त होगा। यह नहीं कहा जा सकेगा कि किसी नागरिक या राजनीतिक संस्था को समान अवसर नहीं प्राप्त है। किन्तु लोकसभा चुनाव में भाग लेने के लिए एक राजनीतिक पार्टी को एक राज्य से बाहर निकलना होगा और यह स्थापित करना होगा कि उसका विस्तार राष्ट्रीय फलक पर है और कम-से-कम चार या पाँच या छह राज्यों में उसे न्यूनतम आवश्यक जनादेश प्राप्त है।

लोकसभा चुनाव में केवल राष्ट्रीय पार्टियों को चुनाव लड़ने की अनुमति होने से किसी एक राजनीतिक पार्टी को बहुमत मिलने और केन्द्र में स्थिर सरकार प्राप्त होने की सम्भावना भी ज्यादा होगी। यदि फिर भी किसी एक राजनीतिक पार्टी को बहुमत नहीं मिल पाता है, तो भाग लेने वाली राजनीतिक पार्टियों की संख्या सीमित होने के कारण इनके मध्य न्यूनतम साझा कार्यक्रम के आधार पर स्वैच्छिक गठबंधन

 एक देश-एक चुनाव : भारत में राजनीतिक सुधार की संभावनाएँ

करने और बहुमत की सरकार बनाने की गुंजाइश ज्यादा होगी। हार्स ट्रेडिंग (राजनीतिक सौदेबाजी) की गुंजाइश भी न के बराबर होगी।

यह निश्चित है कि उक्त कदम से राजनीतिक पार्टियों को लोकसभा में प्रतिनिधित्व तभी मिल पायेगा, जब वे भी राष्ट्रीय पार्टी बनने की कसौटी पर खरी उतरें। किन्तु यह नहीं कहा जा सकता है कि राज्य-स्तरीय पार्टियों का संसद में प्रतिनिधित्व करने का अवसर बिल्कुल समाप्त हो जाएगा। राज्यों की विधायिका द्वारा ही राज्य सभा के सदस्यों का चुनाव किया जाता है। सही मायने में राज्य सभा के गठन का उद्देश्य यही है कि केन्द्रीय राजनीति में राज्यों को उचित प्रतिनिधित्व मिल सके। राज्यसभा की स्थापना का उद्देश्य राज्यों और राज्य-स्तरीय पार्टियों को प्रतिनिधित्व का अवसर प्रदान करना है। कोई भी राजनीतिक पार्टी राज्य में अपने विधायकों की संख्या के अनुपात में राज्य सभा में सांसद चुन सकती है और केन्द्र के मंत्रिपरिषद में भी अपना स्थान बना सकती है।

लोकसभा की तरह राज्यों की विधानसभा के चुनाव में केवल राज्य-स्तरीय पार्टियों को भाग लेने की अनुमति दी जा सकती है। किन्तु इसके कारण प्रान्तीय राष्ट्रवाद पैदा होने का खतरा रहेगा। इसलिए ज्यादा श्रेयस्कर होगा कि राज्यों के विधानसभा के चुनाव में सभी इच्छुक पंजीकृत राजनीतिक पार्टियों को भाग लेने की अनुमति दी जाय।

नियंत्रित बहुदलीय व्यवस्था के अन्तर्गत लोकसभा और विधानसभा के चुनाव में निर्दलीय प्रत्याशी भाग नहीं ले सकेंगे। इस शर्त के कारण किसी व्यक्ति के राजनैतिक अधिकार प्रभावित होने के आधार पर सवाल खड़ा किया जा सकता है। किन्तु यदि चिन्ता लोकसभा एवं विधानसभा की करनी है, यदि चिन्ता देश को स्थायी सरकार देने की करनी है, तो ऐसी व्यवस्था बनाना ही होगा, जिसमें सक्रिय राजनीति की इच्छा रखने वाले किसी व्यक्ति से कहा जा सके कि वह या तो अपनी विचारधारा के अनुरूप किसी एक राजनीतिक पार्टी से जुड़कर सक्रिय चुनावी राजनीति करे या फिर यदि उसकी अलग विचारधारा है तो वह इसके अनुरूप राजनीतिक पार्टी की स्थापना कर सक्रिय चुनावी राजनीति करे। सक्रिय राजनीति के लिए यह बहुत ही तार्किक शर्त होगी, जो सभी पर समान

रूप से लागू होगी।

निर्दलीय प्रत्याशियों की स्थिति पर इन्द्रजीत गुप्ता समिति की रिपोर्ट में 12वीं लोकसभा का उल्लेख करते हुए एक बहुत रोचक बात कही गयी है। इस समिति के अनुसार ज्यादातर निर्दलीय प्रत्याशी वस्तुत: निर्दलीय नहीं थे बल्कि वे स्थापित पार्टियों के विद्रोही थे और उन्हें विरोधी पार्टी का समर्थन मिला हुआ था। इस समिति ने आँकड़ा दिया है कि 1996 के लोकसभा चुनाव में भाग लेने वाले 10,635 निर्दलीय प्रत्याशियों में केवल 9(0.08 प्रतिशत) ही जीतने में सफल रहे और 10,603 (99.70 प्रतिशत) निर्दलीय प्रत्याशियों की जमानत जब्त हो गयी। इसी तरह 1998 के लोकसभा चुनाव में भाग लेने वाले 1900 निर्दलीय प्रत्याशियों में केवल 6 (0.65 प्रतिशत) ही जीतने में सफल रहे और 1883 निर्दलीय प्रत्याशियों की जमानत जब्त हो गयी। ज्यादातर निर्दलीय प्रत्याशी चुनाव में केवल नकारात्मक भूमिका निभाने के लिए भाग लेते हैं और साँठ-गाँठ करके जातीय/धार्मिक आधार पर वोट-कटवा का कार्य करते हैं। इन पर अंकुश लगाने की आवश्यकता है।

यद्यपि यह शोध का विषय है कि इतनी बड़ी संख्या में निर्दलीय प्रत्याशी खड़ा होने के कारण इस देश पर प्रत्यक्ष या अप्रत्यक्ष कितना आर्थिक बोझ पड़ता है, किन्तु इसका सहज अनुमान लगाया जा सकता है कि इन निर्दलीय प्रत्याशियों को लोकसभा और विधानसभा में भाग लेने पर रोक लगने से आर्थिक बोझ नि:संदेह बहुत कम हो जाएगा।

विधि आयोग ने भी अपनी 170वें रिपोर्ट के पैरा संख्या 3.3.6 में संस्तुति किया है कि लोकसभा और विधानसभा के चुनाव में निर्दलीय प्रत्याशी के भाग लेने पर रोक होगी। किन्तु इसके लिए विधि आयोग ने यह आधार लिया है कि यदि ऐसी रोक नहीं लगायी जाती है तो उसके द्वारा पैरा संख्या 3.2.15.3 में की गई वह संस्तुति बेकार हो जाएगी, जिसके अनुसार 5 प्रतिशत से कम मत पाने वाले राजनीतिक पार्टी लोकसभा या विधानसभा में कोई भी सीट पाने के अधिकारी नहीं होंगे। 5 प्रतिशत जनादेश की सीमा के आधार पर प्रतिनिधित्व देने सम्बन्धी विषय पर अलग शीर्षक के अन्तर्गत चर्चा करना उचित है।

5% जनादेश की सीमा: जर्मन व्यवस्था, कितना उपयोगी?

विधि आयोग की रिपोर्ट के पैरा संख्या 3.3.7 के अनुसार लोकसभा और विधानसभा के चुनाव में सभी पंजीकृत राजनीतिक पार्टियाँ भाग ले सकेंगी, किन्तु इसी रिपोर्ट के पैरा संख्या 3.2.15.3 के अन्तर्गत यह सुझाव दिया गया है कि किसी भी पार्टी को लोकसभा या किसी विधानसभा के चुनाव में 5 प्रतिशत से कम मत प्राप्त होने पर वह सदन में कोई सीट नहीं प्राप्त कर सकेगी और ऐसी पार्टी द्वारा जीती गई इन सीटों का प्रतिनिधित्व अगला सबसे अधिक मत पाने वाले प्रत्याशी द्वारा किया जाएगा, बशर्ते कि उसकी पार्टी को कम-से-कम 5% मत प्राप्त हो।

विधि आयोग ने उक्त व्यवस्था को राजनीतिक पार्टियों के प्रसार को नियंत्रित करने के लिए आवश्यक माना है। यह संस्तुति कमोबेश जर्मनी के संविधान में स्वीकार किए गए प्रावधान का अनुकरण करता है। जर्मन संविधान के अनुच्छेद 6(6) के अनुसार केवल वही पार्टी संसद में प्रतिनिधित्व पा सकती है जिसे निर्वाचन क्षेत्र में पड़े वैध दूसरे मतों का कम-से-कम 5 प्रतिशत मत मिला हो या जिन्होंने कम-से-कम तीन सीट पर जीत हासिल की हो। किन्तु लगता है कि विधि आयोग ने जर्मनी निर्वाचन व्यवस्था के दूसरे पहलुओं को ध्यान में रखे बिना सिर्फ इसके कुछ भाग को स्वीकार कर लिया है।

जर्मन निर्वाचन व्यवस्था एक मिश्रित पद्धति पर आधारित है, जिसमें एक ओर समानुपातिक प्रतिनिधित्व वाली सूची प्रणाली[1] को स्वीकार किया गया है, तो दूसरी ओर सापेक्ष बहुसंख्यक प्रणाली[2] को भी अपनाया गया है। वहाँ प्रत्येक मतदाता के पास दो मत देने का अधिकार होता है। पहला मत वह अपने निर्वाचकमण्डल से अपनी पसन्द के उम्मीदवार को देता है और जिस उम्मीदवार को 'सापेक्ष बहुसंख्यक प्रणाली' के अनुसार सबसे अधिक मत मिलता है, उसे चुना हुआ माना जाता है। मतदाता अपना दूसरा मत पार्टियों द्वारा प्रस्तुत उम्मीदवारों की परिसंघ राज्य सूची को देता है। इसके माध्यम से मतदाता अपनी पसन्द की पार्टी को चुनता है। पार्टी सभी राज्यों में 'परिसंघ राज्य सूची' प्रस्तुत करती हैं। पार्टी ही यह निश्चित

---

1. पी. आर. विद लिस्ट सिस्टम 2. फर्स्ट पास्ट दि पोस्ट सिस्टम

करती है कि कौन से प्रत्याशी पार्टी का प्रतिनिधित्व करेंगे और इन्हें किस क्रम में रखा जाएगा। इसके बाद निर्वाचन मण्डलों और परिसंघ राज्यों की सूचियों के लिए पड़े मतों को इस प्रकार सन्तुलित किया जाता है जिससे बुण्डेसताग[1] के गठन में पार्टियों को मिले मतों का वितरण प्रतिबिम्बित हो। इस तरह जर्मनी की निर्वाचन प्रणाली एक जटिल प्रक्रिया है। जबकि भारत की निर्वाचन प्रणाली इससे बिल्कुल अलग है।

जर्मनी में स्वीकार की गई उक्त जटिल व्यवस्था वहाँ की सीमित जनसंख्या के कारण सफल हो पाती है। जबकि जनसंख्या की दृष्टि से भारत की स्थिति अलग है। एक बात और समझना आवश्यक है कि वर्तमान में जर्मनी में केवल चार राजनीतिक पार्टियाँ ही बुण्डेसताग में प्रतिनिधित्व करती हैं। 5 प्रतिशत न्यूनतम मत सीमा पर आधारित विधि आयोग की संस्तुति अव्यवहारिक प्रतीत होती है क्योंकि किसी प्रत्याशी द्वारा जीते जाने के बाद उसे प्रतिनिधित्व करने के अधिकार से वंचित करना और उसके स्थान पर दूसरे या तीसरे या चौथे पायदान पर रहने वाले ऐसे प्रत्याशी को लोकसभा या विधानसभा का प्रतिनिधित्व करने देना, जो तुलनात्मक बहुत कम मत प्राप्त किया हो, बिल्कुल अतार्किक है। जर्मनी में यह व्यवस्था केवल द्वितीय मत पाने वाले पर लागू होती है। किन्तु भारत में दो मत की व्यवस्था नहीं है और न विधि आयोग ने ऐसी कोई संस्तुति ही की है।

इससे ज्यादा बेहतर है कि हम पहले से ही राजनीतिक पार्टियों को समानता का अवसर देकर पारदर्शी तरीके से लोकसभा या विधानसभा के चुनाव में भाग लेने के लिए सीमित कर दें और उचित नियमन करके जनता के समक्ष सीमित और गंभीर प्रत्याशियों को ही खड़ा होने दें। यदि पारदर्शी तरीके से घोषित राष्ट्रीय पार्टियों को ही लोकसभा के चुनाव में भाग लेने देते हैं या पंजीकृत राजनीतिक पार्टियों को ही विधानसभा के चुनाव में भाग लेने देते हैं, तो सबसे अधिक मत पाने वाले प्रत्याशी को उसके प्रतिनिधित्व-अधिकार से वंचित करने से बचा जा सकेगा और वांछित लाभ भी प्राप्त किया जा सकेगा।

---

1. जर्मनी का निचला सदन

भले ही लोकसभा और विधानसभा के चुनाव में एक व्यक्ति को केवल राजनीतिक पार्टी के माध्यम से भाग लेने की अनुमति दिया जाय, किन्तु स्थानीय इकाई के स्तर पर होने वाले नगर निकाय/ग्राम पंचायत के चुनाव में सभी इच्छुक राजनीतिक पार्टी या राजनीतिक संगठन या निर्दलीय प्रत्याशी को भाग लेने की आजादी होनी चाहिए। स्थानीय इकाइयों के चुनाव में अध्यक्षीय निर्वाचन प्रणाली[1] अपनाने के बाद राजनीतिक अस्थिरता का कोई सवाल नहीं पैदा होता है। प्रत्याशी कम या ज्यादा होने से कोई अन्तर नहीं पैदा होने वाला है।

सभी राजनीतिक पार्टियाँ नगर निकाय/ग्राम पंचायत के स्थानीय चुनाव में भाग लेकर अपने राज्य-स्तरीय या राष्ट्रीय राजनीतिक पार्टी होने के दावे को मजबूत कर सकते हैं। बावजूद इसके कि राष्ट्रीय पार्टी के रूप में स्थापित होने की शर्त को और व्यापक तथा समानता–आधारित बनाया जा सकता है, नियंत्रित बहुदलीय व्यवस्था को अपनाने और इसके अन्तर्गत केवल राष्ट्रीय पार्टी को लोकसभा के चुनाव में और केवल पंजीकृत राजनीतिक पार्टी को राज्य विधानसभा में भाग लेने की अनुमति देना एक देश-एक चुनाव की अवधारणा लागू करने में सहायक सिद्ध होगा। इस व्यवस्था के कारण किसी-न-किसी एक राजनीतिक पार्टी/चुनाव-पूर्व गठबंधन को लोकसभा या विधानसभा में बहुमत मिलने की संभावना अधिकतम होगी और ये विधायी संस्थाएं अस्थिरता से बच सकेंगी।

भले ही नियंत्रित बहुदलीय व्यवस्था एक देश-एक चुनाव की अवधारणा के लिए सहायक है, किन्तु बाध्यकारी नहीं है। नियंत्रित बहुदलीय व्यवस्था के बिना भी एक देश-एक चुनाव की अवधारणा को लागू किया जा सकता है।

त्रिशंकु लोकसभा/विधानसभा का समाधान : आर. वी. वी. प्रणाली

एक देश-एक चुनाव की अवधारणा के समक्ष सबसे बड़ी समस्या तब पैदा होगी, जब सभी 32 विधायिकाओं[2] का चुनाव एक साथ आरम्भ होने के बाद इनमें से किसी एक विधायिका में त्रिशंकु की स्थिति बन

---

1. विस्तार के लिए देखें, इस पुस्तक का पृष्ठ संख्या 76
2. एक लोकसभा और 31 राज्य विधानसभा

जायेगी और सरकार न बन पाने के कारण दुबारा चुनाव में जाना पड़ेगा या सरकार बनने के बाद किसी कारण से यह सरकार अल्पमत में आ जायेगी और दुबारा चुनाव में जाना पड़ेगा। इन स्थितियों में एक समान कार्यकाल का तारतम्य टूटना निश्चित है। एक देश-एक चुनाव को बनाये रखने के लिए त्रिशंकु लोकसभा/विधानसभा का कार्यकाल पूर्ण करने और लोकतांत्रिक मूल्य को बनाए रखते हुए बहुमत की सरकार प्राप्त करने का उपाय तलाशना एक बड़ी चुनौती है।

नियंत्रित बहुदलीय व्यवस्था का लाभ यह है कि सीमित संख्या में राजनीतिक पार्टियों के चुनाव में भाग लेने से किसी-न-किसी एक राजनीतिक पार्टी को बहुमत मिलने की संभावना ज्यादा होगी। फिर भी त्रिशंकु लोकसभा या त्रिशंकु विधानसभा से इन्कार नहीं किया जा सकता है। यदि किसी भी एक विधायिका में एक पार्टी या गठबंधन को बहुमत नहीं मिल पाता है, तो दुबारा चुनाव से बचने के लिए एक विकल्प न्यूनतम साझा कार्यक्रम के आधार पर चुनावोपरान्त गठबंधन का रहता है और इसका प्रयास विफल होने पर अगला विकल्प दुबारा चुनाव में जाने का रहता है। पुन: एक बार खर्च कर कराये गये दुबारा चुनाव के बाद भी इसकी कोई गारण्टी नहीं है कि किसी एक राजनीतिक पार्टी को बहुमत मिल ही जाएगा। इस खतरे के साथ ज्यों ही हम इस विधायिका के पुर्नचुनाव की ओर आगे बढ़ेंगे, एक साथ चुनाव करने का तारतम्य समाप्त हो जाएगा और एक देश-एक चुनाव की अवधारणा पुन: अपने रास्ते से भटक जाएगी। फिर अगली बार सभी विधानसभा और लोकसभा का एक साथ चुनाव कराया जाना सम्भव नहीं हो पाएगा।

एक देश-एक चुनाव की निरन्तरता को बनाए रखने के लिए यह आवश्यक है कि शेष कार्यकाल के लिए एक पारदर्शी एवं लोकतांत्रिक तरीके से प्रधानमंत्री/मुख्यमंत्री का निर्वाचन किया जाय और विधायिका को अपना कार्यकाल पूरा करने दिया जाय, ताकि एक निश्चित समयकाल पर ही सभी चुनाव एक साथ होता रहे। इस दिशा में किसी एक पार्टी को बहुमत प्राप्त कराने के लिए उपविजेता मत मूल्यांकन प्रणाली (रनर अप कैंडिडेट्स वोट वैल्यूएशन मेथड/ आर. वी. वी. प्रणाली) का प्रयोग किया जाना अर्थपूर्ण होगा।

   एक देश-एक चुनाव : भारत में राजनीतिक सुधार की संभावनाएँ

यदि किसी एक राजनीतिक पार्टी/चुनावपूर्व राजनीतिक गठबंधन को बहुमत के लिए आवश्यक सीट प्राप्त नहीं हो पाती है, तो राष्ट्रपाल या राज्यपाल उपविजेता मत मूल्यांकन प्रणाली का प्रयोग करने के लिए चुनाव आयोग को निर्देश दे सकेंगे। इस प्रणाली के अन्तर्गत चुनाव उपरान्त बहुमत प्राप्त करने के लिए दो सबसे बड़ी राजनीतिक पार्टियों के मध्य स्पर्धा अन्य सीटों के उपविजेताओं की मूल्य आधारित गणना करके किया जाएगा और जो राजनीतिक पार्टी सबसे पहले बहुमत प्राप्त कर लेगी, उस पार्टी के नेता का चयन प्रधानमंत्री/मुख्यमंत्री पद पर कर लिया जाएगा। यह मूल्यांकन चरणबद्ध तरीके से किया जाएगा, जिसमें सबसे कम मतों से द्वितीय स्थान पर रहे इन दोनों पार्टियों के उपविजेताओं की संख्या को इनके द्वारा प्राप्त सीटों के साथ जोड़ा जाएगा। जोड़ने का यह क्रम किसी एक पार्टी द्वारा बहुमत प्राप्त होने तक जारी रहेगा।

पहले चरण में 1000 से कम मतों के अन्तर से द्वितीय स्थान पर रहे दोनों पार्टियों के उपविजेताओं की संख्या गिनी जाएगी और इन उपविजेताओं की संख्या को इन दोनों पार्टियों को पहले से प्राप्त मूल सीटों के साथ जोड़ दिया जाएगा। इस योग के बाद भी यदि किसी एक पार्टी को बहुमत नहीं प्राप्त हो पाता है, तो यह प्रक्रिया दूसरे चरण में चली जाएगी, जहाँ 1001-2000 मतों के अन्तर से द्वितीय स्थान पर रहे दोनों पार्टियों के उपविजेताओं की संख्या गिनी जाएगी और इन उपविजेताओं की संख्या को इन दोनों पार्टियों द्वारा प्राप्त सीटों के साथ जोड़ा जाएगा। इस योग के बाद भी यदि किसी पार्टी को बहुमत नहीं प्राप्त हो पाता है, तो यह प्रक्रिया तीसरे चरण में चली जाएगी, जहाँ 2001-3000 मतों के अन्तर से द्वितीय स्थान पर रहे दोनों पार्टियों के उपविजेताओं की संख्या गिनी जाएगी और इन उपविजेताओं की संख्या को दोनों पार्टियों द्वारा प्राप्त सीटों के साथ जोड़ा जाएगा। द्वितीय स्थान के उपविजेताओं की गणना के बाद भी यदि बहुमत नहीं मिल पाता है, तो उसके बाद तृतीय स्थान के उपविजेताओं की गणना की जाएगी। इस तरह यह प्रक्रिया तब तक की जाती रहेगी, जब तक कोई एक राजनीतिक पार्टी बहुमत न प्राप्त कर ले।

अन्त में जो पार्टी/चुनाव पूर्व गठबंधन सबसे पहले बहुमत पा जाएगा, उसके नेता को प्रधानमंत्री/मुख्यमंत्री पद पर नियुक्त किया जा सकेगा।

आर. वी. वी. प्रणाली की कार्यपद्धति को निम्न दृष्टान्त के माध्यम से स्पष्ट किया जा सकता है—

मान लीजिए कि किसी विधायिका में सीटों की संख्या 500 है और इसके लिए हुए चुनाव में कुल छह राजनीतिक पार्टी 'क', 'ख', 'ग' 'घ', 'च' और 'छ' ने भाग लिया है और चुनाव उपरान्त इन्हें क्रमश: निम्न सीट प्राप्त हुए—

'क'	:	220
'ख'	:	180
'ग'	:	45
'घ'	:	30
'च'	:	15
'छ'	:	10

इस तरह किसी भी पार्टी को बहुमत के लिए आवश्यक 251 सीट नहीं प्राप्त हुआ है। अब राष्ट्रपाल या राज्यपाल के समक्ष स्थिति स्पष्ट है कि वह न्यूनतम साझा कार्यक्रम के तहत स्वैच्छिक गठबंधन के विकल्पों की तलाश करे। स्थिति स्पष्ट होने से वह 'क' और 'ग' को बैठाकर बात कर सकता है, या फिर वह 'क', 'घ' और 'च' को बैठाकर बात कर सकता है या फिर 'ख', 'ग' और 'घ' को बैठाकर बात कर सकता है। यदि गठबंधन का यह प्रयास सफल नहीं हो पाता है, या यदि उसे ऐसा लगता है कि गठबंधन हेतु प्रयास करना फलदायी या आवश्यक नहीं है, तो वह आर. वी. वी. प्रणाली का प्रयोग करने के लिए चुनाव आयोग को निर्देश देगा।

इस प्रणाली के अन्तर्गत बहुमत प्राप्त करने के लिए दो सबसे बड़ी राजनीतिक पार्टियों 'क' और 'ख' के मध्य उनके द्वारा जीते गए सीटों के अलावा शेष सीटों के उपविजेता की संख्या को जोड़ते हुए चरणबद्ध स्पर्धा करायी जाएगी। राजनीतिक पार्टी 'क', जिसने 220 सीटों पर जीत हासिल किया है, के सम्बन्ध में शेष 280 सीटों पर रहे उसके उपविजेताओं का मत-मूल्यांकन किया जाएगा। इसी तरह राजनीतिक पार्टी 'ख', जिसने 180 सीटों पर जीत हासिल किया है, के सम्बन्ध में शेष 320 सीटों पर रहे उसके उपविजेताओं का मत-मूल्यांकन किया जाएगा। जो राजनीतिक पार्टी

पहले बहुमत प्राप्त कर लेगी, उसका नेता प्रधानमंत्री/मुख्यमंत्री पद सँभालने के लिए अधिकारयुक्त होगा।

आर. वी. वी. प्रणाली के अन्तर्गत होने वाली इस चरणबद्ध स्पर्धा को निम्न दो तालिकाओं के माध्यम से समझते हैं—

तालिका संख्या 1

		राजनीतिक पार्टी 'क'	राजनीतिक पार्टी 'ख'
बहुमत के लिए आवश्यक सीट	:	251	251
पहले से प्राप्त सीट	:	220	180
पहला चरण : 1000 से कम अन्तर			
वाले उपविजेताओं की संख्या	:	07	12
योग मत	:	227	192
दूसरा चरण : 1001-2000 अन्तर			
वाले उपविजेताओं की संख्या	:	26	25
योग मत	:	253	217

इस तरह उपविजेता मत मूल्यांकन के दौरान राजनीतिक पार्टी 'क' को दूसरे चरण में बहुमत हेतु आवश्यक 251 सीट प्राप्त हो गया। इसके बाद राजनीतिक पार्टी 'क' का नेता प्रधानमंत्री या मुख्यमंत्री पद धारण करने के लिए अधिकारयुक्त होगा। इस तरह लोकसभा/विधानसभा अपना शेष कार्यकाल पूरा कर सकेंगी।

तालिका संख्या 2

		राजनीतिक पार्टी 'क'	राजनीतिक पार्टी 'ख'
बहुमत के लिए आवश्यक सीट	:	251	251
पहले से प्राप्त सीट	:	220	180
पहला चरण : 1000 से कम अन्तर			
वाले उपविजेताओं की संख्या	:	07	25
योग मत	:	227	205
दूसरा चरण : 1001-2000 अन्तर			
वाले उपविजेताओं की संख्या	:	08	33
योग मत	:	235	238
तीसरा चरण : 2001-3000 अन्तर			
वाले उपविजेताओं की संख्या	:	12	15
योग मत	:	247	253

इस तरह उपविजेता मत मूल्यांकन के दौरान राजनीतिक पार्टी 'ख' को तीसरे चरण में बहुमत हेतु आवश्यक 251 सीट प्राप्त हो गया। इसके बाद राजनीतिक पार्टी 'ख' का नेता प्रधानमंत्री या मुख्यमंत्री पद धारण करने के लिए अधिकारयुक्त होगा। इस तरह लोकसभा/विधानसभा अपना शेष कार्यकाल पूरा कर सकेंगी।

यहाँ यह समझना आवश्यक है कि आर. वी. वी. प्रणाली का प्रयोग एक आपवादिक स्थिति पैदा होने के कारण निकाला गया समाधान है। त्रिशंकु लोकसभा/विधानसभा की स्थिति में बहुमत प्राप्त करने का यह अच्छा और सरल तरीका है। चुने हुए विधायिका का अस्तित्व भी बना रहेगा और सरकार का गठन भी लोकतांत्रिक तरीके से हो जाएगा। इस तरह बनने वाले सरकार की विधायिका के प्रति जवाबदेही उसी तरह होगी, जैसा पूर्ण बहुमत से गठित सरकार की होती है। अविश्वास प्रस्ताव न ला पाने जैसे इसके कुछ अपवाद हो सकते हैं। किन्तु यह स्थिति उससे बेहतर है, जो दुबारा चुनाव के कारण पैदा होती है।

आर. वी. वी. प्रणाली भारतीय संविधान के प्रावधान के भी अनुकूल है। भारतीय संविधान में सिर्फ यह कहा गया है कि मंत्रिपरिषद विधायिका के प्रति सामूहिक रूप से जवाबदेह होगा। इसका आशय है कि मंत्रिपरिषद का विधायिका में विश्वास होना चाहिए और ये विश्वास बहुमत प्राप्त होने पर ही माना जाएगा। भारतीय संविधान बहुमत प्राप्त करने के विधायी तरीके को स्पष्ट नहीं करता है। इसके प्रावधान बहुमत प्राप्त करने के तरीके के सवाल पर बहुत व्यापक है। इनमें इतना लचीलापन है कि बहुमत प्राप्त के लिए प्रस्तावित आर. वी. वी. प्रणाली भी इसके अन्तर्गत मान्य हो सकता है।

स्थानीय इकाइयों के चुनाव की प्रासंगिकता

वर्तमान में भारत में तीन स्तर पर प्रत्यक्ष निर्वाचित विधायी संस्थायें मौजूद हैं— एक केन्द्रीय स्तर पर लोकसभा, दूसरा राज्य स्तर पर विधानसभा और तीसरा स्थानीय स्तर पर नगर निकाय/ग्राम पंचायत। लोकसभा से संबंधित प्रावधान भारतीय संविधान के भाग V के अध्याय

एक देश-एक चुनाव : भारत में राजनीतिक सुधार की संभावनाएँ

II के अन्तर्गत; विधानसभा से संबंधित प्रावधान भाग VI के अध्याय III के अन्तर्गत; और ग्राम पंचायत/नगर निकाय से संबंधित प्रावधान भाग IX और IX-क के अन्तर्गत उल्लेखित किया गया है।

किन्तु जब भी हम एक देश-एक चुनाव की अवधारणा पर चर्चा करते हैं, चर्चा केवल लोकसभा और विधानसभा के चुनाव पर आकर सीमित हो जाती है और ग्राम पंचायत या नगर निकाय चुनाव इस चर्चा में स्थान नहीं बना पाते हैं। इसके दो प्रमुख कारण हैं। पहला यह कि स्थानीय इकाई के चुनाव में, खासतौर से ग्राम पंचायतों के चुनाव में राजनीतिक पार्टियों की रुचि लगभग नहीं के बराबर होती है। पार्टियों की अरुचि का कारण यह है कि भारतीय राजनीति में ग्राम पंचायतों को वह महत्त्व नहीं मिल पाया है, जितना मिलना चाहिए। ग्राम स्वराज की अवधारणा भी इसी कारण अभी तक आधी-अधूरी है। इस स्थिति को बदलने की आवश्यकता हमेशा महसूस की जाती रही है। इस पुस्तक के अध्याय II में प्रस्तावित 'नगरम', 'नगरम-प्रमुख एवं कैबिनेट', लोकसभा एवं विधानसभा की तर्ज पर 'प्रतिनिधि सभा' इत्यादि का गठन करने से स्थिति में बदलाव आएगा और स्थानीय इकाइयों का महत्त्व बढ़ेगा। इन्हें अब तमाम वित्तीय एवं प्रशासनिक अधिकार भी दिये जा रहे हैं। 'कर' में भी अब इन्हें हिस्सा दिए जाने की पहल की जा रही है। राजनीतिक पार्टियों की रुचि तब और ज्यादा हो जाएगी, जब उन्हें राष्ट्रीय पार्टी और राज्य-स्तरीय पार्टी बनने के लिए इन स्थानीय इकाइयों के चुनाव पर निर्भर होना होगा।

एक देश-एक चुनाव के सन्दर्भ में स्थानीय इकाई को गम्भीरता से न लेने का दूसरा प्रमुख कारण यह है कि नगर निकाय एवं पंचायत स्तर का चुनाव राज्य का मामला होता है और इसपर आने वाले खर्च का वहन राज्य सरकार द्वारा ही किया जाता है। भले ही स्थानीय इकाइयों का चुनाव राज्य का मामला हो, किन्तु यदि इसके साथ इस तथ्य को भी जोड़ लिया जाय कि देश के सभी राज्यों पर इन इकाइयों का चुनाव कराने की संवैधानिक जिम्मेदारी है, तो ये चुनाव भी उसी तरह से राष्ट्रीय स्तर का चुनाव हो जाता है, जैसा कि लोकसभा एवं विधानसभा का है। स्थानीय इकाइयों के चुनाव का भी उतना ही विस्तार है, जितना लोकसभा एवं

विधानसभा का है। इसलिए इन स्थानीय इकाइयों के चुनाव की उपेक्षा इस आधार पर नहीं की जा सकती है कि ये चुनाव राज्य का मामला है। स्थानीय इकाइयों के चुनाव में भी खर्च लगभग उतना ही आता है, जितना लोकसभा और विधानसभा में। इनके कारण भी देश को आचार संहिता का सामना उसी तरह करना होता है, जैसे लोकसभा और विधानसभा के चुनाव के कारण। स्थानीय इकाइयों के चुनाव में प्रशासन एवं सुरक्षा तंत्र को उसी तरह शामिल होना पड़ता है, जैसे लोकसभा और विधानसभा के चुनाव में। इसलिए कोई कारण नहीं है कि एक देश-एक चुनाव की अवधारणा में स्थानीय इकाई के चुनाव को न शामिल किया जाय।

स्थानीय इकाई का 'नगरम्' वाला समग्र स्वरूप क्यों प्रासंगिक है और इसके संरचनात्मक ढाँचे को लोकतांत्रिक मूल्यों के अनुरूप बनाने में क्या-क्या बदलाव करने की अवश्यकता है, शासन का विकेन्द्रीकरण करने के लिए लोकसभा और विधानसभा की तरह प्रतिनिधि सभा का विचार क्यों प्रासंगिक है, इस पर विस्तार से चर्चा इस पुस्तक के अगले अध्याय में किया जाएगा। यहाँ स्थानीय इकाइयों की निर्वाचन प्रणाली का एक देश-एक चुनाव के परिप्रेक्ष्य में विश्लेषण करना इस अध्याय का सीमित विषय है।

स्थानीय इकाइयों का गठन : अध्यक्षीय प्रणाली या संसदीय प्रणाली

एक देश-एक चुनाव के समक्ष जो सबसे अधिक बाधा है, वह है जनता द्वारा प्रत्यक्ष निर्वाचित विधायी संस्थाओं का अस्थिर होना। यह अस्थिरता संसदीय शासन प्रणाली की एक सामान्य विशेषता और अन्तर्निहित गुण है। इसके पूर्व अभी तक इसी दृष्टिकोण से उन सभी पहलुओं पर चर्चा की गयी है, जो लोकसभा और विधानसभा को न्यूनतम स्तर पर अस्थिर बनाये और इनका कार्यकाल पूर्ण होने में मदद करे। स्थानीय इकाइयों के सन्दर्भ में भी अस्थिरता के समाधान पर चर्चा करना आवश्यक है।

केन्द्र और राज्य में संसदीय शासन प्रणाली अपनाया गया है, यानी लोकसभा और विधानसभा के सदस्यों का चुनाव प्रत्यक्ष तरीके से लोगों

द्वारा किया जाता है और इन सदस्यों के बहुमत का विश्वास पाने वाला व्यक्ति सरकार का प्रमुख यानी प्रधानमंत्री और मुख्यमंत्री चुना जाता है। जबकि स्थानीय स्तर के पंचायत/निकाय की शासन प्रणाली को लेकर कोई संवैधानिक स्पष्टता नहीं है। अलग-अलग राज्यों द्वारा ग्राम पंचायत के प्रमुख/अध्यक्ष और नगर निकाय के प्रमुख/अध्यक्ष के चुनाव की अलग-अलग व्यवस्था स्वीकार किया गया है। किसी राज्य में यह संसदीय प्रणाली के निकट है, तो किसी राज्य में यह अध्यक्षीय प्रणाली के। इस अन्तर का कारण संविधान के भाग IX और IX-क में स्वीकृत वे प्रावधान हैं, जो ग्राम पंचायत/नगर निकाय के प्रमुख/अध्यक्ष के चुनाव के तरीके को तय करने की आजादी राज्यों को देते हैं।

अनुच्छेद 243-सी के खण्ड (5)(क) और अनुच्छेद 243-आर के खण्ड (2)(ख) के अन्तर्गत राज्य कानून बनाकर यह तय कर सकता है कि ग्राम पंचायत के प्रमुख/अध्यक्ष और नगर-निकायों के प्रमुख/अध्यक्ष का चुनाव प्रत्यक्ष तरीके से लोगों द्वारा किया जाएगा या अप्रत्यक्ष तरीके से चुने हुए सदस्यों द्वारा किया जाएगा। उत्तर प्रदेश राज्य में बनाए गए कानून के अन्तर्गत ग्राम पंचायत के प्रमुख/अध्यक्ष और नगर-निकायों के प्रमुख/अध्यक्ष का चुनाव प्रत्यक्ष तरीके से लोगों द्वारा किया जाता है, तो तमिलनाडु राज्य में बनाए गए कानून के अन्तर्गत जहाँ ग्राम पंचायत के प्रमुख/अध्यक्ष का चुनाव प्रत्यक्ष तरीके से लोगों द्वारा किया जाता है, वहीं नगर-निकायों के प्रमुख/अध्यक्ष का चुनाव अप्रत्यक्ष तरीके से चुने हुए सदस्यों द्वारा किया जाता है। जिस राज्य द्वारा प्रमुख/अध्यक्ष का चुनाव प्रत्यक्ष तरीके से लोगों द्वारा करने की व्यवस्था अपनाया गया है, वह अध्यक्षीय शासन प्रणाली के निकट है और जिस राज्य द्वारा प्रमुख/अध्यक्ष का चुनाव अप्रत्यक्ष तरीके से चुने हुए सदस्यों द्वारा करने की व्यवस्था अपनाया गया है, वह संसदीय शासन प्रणाली के निकट है। इस तरह अलग-अलग राज्यों में ग्राम पंचायत के प्रमुख/अध्यक्ष और नगर निकाय के प्रमुख/अध्यक्ष के चुनाव की अलग-अलग व्यवस्था स्वीकार किया गया है। कहीं संसदीय प्रणाली के निकट है, तो कहीं अध्यक्षीय प्रणाली के। स्पष्टत: स्थानीय स्तर पर अपनाये गये निर्वाचन प्रणाली में एकरूपता

का अभाव है।

एक देश-एक चुनाव की अवधारणा लागू करने की दृष्टि से यह तय करना अति महत्त्वपूर्ण है कि भारत के स्थानीय इकाई के लिए संसदीय प्रणाली उचित है या अध्यक्षीय प्रणाली या इसके अलावा कोई अन्य प्रणाली।

लगभग सभी राज्यों ने ग्राम पंचायत के निर्वाचन के सम्बन्ध में अध्यक्षीय प्रणाली स्वीकार किया है। यानी ग्राम के लोगों द्वारा ग्राम पंचायत के सदस्य और प्रधान/प्रमुख/अध्यक्ष दोनों का चुनाव प्रत्यक्ष तरीके से किया जाता है। जबकि नगर निकाय के निर्वाचन के सम्बन्ध में अलग-अलग राज्यों द्वारा अलग-अलग व्यवस्था अपनायी गयी है। नौ राज्यों— बिहार, छत्तीसगढ़, हरियाणा, झारखण्ड, मध्य प्रदेश, उड़ीसा, उत्तर प्रदेश, तेलंगाना एवं उत्तराखण्ड में नगर निकायों के लिए अध्यक्षीय प्रणाली अपनायी गयी है। बाकी राज्यों में संसदीय प्रणाली अपनायी गयी है यानी सर्वप्रथम इसके सदस्यगण लोगों द्वारा प्रत्यक्ष तरीके से चुने जाते हैं और बाद में ये सदस्यगण अपने मध्य से बहुमत द्वारा अध्यक्ष/प्रमुख का निर्वाचन करते हैं।

इस तरह भारत में लगभग सभी राज्य के ग्राम पंचायत और नौ राज्यों के नगर निकाय का निर्वाचन अध्यक्षीय प्रणाली पर आधारित हैं, तो शेष राज्य के नगर निकाय का निर्वाचन संसदीय प्रणाली पर आधारित है। अध्यक्षीय प्रणाली के आधार पर स्थानीय इकाइयों का निर्वाचन कराने का एक प्रमुख लाभ यह है कि यहाँ राजनीतिक स्थिरता बनी रहती है। विशेष परिस्थिति में इनके प्रमुखों को हटाये जाने का भी प्रावधान है। उत्तर प्रदेश पंचायत राज अधिनियम, 1947 की धारा 14 के अन्तर्गत ग्राम के लोग ग्राम पंचायत अध्यक्ष को मत के माध्यम से हटा सकते हैं और धारा 95(1)(एफ)के अन्तर्गत ग्राम पंचायत को सरकार द्वारा भंग किया जा सकता है। किन्तु यह आपवादिक स्थिति है। सामान्य स्थिति में ये इकाइयाँ अपने पाँच वर्ष का कार्यकाल पूरा करती हैं। यदि बीच में किसी कारण से कोई पद रिक्त हो जाता है और मध्यावधि चुनाव कराने की स्थिति बनती है तो चुने गए नए प्रतिनिधि का कार्यकाल शेष कार्यावधि के लिए होता

है। स्थानीय इकाइयों के सम्बन्ध में यह आदर्श स्थिति है। स्थानीय इकाइयों के निर्वाचन के सम्बन्ध में जब हम संसदीय शासन प्रणाली अपनाते हैं, तो राजनीतिक अस्थिरता और हार्स ट्रेडिंग (राजनीतिक सौदेबाजी) की स्थिति हमेशा बनी रहती है। कम-से-कम स्थानीय इकाइयों को इस तरह की गैर-वांछित स्थिति से बचाना आवश्यक है। इस दृष्टि से सैद्धान्तिक तौर पर यह स्वीकार करना उचित है कि सभी स्थानीय इकाइयों का निर्वाचन अध्यक्षीय प्रणाली के आधार पर किया जाय, ताकि इन्हें अपना कार्यकाल पूर्ण करने में कोई बाधा न आये।

कार्यपालिका की राजनीतिक जवाबदेही संविधान का मूल ढाँचा है। इसलिए जितना आवश्यक राजनीतिक स्थिरता है, उतना ही आवश्यक राजनीतिक जवाबदेही भी है। भारत में स्थानीय इकाई के लिए जो भी कानूनी/संवैधानिक व्यवस्था अपनायी गयी है, चाहे इनका निर्वाचन अध्यक्षीय प्रणाली के माध्यम से हो या संसदीय प्रणाली के माध्यम से, प्रधान/प्रमुख/अध्यक्ष ही पंचायत या नगर निकाय की अध्यक्षता और संचालन करता है। इस दृष्टि से उसकी स्पष्ट जवाबदेही तय नहीं हो पाती है। ढाँचागत राजनीतिक सुधार के इस विषय पर पुस्तक के अगले अध्याय में विस्तृत चर्चा की जाएगी। यहाँ इतना ही कहना पर्याप्त है कि स्थानीय इकाइयों का निर्वाचन भले ही अध्यक्षीय प्रणाली पर आधारित हो, किन्तु इनकी कार्यपद्धति संसदीय प्रणाली जैसी होनी चाहिए, ताकि कार्यपालिका का विधायिका के प्रति जवाबदेही भी बनी रहे। इस दृष्टि से स्थानीय-इकाइयों के लिए 'अध्यक्षीय-सह-संसदीय' प्रणाली सर्वोत्तम होगी।

चुनावी वर्ष की अवधारणा : समायोजन करने का सवाल

एक देश-एक चुनाव की अवधारणा का निहित उद्देश्य प्राप्त करने के लिए आवश्यक है कि सभी प्रत्यक्ष निर्वाचित विधायिकाओं का चुनाव एक साथ कराया जाय। संविधान के अन्तर्गत लोकसभा, विधानसभा और नगर निकाय या ग्राम पंचायत का कार्यकाल पाँच वर्ष निर्धारित है। इस दृष्टि से यदि हम तीनों स्तर के विधायिकाओं का चुनाव एक साथ कराते हैं, तो एक नागरिक को एक बार में चार मत देना पड़ेगा। एक केन्द्र स्तर

पर लोकसभा सदस्य के लिए, दूसरा राज्य स्तर पर विधानसभा सदस्य के लिए, तीसरा स्थानीय इकाई स्तर पर प्रतिनिधि सभा सदस्य के लिए और चौथा नगर निकाय/ग्राम पंचायत के अध्यक्ष/प्रमुख के लिए।

इस अध्याय के पिछले शीर्षकों में किए गए चर्चा के उपरान्त यदि यह विश्वास हो जाय कि किसी भी स्थिति में लोकसभा या विधानसभा या प्रतिनिधि सभा अपना कार्यकाल पूर्ण करने में सफल होंगे और किसी विपरीत परिस्थिति में हम लोकतांत्रिक तरीके से पूरे कार्यकाल के लिए सरकार प्राप्त कर लेंगे, तो इसके बाद अगली सबसे बड़ी चुनौती समायोजन की होगी। एक देश-एक चुनाव के सन्दर्भ में समायोजन का तात्पर्य है कि देश के सभी विधायी संस्थाओं, जिसमें एक लोकसभा, 31 राज्यों के विधानसभा और सभी राज्यों के स्थानीय इकाई के ग्राम पंचायत/ नगर निकाय शामिल हैं, के कार्यकाल को एक निश्चित कालबिन्दु पर लाया जाय, ताकि एक साथ इन सभी विधायी संस्थाओं का चुनाव कराया जा सके।

सत्रहवें लोकसभा का कार्यकाल अप्रैल 2024 में समाप्त होने वाला है। आंध्रप्रदेश, अरुणाचल प्रदेश, उड़ीसा और सिक्किम के विधानसभा का कार्यकाल भी लोकसभा के कार्यकाल के साथ पूरा होगा, जबकि उत्तर प्रदेश, उत्तराखण्ड, पंजाब, गोवा, मणिपुर, गुजरात और हिमाचल प्रदेश का कार्यकाल उसके पूर्व वर्ष 2022 में; त्रिपुरा, मेघालय, नागालैण्ड, कर्नाटक, छत्तीसगढ़, मध्य प्रदेश, मिजोरम, राजस्थान और तेलंगाना का कार्यकाल भी उसके पूर्व वर्ष 2023 में समाप्त हो जाएगा जबकि हरियाणा, महाराष्ट्र एवं झारखण्ड का कार्यकाल उसके बाद नवम्बर 2024 में; दिल्ली का कार्यकाल फरवरी 2025 में; बिहार का कार्यकाल अक्टूबर 2025 में; पश्चिम बंगाल, आसाम, केरल, तमिलनाडु और पुण्डुचेरी का कार्यकाल अप्रैल 2026 में समाप्त होगा। कार्यकाल के सम्बन्ध में ऐसी ही विसंगति अलग-अलग राज्यों के नगर निकाय एवं ग्राम पंचायतों को लेकर है।

कार्यकाल की उक्त विसंगति को समाप्त कर एक साथ चुनाव की स्थिति प्राप्त करने के लिए दो पहल करने की आवश्यकता होगी। पहला यह कि किसी एक ऐसे विधायी संस्था को खोजा जाय, जिसका कार्यकाल

एक देश-एक चुनाव : भारत में राजनीतिक सुधार की संभावनाएँ

चुनावी काल की दृष्टि से सबसे अधिक उपयुक्त हो और दूसरा यह कि बाकी सभी विधायी संस्थाओं को इस आदर्श कालबिन्दु पर लाया जाय, ताकि इन सभी का एक साथ चुनाव कराया जा सके।

यह तो निश्चित है कि एक देश-एक चुनाव लागू करने का कदम एक क्रान्तिकारी कदम होगा। यदि इस क्रान्तिकारी कदम को सफल बनाना है, तो इसके लिए कुछ-न-कुछ त्याग करना ही पड़ेगा। यह त्याग किसी विधायी संस्था के कार्यकाल को बढ़ाकर या किसी विधायी संस्था के कार्यकाल को घटाकर करना पड़ेगा। यहाँ सवाल वह कालखण्ड निश्चित करने का है, जो चुनाव की दृष्टि से सर्वाधिक आदर्श और उपयुक्त हो। इस दृष्टि से निम्न दो बिन्दुओं पर विचार करना उचित है—

1. इस बात को लेकर शायद ही कोई विवाद हो कि भौगोलिक एवं मौसम की दृष्टि से भारत में चुनाव कराने का सबसे उपयुक्त समय फरवरी-मार्च-अप्रैल की अवधि है। इस कालखण्ड के दौरान न तो ज्यादा शीत होता है, न गर्मी और न वर्षा।

2. यदि पाँच के गुणक वाला कोई वर्ष चुनावी वर्ष के रूप में इस देश को मिल जाय, तो यह सोने पर सुहागा होगा। इस दृष्टि से 2025 का वर्ष ज्यादा उपयुक्त होगा। यदि हम 2025 में एक साथ चुनाव कराने में सफल होते हैं तो प्रत्येक पाँच वर्ष पर यानी 2030, 2035, 2040, 2045, 2050... में चुनाव होना आरम्भ हो जाएगा। इन वर्षों को आम जनमानस द्वारा अपने मन-मस्तिष्क में याद रखना बहुत आसान होगा।

उक्त दोनों बिन्दुओं के आधार पर दिल्ली विधानसभा का कार्यकाल आदर्श स्थिति के ज्यादा निकट है, जो फरवरी 2025 में समाप्त हो रहा है। यह अवधि 2022 और 2027 के बीच में आने के कारण और उपयुक्त हो जाती है। वर्ष 2025 के फरवरी-मार्च-अप्रैल की समयावधि को आदर्श कालबिन्दु बनाया जा सकता है। इस तरह प्रत्येक पाँच वर्ष पर आने वाले वर्ष यानी 2025, 2030, 2035, 2040, 2045, 2050... को देश का चुनावी वर्ष और इन वर्षों के फरवरी-मार्च-अप्रैल महीने की अवधि को चुनावी काल घोषित किया जा सकता है। इस तरह का एक निश्चित चुनावी

काल अमेरिका जैसे देशों में भी स्वीकार किया गया है।

आदर्श कालबिन्दु की यह स्थिति प्राप्त करने के बाद अगली चुनौती यह है कि कैसे हम बाकी विधायी संस्थाओं के कार्यकाल को इस आदर्श कालबिन्दु पर ले आयें।

भारतीय संविधान के अन्तर्गत लोकसभा, राज्यों के विधानसभा, पंचायत, नगर निकाय का और संघक्षेत्र शासन अधिनियम, 1963 के अन्तर्गत संघशासित क्षेत्रों के विधानसभा का कार्यकाल पाँच वर्ष निर्धारित है। किन्तु इन्हें पाँच वर्ष पूर्ण करने के पहले कभी भी भंग किया जा सकता है। इस तरह ऐसे विधायी संस्थाओं की जिनका कार्यकाल फरवरी 2025 के बाद पूरा हो रहा है, उन्हें इस आदर्श कालबिन्दु पर लाने में कोई समस्या नहीं है। समस्या उन विधायी संस्थाओं को लेकर है, जिनका कार्यकाल फरवरी 2025 के पहले ही पूरा हो रहा है। इसका समाधान तभी है, जब इन विधायी संस्थाओं का कार्यकाल बढ़ाया जाय। भारतीय संविधान के अन्तर्गत लोकसभा और विधानसभा का कार्यकाल तभी बढ़ाया जा सकता है, जब युद्ध, बाह्य आक्रमण या सशस्त्र विद्रोह की स्थिति में अनुच्छेद 352 के अन्तर्गत राष्ट्रीय आपातकाल लगाया गया हो। इसके अलावा दूसरा रास्ता यह है कि संविधान के अनुच्छेद 83 के खण्ड (2), अनुच्छेद 172 के खण्ड (1), अनुच्छेद 243-ई के खण्ड (1) और अनुच्छेद 243-यू के खण्ड (1) तथा संघक्षेत्र शासन अधिनियम, 1963 की धारा 5 के प्रावधान में संशोधन किया जाय।

लोकसभा एवं विधानसभा का कार्यकाल बढ़ाने का प्रयोग एक बार 42वें संविधान संशोधन कानून, 1976 के माध्यम से किया गया था। इस कानून के माध्यम से अनुच्छेद 83 के खण्ड (2) और अनुच्छेद 172 के खण्ड (1) में संशोधन कर लोकसभा और राज्यों के विधानसभा का कार्यकाल पाँच वर्ष से बढ़ाकर छह वर्ष किया गया था। यद्यपि दो वर्ष बाद ही 44वें संविधान संशोधन कानून, 1978 के माध्यम से इसे पुनः घटाकर पाँच वर्ष कर दिया गया। किन्तु ये संशोधन यह साबित करने के लिए पर्याप्त हैं जैकि लोकसभा और विधानसभा के कार्यकाल में बदलाव करने का प्रयोग भारत में नया नहीं है।

यह स्पष्ट है कि 42वें या 44वें संविधान संशोधन कानून के माध्यम से जो बदलाव किए जा रहे थे, वे स्थायी बदलाव करने की नियति से किए जा रहे थे। एक देश-एक चुनाव की अवधारणा के सन्दर्भ में कार्यकाल को लेकर जो संविधान संशोधन होगा, वह अस्थायी बदलाव ही होगा यानी कुछ सीमित समय के लिए होगा। जैसे लोकसभा के कार्यकाल को आदर्श कालबिन्दु यानी फरवरी 2025 तक लाने हेतु अनुच्छेद 83 के खण्ड (2) में एक परन्तुक जोड़ने के लिए संविधान संशोधन करना होगा। इस परन्तुक के प्रावधान का प्रभाव सत्रहवें लोकसभा का कार्यकाल फरवरी 2025 तक विस्तारित करने वाला होगा, ताकि एक देश-एक चुनाव की अवधारणा लागू करने हेतु आदर्श स्थिति प्राप्त की जा सके। इसी तरह का संशोधन अनुच्छेद 172 के खण्ड (1), अनुच्छेद 243-ई के खण्ड (1) और अनुच्छेद 243-यू के खण्ड (1) तथा संघक्षेत्र शासन अधिनियम, 1963 की धारा 5 में भी करना होगा।

तब जबकि कुछ राज्यों के विधानसभा का कार्यकाल बढ़ाने के लिए संविधान संशोधन करना ही होगा, यह अच्छा होगा कि जिन राज्यों/संघशासित क्षेत्रों के विधानसभा के कार्यकाल को कम करने की आवश्यकता है, उन्हें भंग करने के बजाय इनके कार्यकाल को कम करने के लिए भी संशोधन कर लिया जाय। नगर निकाय एवं ग्राम सभा के सन्दर्भ में भी यह स्थिति संविधान संशोधन करके प्राप्त किया जा सकता है।

एक देश-एक चुनाव : त्रिस्तरीय योजना

एक देश-एक चुनाव के सन्दर्भ में उक्त चर्चा इसके एकस्तरीय योजना को लेकर किया गया है। इस योजना के अन्तर्गत लोकसभा, विधानसभा एवं प्रतिनिधि सभा[1] के चुनाव एक साथ, एक समय पर कराया जाना प्रस्तावित है। एक दूसरा विकल्प एक देश-एक चुनाव का त्रिस्तरीय योजना है, जिसके अन्तर्गत लोकसभा, विधानसभा और प्रतिनिधि सभा के चुनाव पूरे देशभर में एक साथ, किन्तु एक निश्चित अन्तराल पर अलग-

---

1. विस्तार के लिए देखें, इस पुस्तक का पृष्ठ संख्या 109

अलग कराया जा सकता है। यह विकल्प तब की स्थिति में होगा, जब यह आशंका मन-मस्तिष्क में हावी हो जाय कि एक साथ चुनाव कराने से मतदाता चुनावी मुद्दों को लेकर भ्रमित रहेगा और किसी भी सूरत में वह लोकसभा, विधानसभा और प्रतिनिधि सभा के मध्य अन्तर करने में अक्षम होगा। इसके कारण राष्ट्रीय मुद्दों के सामने राज्य-स्तरीय मुद्दे एवं स्थानीय मुद्दे गौण हो जाएँगे या राज्य-स्तरीय मुद्दों के सामने राष्ट्रीय मुद्दे एवं स्थानीय मुद्दे गौण हो जाएँगे या स्थानीय मुद्दों के सामने राष्ट्रीय मुद्दे एवं राज्य-स्तरीय मुद्दे गौण हो जाएँगे।

एक देश-एक चुनाव की त्रिस्तरीय योजना को लागू करने के लिए प्रत्यक्ष निर्वाचित विधायी संस्थाओं — लोकसभा, विधानसभा और प्रतिनिधि सभा के पंचवर्षीय कार्यकाल में सुधार करना पड़ेगा। चूँकि तीन स्तर के चुनाव हैं और यदि इन सभी तीन स्तर के चुनाव को एक निश्चित अन्तराल पर कराने की दिशा में आगे बढ़ रहे हैं तो यह तय करना पड़ेगा कि ये तीनों चुनाव समान समय-अन्तराल पर हों और पूर्व निर्धारित चुनावी काल के दौरान ही हों। इन तीन विधायी संस्थाओं के अलावा एक अन्य विधायी संस्था राज्यसभा भी है। राज्यसभा एक अप्रत्यक्ष निर्वाचित संस्था है, जिसका कार्यकाल छह वर्ष निर्धारित है। यदि राज्यसभा के कार्यकाल के अनुरूप लोकसभा, विधानसभा एवं प्रतिनिधि सभा का कार्यकाल छह वर्ष कर दिया जाय, तो इसका समाधान हो जाएगा। कार्यकाल छह वर्ष हो जाने पर तीनों विधायी संस्थाओं का चुनाव तीन स्तर पर दो-दो वर्ष के अन्तराल पर एक ही चुनावी काल के दौरान कराया जा सकेगा। यानी यदि लोकसभा का चुनाव फरवरी-मार्च-अप्रैल 2024 में कराया जा रहा है, तो सभी राज्यों/संघशासित क्षेत्रों के विधानसभा का चुनाव दो वर्ष बाद फरवरी-मार्च-अप्रैल 2026 के चुनावी काल के दौरान और नगर निकाय/ ग्राम पंचायत का चुनाव चार वर्ष बाद फरवरी-मार्च-अप्रैल 2028 के चुनावी काल के दौरान एक साथ कराया जाएगा। इस तरह प्रत्येक छह वर्ष के अन्तराल पर इन तीनों स्तर के विधायी संस्थाओं का चुनाव अलग-अलग मुद्दों पर सम्पन्न होता रहेगा।

यदि हम त्रिस्तरीय योजना लागू करने की दिशा में आगे बढ़ते हैं,

     एक देश-एक चुनाव : भारत में राजनीतिक सुधार की संभावनाएँ

तो समायोजन की प्रक्रिया बदल जायेगी। जहाँ एकस्तरीय योजना में सभी विधायी संस्थाओं को चुनावी वर्ष के एक आदर्श कालबिन्दु पर लाया जाना था, वहीं त्रिस्तरीय योजना के अन्तर्गत लोकसभा का कार्यकाल उसके नियमित कार्यकाल यानी फरवरी-मार्च-अप्रैल 2024 पर स्थिर रखना होगा तथा सभी राज्यों/संघशासित क्षेत्रों के विधानसभा का कार्यकाल लोकसभा चुनाव के दो वर्ष बाद यानी फरवरी-मार्च-अप्रैल 2026 पर और नगर निकाय/ग्राम पंचायत का कार्यकाल दो वर्ष पूर्व फरवरी-मार्च-अप्रैल 2022 पर या चार वर्ष बाद फरवरी-मार्च-अप्रैल 2028 पर लाना होगा। एक बार यह स्थिति प्राप्त करने के बाद प्रत्येक छह वर्ष के अन्तराल पर लोकसभा, विधानसभा और नगर निकाय/ग्राम पंचायत के चुनाव एक साथ होते रहेंगे।

त्रिस्तरीय योजना के अन्तर्गत विधायी संस्थाओं का चुनाव दो-दो वर्ष के अन्तराल पर कराने से लगता है कि चुनावी खर्च की दृष्टि से कोई फर्क नहीं होगा। किन्तु ऐसा नहीं है। पच्चीस वर्ष के दौरान जहाँ एकस्तरीय योजना के अन्तर्गत पाँच बार चुनाव कराना पड़ेगा, वहीं लगभग इतनी ही अवधि- चौबीस वर्ष के दौरान केवल चार बार ही चुनाव कराना पड़ेगा। त्रिस्तरीय योजना के अन्तर्गत एक बार कम चुनाव कराने से जो आर्थिक बचत होगी, उससे उसकी भरपाई हो जाएगी जो एकस्तरीय योजना न लागू करने के कारण उठाना पड़ेगा। यदि मुद्दों को लेकर मतदाताओं में स्पष्टता होने से मिलने वाले लाभ को जोड़ दें तो शायद ही किसी तरह का नुकसान उठाना पड़े।

एकस्तरीय योजना या त्रिस्तरीय योजना

एक देश-एक चुनाव का 'एकस्तरीय योजना' अपनाया जाना उचित है या 'त्रिस्तरीय योजना', इस पर निर्णय लेना एक गम्भीर विषय है। यह इस बात पर निर्भर करेगा कि हम मतदाताओं के उस विवेक पर कितना भरोसा करते हैं, जो लोकसभा, विधानसभा और प्रतिनिधि सभा के मध्य मुद्दों के अन्तर को समझने को लेकर है। वस्तुतः यह विवेक होने की तुलना में विवेक का प्रयोग करने का सवाल ज्यादा है। इसलिए यह इसपर

भी निर्भर होगा कि हम मतदान स्थल पर अलग-अलग मुद्दों पर आधारित तीनों चुनाव के लिए किस तरह से विवेक प्रयोग हेतु अलग-अलग वातावरण दे पाते हैं। यदि थोड़े-थोड़े समयान्तराल पर ऐसा परिवर्तनशील वातावरण दे पाते हैं, जो कि बिल्कुल सम्भव है, तो एकस्तरीय योजना से अलग होने का सवाल समाप्त हो जाएगा।

पंचायत चुनाव में लोग एक साथ चार तरह के मत — पहला ग्राम पंचायत सदस्य, दूसरा ग्राम पंचायत अध्यक्ष, तीसरा मध्यवर्ती पंचायत सदस्य और चौथा जिला पंचायत सदस्य — के लिए देते आ रहे हैं। इसलिए एकस्तरीय योजना के अन्तर्गत एक साथ चार मत — पहला लोकसभा सदस्य, दूसरा विधानसभा सदस्य, तीसरा प्रतिनिधि सभा सदस्य और चौथा स्थानीय इकाई अध्यक्ष — के लिए देना कोई नई बात नहीं होगी। आंध्र प्रदेश, अरुणाचल प्रदेश, उड़ीसा और सिक्किम राज्यों के विधानसभा का चुनाव लोकसभा के साथ ही होता है। इन चारों राज्यों के लोगों के लिए लोकसभा और विधानसभा के अलग-अलग मुद्दों को लेकर समस्या नहीं होती है। एकस्तरीय योजना विधायिका के पाँच वर्ष वाले आदर्श कार्यकाल को बनाए रखती है। यह योजना एक ही बार सभी स्तर के प्रत्यक्ष निर्वाचित विधायी संस्थाओं का चुनाव कराकर देश को पाँच वर्ष के लिए निश्चिन्त होकर विकास करने देगा।

जबकि त्रिस्तरीय योजना के अन्तर्गत सभी प्रत्यक्ष निर्वाचित विधायी संस्थाओं का कार्यकाल बढ़ाकर छह वर्ष करना होगा। भले ही त्रिस्तरीय योजना के अन्तर्गत सभी विधायिकाओं का कार्यकाल छह वर्ष करना पड़े, किन्तु इसके इस व्यावहारिक लाभ से इन्कार नहीं किया जा सकता है कि मतदाताओं के मध्य तीनों स्तर के चुनाव के अलग-अलग मुद्दों को लेकर स्पष्टता बनी रहेगी। कोई भ्रम की स्थिति नहीं होगी। इससे भी इन्कार नहीं किया जा सकता है कि एकस्तरीय योजना के अन्तर्गत राजनीतिक पार्टियों एवं संगठनों के लिए आसान नहीं होगा कि वे एक ही मंच से राष्ट्रीय स्तर के, राज्य स्तर के और स्थानीय स्तर के अलग-अलग मुद्दों को लोगों के मध्य एक साथ इस तरह से उठा सकें ताकि लोग इन अलग-अलग मुद्दों के महत्त्व को मतदान के सन्दर्भ में समझ सकें। एकस्तरीय

   एक देश-एक चुनाव : भारत में राजनीतिक सुधार की संभावनाएँ

योजना के अन्तर्गत जहाँ रैलियों के मंच पर इन अलग-अलग मुद्दों के मध्य विभाजन रेखा खींचना आसान नहीं होगा, वहीं त्रिस्तरीय योजना के अन्तर्गत ऐसी कोई रेखा खींचने की आवश्यकता ही नहीं होगी। इससे इतर त्रिस्तरीय योजना का एक अवांछित लाभ यह होगा कि राजनीतिक रैली के लिए मंच या काफिला सजाने वाले या एग्जिट पोल जैसा कार्य करने वाले तमाम हितबद्ध संस्थाओं को प्रासंगिक बने रहने के लिए पाँच वर्ष इन्तजार नहीं करना पड़ेगा।

जिस भी योजना के पक्ष में निर्णय लिया जाय, निर्णय लिया जाना महत्त्वपूर्ण होगा। ठहराव की स्थिति उचित नहीं होगी। भले ही एक योजना में थोड़ा ज्यादा लाभ दिखता हो और दूसरे में कम लाभ, किन्तु नुकसान की स्थिति दोनों में नहीं है। यह समय के साथ क्रमिक सुधार होते रहने और लोगों को इसके अनुकूल ढलते रहने की बात होगी। जो भी योजना अपनायी जाएगी, राजनीतिक पार्टियाँ और मतदातागण स्वयं को इसके साथ जुड़कर सहज होते जाएँगे और इस तरह एक देश-एक चुनाव की अवधारणा इस देश के दीर्घकालिक राजनीतिक सुधार की दिशा तय करने में समर्थ हो सकेगी।

एक देश – एक मतदाता सूची

एक देश-एक चुनाव की अवधारणा लागू करने के लिए आवश्यक है कि एक देश-एक मतदाता सूची की व्यवस्था को भी अपनाया जाय। भारत में अलग-अलग स्तर के चुनाव के लिए अलग-अलग मतदाता सूची हैं। संविधान के अनुच्छेद 243-के एवं अनुच्छेद 243-जेडए तथा राज्य-निर्मित कानूनों के अन्तर्गत स्थानीय इकाई के चुनाव से संबंधित मतदाता सूची बनाने की जिम्मेदारी राज्य चुनाव आयोग को दी गई है। इस कारण राज्य, मतदाता सूची हेतु अर्हता-तिथि निर्धारित करने के लिए स्वतंत्र हो जाते हैं। कई राज्यों में तो ऐसी अर्हता-तिथि स्वीकार किए गए हैं, जो भारत के चुनाव आयोग द्वारा निर्धारित अर्हता-तिथि से भिन्न हैं। इस व्यतिक्रम को स्वीकार करते हुए कानून मंत्रालय ने चुनावी सुधार हेतु बैकग्राउण्ड पेपर, 2010 में कहा है कि 'जबकि कुछ राज्यों ने चुनाव

आयोग द्वारा तैयार मतदाता सूची के साथ समन्वय किया है, किन्तु कुछ राज्य अभी भी ऐसे हैं, जिन्होंने इसमें महत्त्वपूर्ण बदलाव किए हैं। कुछ राज्यों ने अपनी राज्य सूची के लिए अहर्ता-तिथि चुनाव आयोग सूची से अलग स्वीकार किए हुए हैं।' ऐसा ही कुछ विचार भारत के चुनाव आयोग ने रिफार्म रिपोर्ट, 2004 में व्यक्त किया है।

विधि आयोग ने भी 255वें रिपोर्ट दिनांक 12/03/2015 के पैरा संख्या 17.5 में एकसमान मतदाता सूची बनाने का समर्थन किया है। चुनाव आयोग के 2004 के प्रस्ताव एवं प्रधानमंत्री को संबोधित कर लिखे गए मुख्य चुनाव आयुक्त के पत्र दिनांक 22/11/1999 का उल्लेख करते हुए विधि आयोग ने कहा है कि एकसमान मतदाता सूची राष्ट्रहित में समय, प्रयास और खर्च को बचायेगा तथा मतदाताओं में भ्रम की स्थिति कम करेगा। अगले पैरा संख्या 17.6 में विधि आयोग ने संस्तुति किया है- चूँकि समान मतदाता सूची को लागू करने के लिए स्थानीय इकाइयों के चुनाव से सम्बन्धित राज्यों के कानून में संशोधन करना होगा, केन्द्र सरकार द्वारा सभी राज्य सरकार को यह संशोधन करने के लिए लिखना चाहिए। अन्त में विधि आयोग ने आशा व्यक्त किया है कि राज्य सरकारें ऐसा संशोधन करने पर विचार करेंगी।

इसे शायद ही इन्कार किया जा सकता है कि सभी स्तर के चुनाव के लिए एक मतदाता सूची होने से इस देश का, खासतौर से राज्यों का बहुत समय और धन बचेगा। इससे भी इन्कार नहीं किया जा सकता है कि केन्द्र स्तर पर या राज्य स्तर पर बनने वाले मतदाता सूचियों में मतदाताओं के नाम सामान्य होते हैं। कम या ज्यादा होने का कोई सवाल ही नहीं पैदा होता है। यदि किसी एक व्यक्ति का नाम लोकसभा के मतदाता सूची में है किन्तु स्थानीय इकाई के मतदाता सूची में नहीं है या स्थानीय इकाई की मतदाता सूची में है किन्तु लोकसभा के मतदाता सूची में नहीं है तो यह बिल्कुल गलत है। अलग-अलग मतदाता सूची बनाने के लिए अलग-अलग स्तर पर पूरे तंत्र को कार्य करना पड़ता है, जो किसी भी दृष्टि से उचित नहीं है। बावजूद इसके कि एक मतदाता सूची की व्यवस्था कितनी भी उपयोगी क्यों न हो, किन्तु जब हम एक देश-एक चुनाव

    एक देश-एक चुनाव : भारत में राजनीतिक सुधार की संभावनाएँ

की अवधारणा को लेकर आगे बढ़ेंगे, तो एकसमान मतदाता सूची रखना अनिवार्य होगा।

चूँकि स्थानीय इकाइयों पर लागू होने वाले राज्यों के कानून संविधान के भाग IX और IX-क के प्रावधानों के अधीन होते हैं। इसलिए यदि हम इन भागों में यथोचित स्थान पर संशोधन करके यह प्रावधान बना देते हैं कि पंचायतों एवं नगर निकाय के लिए वही मतदाता सूची प्रयोग में लायी जाएगी, जो लोकसभा एवं विधानसभा के लिए बनी है, तो इसे लेकर अलग-अलग राज्यों पर निर्भरता समाप्त हो जाएगी और एक देश-एक मतदाता सूची का विचार आसानी से लागू की जा सकेगी।

समाधान की दिशा में : अपेक्षित संविधान संशोधन

आज जब यह देश हमेशा चुनावी मोड में बना रहता है, एक देश-एक चुनाव की अवधारणा एक क्रान्तिकारी राजनीतिक सुधार वाला कदम है। हमारे संविधान निर्माता आज की इस चुनावी मोड वाली स्थिति का पूर्वानुमान नहीं लगा सकते थे। यही कारण था कि संविधान में एक देश-एक चुनाव के अनुकूल यथोचित प्रावधान नहीं बनाया जा सका। अब जबकि इसकी आवश्यकता को गम्भीरता से महसूस किया जा रहा है और इस पर आगे बढ़ना इस देश के लिए आवश्यक हो गया है, भारतीय संविधान; जनप्रतिनिधि अधिनियम, 1951; एवं संघक्षेत्र शासन अधिनियम, 1963 में यथोचित संशोधन करना होगा। ये संशोधन न केवल एक देश-एक चुनाव की अवधारणा को शुरू करने की दृष्टि से, बल्कि आगे भी इसे अनवरत बनाये रखने की दृष्टि से किया जाना आवश्यक है। ऐसे कुछ अपेक्षित संविधान संशोधन निम्न हो सकते हैं—

1. चुनावी वर्ष एवं चुनावी काल की घोषणा के सम्बन्ध में

1.1   सभी प्रत्यक्ष निर्वाचित विधायी संस्थाओं लोकसभा, विधानसभा और नगर निकाय/ग्राम पंचायत के एक साथ निर्वाचन के लिए पाँच के गुणांक वाले वर्षों यानी 2025, 2030, 2035, 2040, 2045, 2050... को चुनावी वर्ष और इन वर्षों के फरवरी-

मार्च-अप्रैल महीने की अवधि को चुनावी काल घोषित करने हेतु संशोधन करना होगा।

1.2 यदि एक देश-एक चुनाव का त्रिस्तरीय योजना लागू किया जा रहा है, तो चुनावी वर्ष और चुनावी काल की स्थिति बदल जाएगी। इस योजना के लिए सभी प्रत्यक्ष निर्वाचित विधायी संस्थाओं का कार्यकाल बदलकर छह वर्ष करने के लिए संशोधन करना होगा। इसके साथ यह व्यवस्था बनाने के लिए भी संशोधन करना होगा कि लोकसभा, विधानसभा और नगर निकाय/ग्राम पंचायत का चुनाव दो-दो वर्ष के अन्तराल पर चुनावी काल के दौरान सम्पन्न होगा। संशोधनोपरान्त होने वाले पहले लोकसभा का चुनाव फरवरी-मार्च-अप्रैल 2024 के दौरान, सभी राज्यों/संघशासित क्षेत्रों के पहले विधानसभा का चुनाव फरवरी-मार्च-अप्रैल 2026 के दौरान और पहले ग्राम पंचायत/नगर निकाय का चुनाव फरवरी-मार्च-अप्रैल 2028 के दौरान सम्पन्न किया जाएगा। इसी क्रम में तीनों स्तर की विधायी संस्थाओं के चुनाव सम्पन्न होते रहेंगे।

2. समायोजन करने के सम्बन्ध में

2.1 लोकसभा, विधानसभा और ग्राम पंचायत/नगर निकाय के कार्यकाल को एक आदर्श चुनावी वर्ष और चुनावी काल के बिन्दु यानी फरवरी 2025 पर लाने के लिए यथोचित संशोधन करना होगा। जैसे लोकसभा के कार्यकाल को फरवरी 2025 तक लाने के लिए अनुच्छेद 83 के खण्ड (2) में एक परन्तुक जोड़ने के लिए संविधान संशोधन करना होगा। इस परन्तुक का प्रभाव सत्रहवें लोकसभा के कार्यकाल को फरवरी 2025 तक विस्तारित करने वाला होगा। इसी तरह का संशोधन अनुच्छेद 172 के खण्ड (1), अनुच्छेद 243-ई के खण्ड (1), अनुच्छेद 243-यू के खण्ड (1) तथा संघक्षेत्र शासन अधिनियम, 1963 की धारा 5 में आवश्यकतानुसार सभी विधानसभा एवं नगर

   एक देश-एक चुनाव : भारत में राजनीतिक सुधार की संभावनाएँ

निकाय/ग्राम पंचायत का कार्यकाल बढ़ाने या कम करने के लिए करना होगा।

2.2 किन्तु एक देश-एक चुनाव का त्रिस्तरीय योजना लागू होने पर समायोजन की स्थिति बदल जाएगी। इस योजना में लोकसभा चुनाव के कार्यकाल में कोई बदलाव करने की आवश्यकता नहीं होगी। किन्तु संविधान के अनुच्छेद 172 के खण्ड (1) और संघक्षेत्र शासन अधिनियम, 1963 की धारा 5 में अलग-अलग परन्तुक जोड़ने के लिए संशोधन करना होगा। इस परन्तुक का प्रावधान सभी विधानसभा का कार्यकाल फरवरी 2026 तक विस्तारित करने वाला होगा। इसी तरह का संशोधन अनुच्छेद 243-ई के खण्ड (1) एवं अनुच्छेद 243-यू के खण्ड (1) में नगर निकाय/ग्राम पंचायतों का कार्यकाल फरवरी 2023 तक इस शर्त के साथ समायोजित करने के लिए करना होगा कि अगला चुनाव फरवरी 2028 में सम्पन्न किया जाएगा[1], ताकि त्रिस्तरीय योजना के अन्तर्गत लोकसभा और विधानसभा के साथ इसका तारतम्य बैठाया जा सके।

3. अविश्वास प्रस्ताव के सम्बन्ध में

अनुच्छेद 75 और अनुच्छेद 164 में अविश्वास प्रस्ताव से सम्बन्धित नये खण्ड क्रमशः (3-क) और (2-क) जोड़ने होंगे। इस नये खण्ड के अन्तर्गत निम्न तीन व्यवस्था हेतु प्रावधान शामिल किया जा सकता है—

---

1. कई स्थानीय इकाइयाँ हैं, जिनका कार्यकाल 2022 में या 2023 में या 2024 में समाप्त होगा। चूँकि त्रिस्तरीय योजना के अन्तर्गत स्थानीय इकाइयों का चुनाव 2028 में प्रस्तावित किया गया है। जिन स्थानीय इकाइयों का कार्यकाल 2023 या 2024 में ही समाप्त हो रहा है, उन्हें 2028 तक प्रतीक्षा करने के लिए नहीं छोड़ा जा सकता है और योजना के अनुक्रम में सभी स्थानीय इकाइयों का 2022 में ही चुनाव कराना असम्भव-सा है, इसलिए यह व्यवस्था अपनायी जा सकती है कि बजाय 2028 तक की प्रतीक्षा करने के सभी स्थानीय इकाइयों का एक साथ चुनाव 2023 में करा लिया जाय और इसका कार्यकाल पाँच वर्ष तय करते हुए अगला चुनाव 2028 में चुनावी काल के दौरान पूर्वनिर्धारित योजना के अनुसार कराया जाय।

1. किसी प्रधानमंत्री/मुख्यमंत्री की नियुक्ति के बाद उसे एक निश्चित समय-सीमा के अन्दर लोकसभा/विधानसभा का विश्वास हासिल करना आवश्यक होगा।[1]

2. यदि लोकसभा या विधानसभा ने एक बार किसी पार्टी के नेता[2] में विश्वास व्यक्त किया है, तो इस तिथि से दो वर्ष[3] के भीतर अविश्वास प्रस्ताव लाने पर रोक होगी।

3. उक्त समयसीमा के बाद सरकार के खिलाफ निर्धारित प्रक्रिया के अनुसार अविश्वास प्रस्ताव लाया जा सकेगा।

---

1. भारतीय संविधान में ऐसा कोई प्रावधान नहीं है, जिसके अन्तर्गत लोकसभा में सरकार द्वारा विश्वास प्रस्ताव लाने की बाध्यता हो या विपक्ष को अविश्वास प्रस्ताव लाने की छूट हो। ऐसा कोई प्रस्ताव लाने की प्रक्रिया का उल्लेख 'लोकसभा प्रक्रिया एवं कार्य संचालन नियम' में किया गया है। इस नियम को अनुच्छेद 118 की शक्ति का प्रयोग करके लोकसभा द्वारा बनाया गया है। इसी तरह अनुच्छेद 208 की शक्ति का प्रयोग करके अलग-अलग राज्यों के विधानसभा द्वारा अलग-अलग नियम बनाये गये हैं। इनके अन्तर्गत भी विधानसभा में सरकार के खिलाफ अविश्वास प्रस्ताव लाया जा सकता है। इसलिए अविश्वास प्रस्ताव की व्यवस्था में किसी बदलाव के लिए लोकसभा और अलग-अलग राज्यों के विधानसभा के लिए लागू नियम में संशोधन करने की आवश्यकता होगी। निश्चित रूप से तब इसके लिए सभी राज्यों पर निर्भर होना होगा।

अविश्वास प्रस्ताव की अवधारणा सीधे मंत्रिपरिषद के अस्तित्व को तय करता है और मंत्रिपरिषद की सामूहिक जवाबदेही लोकसभा और राज्य विधानसभा के प्रति क्रमश: अनुच्छेद 75(3) और अनुच्छेद 164(2) के अन्तर्गत होता है। इसलिए इन प्रावधानों में विश्वास प्रस्ताव / अविश्वास प्रस्ताव के मूलभूत सिद्धान्तों को शामिल किया जाना उचित है।

2. प्रधानमंत्री/मुख्यमंत्री

3. या ढाई वर्ष, जो उचित हो।

4. आर. वी. वी. प्रणाली लागू करने के सम्बन्ध में

अनुच्छेद 75 और अनुच्छेद 164 में जोड़े गए अविश्वास प्रस्ताव से संबंधित नये खण्ड (3-क) और (2-क) के साथ परन्तुक जोड़ना होगा। इस परन्तुक में रखे गए प्रावधान का यह प्रभाव होगा कि यदि चुनाव उपरान्त किसी विधायिका में किसी राजनीतिक पार्टी या राजनीतिक गठबंधन को बहुमत नहीं प्राप्त हो पाता है या यदि कोई सरकार अल्पमत में आ जाने के कारण गिर जाती है या यदि किसी सरकार के खिलाफ अविश्वास प्रस्ताव पारित हो जाता है और कोई दूसरी पार्टी या गठबन्धन सरकार बनाने में विफल रहता है, तो इस विशेष परिस्थिति में बहुमत की सरकार प्राप्त करने हेतु आर. वी. वी. प्रणाली[1] का प्रयोग किया जाएगा, ताकि लोकसभा/विधानसभा अपना कार्यकाल पूरा कर सके।

5. राष्ट्रीय आपातकाल से बचाव के सम्बन्ध में

5.1   संविधान के अनुच्छेद 83 (2) एवं अनुच्छेद 172 (1) और संघक्षेत्र शासन अधिनियम, 1963 की धारा 5 में यह प्रावधान जोड़ने के लिए संशोधन करना होगा कि यदि युद्ध जैसी स्थिति के कारण राष्ट्रीय आपातकाल लगने पर लोकसभा का कार्यकाल बढ़ाना पड़ रहा है, तो लोकसभा के साथ-साथ सभी विधानसभा का कार्यकाल भी उतनी अवधि के लिए स्वत: बढ़ जाएगा, जितनी अवधि के लिए लोकसभा का कार्यकाल बढ़ाया गया है।

5.2   यदि राष्ट्रीय आपातकाल के कारण लोकसभा एवं विधानसभा का कार्यकाल कुछ अवधि के लिए बढ़ाया गया है, और उसके बाद नया चुनाव कराना पड़ रहा है, तो नए चुने जाने वाले लोकसभा एवं विधानसभा का कार्यकाल शेष अवधि के लिए ही होगा, ताकि अगला निर्वाचन भी चुनावी वर्ष के दौरान एक साथ सम्पन्न किया जा सके।

---

1. रनर अप वोट वैल्यूएशन मेथड – उपविजेता मत मूल्यांकन प्रणाली

6. राष्ट्रपति शासन से बचाव के सम्बन्ध में

6.1 अनुच्छेद 356 में संशोधन करके प्रावधान इस तरह बनाना होगा, ताकि किसी राज्य सरकार द्वारा संविधान अनुसार चलने में विफल होने पर इसकी सजा उस नेतृत्व और पार्टी को ही भुगतना पड़े, जो विफलता के लिए उत्तरदायी हैं, न कि राज्य और विधानसभा को। यह भी प्रावधान बनाया जाना चाहिए, जिसके अन्तर्गत दोषी नेतृत्व को गलती सुधारने या संबंधित राजनीतिक पार्टी को दोषी नेतृत्व बदलने का अवसर दिया जा सके। यदि दोषी नेतृत्व गलती सुधारने के लिए या राजनीतिक पार्टी दोषी नेतृत्व को बदलने के लिए तैयार हो जाती है, तो राष्ट्रपति शासन लागू करने का औचित्य समाप्त हो जाएगा।

6.2 अनुच्छेद 356 के साथ नया खण्ड जोड़ना होगा, जिसके अन्तर्गत अनुच्छेद 356(1) की उद्घोषणा को सुप्रीम कोर्ट के समक्ष इसके मूल क्षेत्राधिकार में निर्धारित समयसीमा[1] के अन्दर चुनौती दी जा सके। यह भी प्रावधान होगा कि प्रश्नगत उद्घोषणा को सुप्रीम कोर्ट के समक्ष चुनौती दिये जाने के बाद दौरान सुनवाई, यद्यपि राष्ट्रपति शासन लागू होगा; यद्यपि राज्य सरकार का कार्य राष्ट्रपति के हाथ में आ जाएगा; यद्यपि विधायिका का कार्य संसद द्वारा किया जा सकेगा; यद्यपि विधानसभा निलम्बित भी होगी; किन्तु विधानसभा को भंग नहीं किया जा सकेगा, भले ही खण्ड (3) एवं (4) के अन्तर्गत संसद की स्वीकृति मिल जाए। इसके साथ एक प्रावधान यह भी होगा कि इस मामले का निस्तारण सुप्रीम कोर्ट द्वारा जल्द से जल्द प्राथमिकता के आधार पर, यथासंभव, छह महीने के अन्दर किया जाएगा।

6.3 अनुच्छेद 356 के अन्तर्गत यह प्रावधान शामिल करना होगा कि यदि सुप्रीम कोर्ट द्वारा उद्घोषणा को असंवैधानिक पाया जाता है, तो राज्य सरकार एवं विधानसभा पुन: स्थापित हो जाएँगे और यदि असंवैधानिक नहीं पाया जाता है, तो दो में से किसी

---

1. सात दिन या पन्द्रह दिन

एक विकल्प पर आगे बढ़ा जाएगा। पहला विकल्प यह होगा कि यदि कार्यकाल ढाई वर्ष[1] से अधिक का बचा है, तो दोषी नेतृत्व के राजनीतिक पार्टी द्वारा जीते गए विधानसभा सदस्यों को बर्खास्तकर इन विधानसभा सीटों पर दुबारा मध्यावधि चुनाव कराया जाये और यह पुनर्निर्वाचन केवल शेष कार्यकाल तक के लिए ही हो, ताकि विधानसभा का कार्यकाल स्थिर बना रहे। इस मध्यावधि चुनाव के बाद संभव है कि किसी एक राजनीतिक पार्टी को बहुमत नहीं मिल पाये। यदि ऐसा होता है, तो आर. वी. वी. प्रणाली का प्रयोग करके बहुमत की सरकार प्राप्त की जा सकती है। दूसरा विकल्प यह होगा कि यदि कार्यकाल ढाई वर्ष से कम बचा है, तो दोषी नेतृत्व के राजनीतिक पार्टी द्वारा जीते गए विधानसभा सदस्यों को बर्खास्त कर इन विधानसभा सीटों पर दूसरे स्थान पर रहे प्रत्याशियों को शेष अवधि के लिए विधानसभा का सदस्य बना दिया जाये और नए सरकार के गठन का मार्ग प्रशस्त किया जाये।

6.4 अलग-अलग राज्य द्वारा अपनाये गये अलग-अलग कानून के अन्तर्गत राज्य सरकार को ग्राम पंचायत या नगर निकाय भंग करने की शक्ति दी गयी है। जैसे- उत्तर प्रदेश राज्य सरकार द्वारा पंचायत राज अधिनियम, 1947 की धारा 95(1)(एफ) के अन्तर्गत ग्राम पंचायत को; नगरपालिका अधिनियम, 1916 की धारा 30 के अन्तर्गत नगर पालिका को और नगर निगम अधिनियम, 1959 की धारा 538 के अन्तर्गत नगर निगम को पाँच वर्ष पूर्व भंग किया जा सकता है। यह कुछ वैसी ही स्थिति है, जैसे राज्य सरकार की संवैधानिक विफलता के बाद राष्ट्रपति शासन लगाया जाता है और विधानसभा भंग किया जाता है।

यदि समन्वयात्मक शक्ति पृथक्करण सिद्धान्त को लागू कर स्थानीय इकाइयों में विधायिका[2] और कार्यपालिका[3] का

---

1. या अन्य कोई अवधि, 2. प्रतिनिधि सभा, 3. नगरम प्रमुख एवं कैबिनेट

गठन करते हैं और यदि नगरम प्रमुख पर कानून अनुसार कर्तव्य निर्वहन करने में विफल होने का आरोप लगता है तो यह स्थिति वैसे ही है, जैसा अनुच्छेद 356 के अन्तर्गत किसी राज्य में राष्ट्रपति शासन लगाने पर पैदा होता है। यह नगरम में राज्यपाल शासन लगाने जैसा है। इसलिए जो समाधान राज्य में राष्ट्रपति शासन लगाने का है, वही समाधान नगरम में कुछ बदलाव के साथ राज्यपाल शासन का होगा। यह बदलाव नगरम की अध्यक्षीय शासन प्रणाली को ध्यान में रखकर किया जाना आवश्यक है।

7. कार्यकाल पूर्व विधायिका भंग होने से बचाने के सम्बन्ध में

7.1   संविधान के अनुच्छेद 85(2)(ख) एवं अनुच्छेद 174(2)(ख) और संघक्षेत्र शासन अधिनियम, 1963 की धारा 6 के प्रावधानों[1] में इस तरह संशोधन करना होगा, जिससे लोकसभा और विधानसभा को कार्यकाल पूर्ण होने के पूर्व भंग नहीं किया जा सकेगा।

---

1. इन प्रावधानों के अन्तर्गत राष्ट्रपति द्वारा लोकसभा, राज्यपाल द्वारा राज्य की विधानसभा एवं प्रशासक द्वारा संघशासित क्षेत्र की विधानसभा भंग किया जा सकता है। स्पष्टता नहीं होने के कारण ये प्रावधान कार्यकाल पूर्ण होने के बाद और कार्यकाल पूर्ण होने से पूर्व, दोनों सन्दर्भ में लागू हो जाता है। यद्यपि इन प्रावधानों में लोकसभा और विधानसभा को भंग करने के लिए किसी आधार का उल्लेख नहीं किया गया है, किन्तु व्यवहार में लोकसभा/विधानसभा को भंग करने के पाँच प्रमुख आधार हैं — पहला त्रिशंकु विधायिका बनने और सरकार न बन पाने पर; दूसरा सरकार के अल्पमत में आ जाने पर; तीसरा अविश्वास प्रस्ताव पारित हो जाने पर; चौथा राष्ट्रपति शासन (केवल विधानसभा के सम्बन्ध में) लागू होने पर; और पाँचवाँ कार्यकाल पूर्ण होने पर। यदि पहले चारों स्थिति से पैदा होने वाली समस्या का समाधान कर लिया जाय, तो कार्यकाल पूर्ण करने के पूर्व लोकसभा/विधानसभा भंग करने का औचित्य ही समाप्त हो जाएगा।

पूर्व में किए गए विवेचना के आधार पर कहा जा सकता है कि इन सभी स्थितियों का संतोषजनक समाधान है। और यदि ऐसा है, तो संविधान या किसी कानून में किसी भी विधायी संस्था को उसका कार्यकाल पूर्ण होने पर ही भंग किया जा सकेगा।

     एक देश-एक चुनाव : भारत में राजनीतिक सुधार की संभावनाएँ

7.2 अनुच्छेद 243-सी (5)(क) और अनुच्छेद 243-आर (2)(ख) के प्रावधान में इस तरह संशोधन करना होगा, जिससे ग्राम पंचायत के प्रमुख/अध्यक्ष और सभी प्रकार के नगर-निकायों के प्रमुख/अध्यक्ष का चुनाव प्रत्यक्ष तरीके से लोगों द्वारा किया जा सकेगा।[1]

8. परिसीमन से उपजी समस्या के सम्बन्ध में

विधायी संस्थाओं के कार्यकाल से संबंधित प्रावधान के साथ एक नया खण्ड जोड़ने के लिए संशोधन करना होगा, जिसके अन्तर्गत यदि परिसीमन के बाद कोई नए विधायी क्षेत्र — लोकसभा या विधानसभा या प्रतिनिधि सभा — का गठन होता है और यहाँ मध्यावधि चुनाव कराया जाता है, तो मध्यावधि चुनाव के बाद इन विधायी क्षेत्र के सदस्यों का कार्यकाल शेष अवधि के लिए ही होगा।

9. राज्य विभाजन से उपजी समस्या के सम्बन्ध में

9.1 विधायी संस्थाओं के कार्यकाल से संबंधित प्रावधान के साथ एक नया खण्ड जोड़ने के लिए संशोधन करना होगा, जिसके अन्तर्गत यदि किसी राज्य का विभाजन करके नया राज्य बनाया जाता है, तो नए विभाजित राज्य के क्षेत्र में आने वाली विधायी क्षेत्रों के निर्वाचित सदस्यों बने रहेंगे और उन्हीं सदस्यों से नए राज्य के विधानसभा का गठन शेष कार्यकाल के लिए किया जायेगा, ताकि मध्यावधि चुनाव कराने की स्थिति न बने।

---

1. स्थानीय इकाइयों का निर्वाचन अध्यक्षीय प्रणाली पर आधारित होने से यहाँ की कार्यपालिका को विधायिका पर निर्भर नहीं रहना पड़ेगा और न ही स्थानीय स्तर की विधायिकाओं को इस आधार पर भंग किया जा सकेगा कि यह बहुमत की सरकार बना पाने में असमर्थ हैं। इस दृष्टि से ये विधायी संस्थाएँ अपना कार्यकाल पूरा करेंगी और राजनीतिक स्थिरता भी बना रहेगा।

9.2 यदि किसी कारण नवनिर्मित विधायिका में किसी राजनीतिक पार्टी को बहुमत नहीं प्राप्त है, तो आर. वी. वी. प्रणाली का प्रयोग करके बहुमत प्राप्त किया जाएगा। यदि फिर भी मध्यावधि चुनाव में जाना पड़ रहा है, तो इसका कार्यकाल अगले चुनावी वर्ष तक सीमित करने सम्बन्धी प्रावधान को शामिल करना होगा।

10. एक देश-एक मतदाता सूची के सम्बन्ध में

संविधान के भाग IX और IX-क से संबंधित अनुच्छेद में संशोधन करके यह प्रावधान बनाना होगा कि ग्राम पंचायत एवं नगर निकाय के लिए उसी मतदाता सूची का प्रयोग किया जाएगा, जिसका प्रयोग लोकसभा और विधानसभा के लिए किया जाता है।

उक्त सभी संशोधन ऐसे हैं, जो अनुच्छेद 368 के खण्ड (2) के परन्तुक के दायरे में नहीं आते हैं। संविधान में उक्त संशोधन संसद के बहुमत से पारित किये जा सकते हैं। फिर भी यह उचित है कि सभी राजनीतिक पार्टियाँ देशहित में एक देश-एक चुनाव के लिए आगे आयें और आवश्यक संविधान संशोधन पारित करने के लिए आम सहमति का रास्ता प्रशस्त करें।

●

2
नगरम
शासन-विकेन्द्रीकरण की दिशा में

भारत जैसे विशाल जनसंख्या वाले देश के लिए लोकतंत्र की बुनियाद स्थानीय इकाइयाँ हैं। भले ही केन्द्र और राज्य स्तर पर निर्मित शासन-व्यवस्था इमारत के रूप में देश के लोकतंत्र की शोभा बढ़ाये, किन्तु मजबूत बुनियाद के बिना ये इमारतें न तो टिकाऊ हो सकती हैं और न ही ये अपना वास्तविक लक्ष्य हासिल कर सकती हैं। इसलिए इस देश के लिए संघवाद को केवल केन्द्र और राज्य के मध्य शासन-शक्ति के बँटवारे से जोड़ना अपर्याप्त है। शासन-शक्ति का बँटवारा केन्द्र, राज्य और स्थानीय इकाई के मध्य इस तरह होना चाहिए, ताकि भारतीय संविधान के समन्वयी संघवाद के लक्ष्य को हासिल किया जा सके।

विपरीत परिस्थितियों में भारतीय संविधान भले ही केन्द्रोन्मुखी शासन की रचना करता हो, किन्तु सामान्य स्थिति में इसका आदर्श शासन का सूक्ष्म स्तर पर विकेन्द्रीकरण है। शासन के विकेन्द्रीकरण का यह आदर्श महात्मा गाँधी के ग्राम स्वराज की अवधारणा से प्रेरित है। गाँधी जी का मानना था कि 'आजादी नीचे से शुरू होनी चाहिए, हर एक गाँव पूर्ण शक्ति रखने वाला गणराज्य या पंचायत होगा। इसका मतलब यह है कि सभी गाँवों को अपने पाँव पर खड़ा होना होगा और अपनी जरूरतें स्वयं

पूरी करने योग्य बनना होगा।'

भारतीय संविधान का अनुच्छेद 40 भी महात्मा गाँधी के ग्राम स्वराज के लक्ष्य को हासिल करने, शासन का सूक्ष्म स्तर पर विकेन्द्रीकरण करने और लोकतंत्र की बुनियाद 'स्थानीय इकाई' को मजबूत बनाने के लिए दिशानिर्देश देता है। इस अनुच्छेद के अनुसार राज्य, ग्राम पंचायतों को संगठित करने के लिए कदम उठायेगा और उनको ऐसी शक्तियाँ एवं प्राधिकार प्रदान करेगा, जो उन्हें स्वायत्त शासन की इकाइयों के रूप में कार्य करने योग्य बनाने के लिए आवश्यक हो।'

संविधान सभा के समक्ष अनुच्छेद 40 को प्रस्तावित करते समय के. संथानम ने कहा था कि इस स्वतन्त्र देश में स्वराज के समस्त ढाँचे को संगठित ग्राम-समुदायिक-जीवन पर आधारित होना चाहिए। संविधान सभा में बहस के दौरान सी. सुब्रमनियम ने ग्राम को इस देश के राजनीतिक शरीर की जीवित कोशिका बताया है। संविधान निर्माण के समय भले ही केन्द्रीकृत शासन व्यवस्था अपनाना तत्कालीन परिस्थितियों की मजबूरी रही हो, किन्तु यह भी इच्छा रही है कि राजनीतिक परिपक्वता हासिल करने के साथ यह देश ग्राम स्वराज के माध्यम से शासन के विकेन्द्रीकरण को हासिल करने की तरफ आगे बढ़ेगा। आज जब देश आजादी के 75 वर्ष पूरा होने पर अमृत महोत्सव मना रहा है, यह आवश्यक है कि शासन का विकेन्द्रीकरण इसके वास्तविक रूप में इकाई स्तर पर लाना सुनिश्चित किया जाये।

ग्राम के अलावा स्थानीय इकाई का एक अन्य स्वरूप 'नगर' भी है। महात्मा गाँधी जब ग्राम स्वराज की बात करते हैं या संविधान का अनुच्छेद 40 जब ग्राम को स्वायत्त शासन की इकाई के रूप में विकसित करने की बात करता है तो भाव यह नहीं है कि इस विचार से नगर को बाहर रखा जाय। ग्राम स्वराज की अवधारणा समग्र और सर्वसमावेशी विचार है। इसमें नगर भी उसी तरह शामिल है जैसे ग्राम शामिल है। स्वराज की मूल भावना पर आधारित कानून एवं राजनीतिक व्यवस्था जितना 'ग्राम' इकाई के लिए आवश्यक है, उतना ही 'नगर' इकाई के लिए भी। यह अवधारणा दोनों ही इकाइयों का समान रूप से प्रतिनिधित्व करता हैं।

स्थानीय इकाई के सम्बन्ध में चर्चा के लिए महत्त्वपूर्ण विषय यह है कि कैसे ये इकाइयाँ एक देश-एक चुनाव की अवधारणा को मजबूती प्रदान करें। इस दृष्टि से पूर्व में विस्तृत चर्चा के बाद यह निष्कर्ष निकाला गया है कि स्थानीय इकाइयों की शासन-व्यवस्था अध्यक्षीय-सह-संसदीय जैसे मिश्रित प्रणाली पर आधारित होनी चाहिए। स्थानीय इकाइयों को राजनीतिक अस्थिरता से बचाए रखने के लिए आवश्यक है कि इनकी संरचना अध्यक्षीय प्रणाली पर आधारित हो तथा साथ ही इनमें राजनीतिक जवाबदेही सुनिश्चित करने के लिए आवश्यक है कि इनकी कार्यपद्धति संसदीय प्रणाली पर आधारित हो। स्थानीय इकाइयों की संरचना और कार्यपद्धति सम्बन्धी इन दोनों पहलुओं को व्यावहारिक रूप देना और इनकी आन्तरिक संरचना को समग्र, सर्वसमावेशी एवं लोकतांत्रिक मूल्यों के अनुकूल बनाना पुस्तक के इस अध्याय का विषय है। इस अध्याय में शामिल विषयों एवं विचारों का एक देश-एक चुनाव की अवधारणा से कोई मतलब नहीं है। यह अध्याय केवल देश की स्थानीय इकाइयों की आन्तरिक संरचना में सुधार को आगे बढ़ाता है, जिसे एक देश-एक चुनाव की अवधारणा से अलग होकर भी लागू किया जा सकता है।

नगर और ग्राम के मध्य कृत्रिम भेदभाव

स्थानीय इकाइयों को लेकर ब्रिटिश हुकूमत के दौरान किए गए कानूनी विकास ज्यादातर नगर-केन्द्रित थे। उत्तर प्रदेश राज्य के लिए उ. प्र. नगर पालिका अधिनियम, 1916 बनाकर लागू किया गया, तो तमिलनाडु राज्य में चेन्नई शहर नगर निगम अधिनियम, 1919 और तमिलनाडु जिला नगर अधिनियम, 1920 लागू किए गए। इसलिए आजादी मिलने और संविधान लागू होने के बाद यह आवश्यक था कि नगर और ग्राम के मध्य अन्तर एवं भेदभाव को समाप्त किया जाय और स्थानीय इकाइयों के एक समग्र एवं सर्वसमावेशी स्वरूप का विकास किया जाय। न केवल नगर और ग्राम के मध्य कृत्रिम कानूनी भेदभाव समाप्त करने की आवश्यकता थी, बल्कि इनकी संरचना एवं शासन प्रणाली में गुणात्मक सुधार करने की भी आवश्यकता थी। संविधान लागू होने के बाद यदि इस सम्बन्ध में कोई

कानूनी सुधार किया गया, तो 42 वर्ष बाद किया जा सका।

1992 में 73वें और 74वें संविधान संशोधन के माध्यम से संविधान में भाग IX और भाग IX-क जोड़ा गया, जो स्थानीय इकाइयों को ग्राम और नगर में बाँटकर व्यवस्था करते हैं। भाग IX में ग्राम पंचायत की संरचना से संबंधित और भाग IX-क में नगर निकाय की संरचना से संबंधित मूल सिद्धान्त शामिल किये गये हैं। ये दोनों भाग न केवल नगर और ग्राम के मध्य बँटवारे को कानूनी जामा पहनाते हैं, बल्कि वे इस बँटवारे को और गहरा भी करते हैं। यह बँटवारा इस विचार को लेकर आगे बढ़ता है कि नगर का जनसंख्या-घनत्व ज्यादा होता है और ग्राम का जनसंख्या-घनत्व अपेक्षाकृत कम होता है।

इन दोनों भागों में ग्राम एवं नगर की राजनीतिक संरचना भी अलग-अलग अवधारणा पर आधारित है। भाग IX के अनुच्छेद 243-बी के अन्तर्गत ग्राम के लिए तीन स्तर की राजनीतिक व्यवस्था — ग्राम पंचायत, मध्यवर्ती पंचायत और जिला पंचायत[1] अपनाया गया है। अनुच्छेद 243-सी के अनुसार इन तीनों स्तर के पंचायत के सदस्यों का चुनाव प्रत्यक्ष तरीके से लोगों द्वारा किया जाएगा। जबकि भाग IX-क के अन्तर्गत नगर के लिए ऐसे किसी तीन स्तरीय राजनीतिक व्यवस्था को नहीं स्वीकार किया गया है। इसके अनुच्छेद 243-क्यू के अन्तर्गत नगर निकायों को जनसंख्यानुसार तीन स्वरूपों — नगर पंचायत, नगर पालिका और नगर निगम — में बाँटकर व्यवस्था अपनाया गया है। अनुच्छेद 243-आर के अन्तर्गत सभी प्रकार के नगर-निकाय के सदस्यों का भी चुनाव प्रत्यक्ष तरीके से लोगों द्वारा किए जाने की व्यवस्था है।

इसी तरह यद्यपि भारतीय संविधान में यह प्राविधानित किया गया है कि मध्यवर्ती पंचायत और जिला पंचायत के प्रमुख/अध्यक्ष का चुनाव इन पंचायत के सदस्यों द्वारा अपने बीच से ही किया जाएगा, किन्तु ग्राम पंचायत और सभी प्रकार के नगर-निकायों के प्रमुख/अध्यक्ष का चुनाव किस तरीके से किया जाएगा, इसे राज्य द्वारा कानून बनाकर तय होने के लिए छोड़ दिया गया है।

---

1. कुछ छोटे राज्यों में केवल दो स्तर के पंचायत — ग्राम पंचायत और जिला पंचायत

   एक देश-एक चुनाव : भारत में राजनीतिक सुधार की संभावनाएँ

उक्त गंभीर संवैधानिक विसंगति के कारण एक तरफ जहाँ ग्राम में रहने वाले नागरिकों को पंचायत चुनाव हेतु चार-चार राजनीतिक प्रतिनिधि[1] — एक ग्राम पंचायत सदस्य, दूसरा ग्राम पंचायत प्रधान/अध्यक्ष, तीसरा मध्यवर्ती पंचायत सदस्य और चौथा जिला पंचायत सदस्य— चुनने का अधिकार है, वहीं नगर में रहने वाले नागरिकों को निकाय चुनाव हेतु केवल एक राजनीतिक प्रतिनिधि[2] चुनने का अधिकार है। यह एक ऐसी राजनीतिक विषमता है, जिसे हर हाल में समाप्त किया जाना चाहिए। यह समझ के परे है कि यदि ग्राम में रहने वाले व्यक्ति के लिए मध्यवर्ती पंचायत और जिला पंचायत की व्यवस्था का कोई महत्त्व है, तो यह नगर में रहने वाले नागरिकों के लिए क्यों नहीं होनी चाहिए?

11वीं अनुसूची और 12वीं अनुसूची के प्रावधान भी पंचायत और नगर निकाय के मध्य विषयों के क्षेत्राधिकार को लेकर अनावश्यक रूप से भेदभाव करते हैं। ग्राम पंचायत सम्बन्धी 11वीं अनुसूची में जहाँ कुल 29 विषय शामिल किए गए हैं, वहीं नगर निकाय सम्बन्धी 12वीं अनुसूची में 18 विषय शामिल किए गए हैं। कुछ विषय दोनों अनुसूची में सामान्य हैं, जबकि कई विषय ऐसे हैं, जो एक अनुसूची में शामिल किए गए हैं, किन्तु दूसरी अनुसूची में नहीं हैं। इन्हें देखकर कहा जा सकता है कि ग्राम पंचायत सम्बन्धी 11वीं अनुसूची में शामिल कोई भी विषय ऐसा नहीं है, जो नगर के लिए आवश्यक न हों और इसी तरह नगर निकाय सम्बन्धी 12वीं अनुसूची में शामिल कोई भी विषय ऐसा नहीं है, जो ग्राम के लिए आवश्यक न हो।

11वीं अनुसूची के पहले विषय के रूप में 'कृषि, जिसमें कृषि विस्तार शामिल है' का उल्लेख है, तो 12वीं अनुसूची के पहले विषय के रूप में 'शहरी योजना, जिसमें टाउन योजना शामिल है' का। 11वीं अनुसूची में ग्राम के लिए 'शिक्षा, जिसमें प्राथमिक और माध्यमिक शिक्षा शामिल है' का उल्लेख किया गया है, किन्तु यह विषय 12वीं अनुसूची में नगर निकाय

---

1. कुछ सीमित राज्यों में तीन प्रतिनिधि
2. अध्यक्षीय प्रणाली अपनाने वाले नौ राज्यों बिहार, छत्तीसगढ़, हरियाणा, झारखण्ड, मध्य प्रदेश, उड़ीसा, उत्तर प्रदेश, तेलंगाना एवं उत्तराखण्ड में दो प्रतिनिधि

के लिए 'शैक्षणिक पहलुओं को प्रोत्साहन' के रूप में शामिल किया गया है। इसी तरह 11वीं अनुसूची में ग्राम के लिए विषय 'पीने योग्य जल' का उल्लेख किया गया है, किन्तु 12वीं अनुसूची में नगर निकाय के लिए 'घरेलू, औद्योगिक एवं वाणिज्यिक उद्देश्य के लिए जल वितरण' का उल्लेख है। 11वीं अनुसूची में ग्राम के लिए 'पारिवारिक कल्याण' और 'महिला एवं बाल विकास', 'लघु उद्योग, खादी उद्योग, कुटीर उद्योग' का उल्लेख तो किया गया है, किन्तु 12वीं अनुसूची में इनका उल्लेख नहीं है।

अब सवाल उठता है कि 'शिक्षा', 'जल', 'पारिवारिक कल्याण' और 'महिला एवं बाल विकास' या 'लघु उद्योग, खादी उद्योग, कुटीर उद्योग' को लेकर इस तरह के भेदभाव का क्या औचित्य है? नगर निकाय के लिए प्राथमिक शिक्षा को स्पष्ट करने की आवश्यकता क्यों नहीं है या फिर यह क्यों मान लिया गया है कि ग्राम क्षेत्र में उद्योग लगेंगे ही नहीं, जिसके लिए जल-वितरण की आवश्यकता हो, या यह कैसे समझ लिया गया है कि नगर में रहने वाले लोगों के लिए 'पारिवारिक कल्याण' और 'महिला एवं बाल विकास' की या 'लघु उद्योग, खादी उद्योग, कुटीर उद्योग' की आवश्यकता नहीं होगी। देश के संविधान में इतने अतार्किक भेदभावकारी प्रावधान रखे जाने की कल्पना शायद ही कोई करता हो।

वस्तुत: सभी ग्राम की संरचना में आबादी शामिल होती है। आबादी के बिना ग्राम जैसे किसी इकाई की कल्पना नहीं की जा सकती है। ये आबादी सघन भी होती हैं और इनके बाजार जैसे स्वरूप भी होते हैं। लगभग जितने भी ग्राम, सड़क पर आबाद हैं, वे बाजार के रूप में विकसित होते हैं। इस आबादी का नगर की आबादी से अन्तर सिर्फ क्षेत्रफल का होता है। क्षेत्रफल कम या ज्यादा होने के आधार पर यह नहीं कहा जा सकता कि इनके विकास के पैमाने अलग-अलग हो जाएँगे या इनकी मानवीय आवश्यकताएँ अलग-अलग हो जाएँगी। जिस तरह ग्राम की आबादी के पास कृषियोग्य भूमि और कृषिकार्य होते हैं, उसी तरह नगर की आबादी के पास भी कृषियोग्य भूमि और कृषिकार्य होते हैं। नगर की आबादी के निकट ऐसे कृषियोग्य भूमि का कृषि हेतु उपयोग नगरवासी उसी तरह करते-कराते हैं, जैसे ग्रामवासी ग्राम की आबादी के निकट

स्थित कृषियोग्य भूमि का करते-कराते हैं। कृषियोग्य भूमि, चाहे ग्रामीण आबादी के पास हों या शहरी आबादी के पास, दोनों पर समान रूप से कार्य करने की आवश्यकता होती है। न तो ऐसी कोई मान्यता रखना उचित है कि शहरी क्षेत्र कृषिकार्य से बिलकुल अछूते हैं और न ही ऐसा विचार रखना उचित है कि ग्रामीण क्षेत्र में योजनाबद्ध विकास की आवश्यकता नहीं है। 11वीं अनुसूची में 'शहरी योजना, जिसमें टाउन योजना शामिल है' का और 12वीं अनुसूची में 'कृषि, जिसमें कृषि विस्तार शामिल है' का उल्लेख न करना तार्किकता से परे है। वस्तुत: ऐसा कोई विभाजन ही अप्राकृतिक है।

भाग IX और भाग IX-क के अनुक्रम में सभी राज्यों द्वारा पंचायत और नगर निकाय के लिए अलग-अलग कानून बनाये रखने की व्यवस्था को आगे बढ़ाया गया है। जैसे उत्तर प्रदेश में तीन कानून लागू हैं — ग्राम पंचायत के लिए उ. प्र. पंचायत राज अधिनियम, 1947; नगर पंचायत एवं नगरपालिका परिषद् के लिए उ. प्र. नगर पालिका अधिनियम, 1916 और नगर निगम के लिए नगर निगम अधिनियम, 1959 लागू हैं। तमिलनाडु में भी तमिलनाडु पंचायत अधिनियम, 1994; तमिलनाडु जिला नगर अधिनियम, 1920; और चेन्नई शहर नगर निगम अधिनियम, 1919 लागू हैं। इसी तरह भारत के सभी राज्यों ने अलग-अलग कानून स्वीकार किए हैं। ये सभी राज्य-निर्मित कानून अनावश्यक रूप से भेदकारी व्यवस्था के वाहक बने हुए हैं।

समग्र स्वरूप वाले 'नगरम' की अवधारणा

स्वराज लाने का सवाल जितना ग्राम के लिए प्रासंगिक है, उतना ही नगर के लिए भी है; विकास करने का सवाल जितना नगर के लिए प्रासंगिक है, उतना ही ग्राम के लिए भी है। न तो ग्राम को उन सुविधाओं एवं कृत्रिम बुनियादी ढाँचा से वंचित किया जा सकता है, जिसे नगर प्राप्त कर रहे हैं और न शान्ति एवं प्राकृतिक हरियाली के बिना नगर ही पूर्ण हो सकता है। ग्राम और नगर दोनों के सन्दर्भ में शान्ति और सुविधा एक-दूसरे के पूरक हैं। भले ही ग्राम और नगर में बसने वाले लोगों के मध्य इनकी

आमदनी के श्रोत और रहन-सहन को लेकर कुछ अन्तर हों, किन्तु इस आधार पर राज्य द्वारा इनके मध्य इनकी मानवीय सुविधा और बुनियादी ढाँचा को लेकर किसी तरह का भेदभाव नहीं किया जा सकता है।

राज्य की यह जिम्मेदारी है कि वह नगर और ग्राम के मध्य कृत्रिम अन्तर को समाप्त करने की दिशा में कार्य करे। जितना नगर के लोगों को स्वास्थ, शिक्षा, जल जैसे मानवीय सुविधा की; सड़क, नाली जैसे बुनियादी ढाँचा की; और अन्य तरीके से विकास के माहौल की आवश्यकता है, उतना ही ग्राम में रहने वाले लोगों को भी है। जितना ग्राम के लोगों को शान्ति, संस्कार, सामुदायिक सहभागिता और हरियाली की आवश्यकता है, उतना ही नगर में रहने वाले लोगों को भी है। ग्राम में भी पक्की सड़के और नाली हो; यहाँ के लोगों को खाना पकाने हेतु धुंआयुक्त लकड़ी-गोहरी न जलाना पड़े; उन्हें भी शुद्ध जल मिलता रहे; उनके पास भी कच्चा मकान के बजाय पक्का मकान हो; यहाँ के लोगों को खुले में शौचालय न जाना पड़े; इत्यादि की आवश्यकता हमेशा उतना ही रहा है, जितना नगर में लोगों को प्राप्त है। मानवीय सुविधा और बुनियादी ढाँचा को लेकर कृत्रिम भेदभाव समाप्त करने और समरूपता कायम करने की आवश्यकता हमेशा रही है।

नगर और ग्राम को न केवल मानवीय सुविधा और बुनियादी ढाँचा के नजरिये से, बल्कि इससे जुड़ी राजनीतिक संस्थाओं के संरचात्मक ढाँचा एवं कार्यपद्धति के नजरिये से समरूप बनाने की आवश्यकता है। इसकी शुरूआत करने के लिए आवश्यक है कि सर्वप्रथम इनके नाम को लेकर एकरूपता लाया जाय। यदि इकाई के रूप में नगर और ग्राम के मध्य नाम के अन्तर को मिटा दिया जाय, तो मानसिक सोच में बदलाव आएगा। न केवल लोगों की सोच में बल्कि राज्य के भी सोच एवं निर्णयों में बदलाव आएगा। नाम में बदलाव की दृष्टि से सबसे उपयुक्त यह है कि ऐसा शब्द तलाशा जाय, जिससे नगर और ग्राम दोनों के भाव निकलकर आये और यह शब्द दोनों के स्थान पर समान रूप से प्रयोग किया जा सके। नगर और ग्राम के स्थान पर बनने वाले एकरूप स्थानीय इकाई के लिए यदि कोई समग्र नाम निकाला जाय तो 'नगर+ग्राम' या 'नग्ग्राम' या 'नगरम'

  एक देश-एक चुनाव : भारत में राजनीतिक सुधार की संभावनाएँ

निकलकर आता है। यदि हम 'नगरम (City + Village = Citlage)' शब्द का प्रयोग करते हैं, तो इसमें नगर का भी भाव आयेगा और ग्राम का भी। न कोई नगर होगा और न कोई ग्राम, बल्कि भारत की समस्त स्थानीय इकाइयाँ 'नगरम' के रूप में होंगी। इनकी जनसंख्या एक हजार हो या एक लाख या दस लाख, सबके लिए समान शासन संरचना एवं कानून होगा। किसी इकाई की आबादी का क्षेत्रफल और जनसंख्या कम या ज्यादा होने से इसके शासन स्वरूप एवं शासन संरचना में भेद करने का कोई औचित्य नहीं है। शासन स्वरूप एवं शासन संरचना का जो सिद्धान्त एक हजार की आबादी वाले इकाई पर लागू होना चाहिए, वही सिद्धान्त एक लाख की आबादी वाले इकाई पर लागू किया जा सकता है और लागू होना भी चाहिए।

संविधान में ग्राम के लिए बनाये गये अलग भाग IX और नगर के लिए बनाये गये अलग भाग IX-क समाप्त कर नया भाग बनाना होगा। इसी तरह ग्राम और नगर के विषय एवं कार्यों को लेकर बनाए गए अलग-अलग 11वीं और 12वीं अनुसूची को भी समाप्त कर एक नई समग्र अनुसूची बनानी होगी।

यदि हम स्थानीय इकाई के एकल स्वरूप 'नगरम' को लेकर आगे बढ़ते हैं तो राज्यों में भी स्थानीय इकाइयों के सम्बन्ध में केवल एक कानून लागू होगा तथा ग्राम एवं नगर के लिए बने तमाम अलग-अलग कानून समाप्त हो जाएँगे। उत्तर प्रदेश राज्य में पंचायत राज अधिनियम, नगर पालिका अधिनियम और नगर निगम अधिनियम के स्थान पर एक समग्र उ. प्र. नगरम अधिनियम होगा, तो तमिलनाडु राज्य में पंचायत अधिनियम, जिला नगर अधिनियम और चेन्नई शहर नगर निगम अधिनियम के स्थान पर एक समग्र तमिलनाडु नगरम अधिनियम होगा।

नगरम : समन्वयात्मक शक्ति-पृथक्करण पर आधारित संरचना

एक आदर्श शासन व्यवस्था के लिए आवश्यक है कि शासन की अलग-अलग शक्तियाँ किसी एक व्यक्ति में केन्द्रित न हो और शक्ति-पृथक्करण के सिद्धान्त के आधार पर शासन के तीनों अंग —विधायिका,

कार्यपालिका और न्यायपालिका— पृथक किये जायें। भारतीय संविधान में इस सिद्धान्त को संसदीय प्रणाली के अनुकूल नये समन्वयात्मक स्वरूप में स्वीकार किया गया है। केन्द्र और राज्य दोनों जगह विधायिका और कार्यपालिका अलग-अलग स्थापित हैं और ये आपस में समन्वय के साथ शासन संचालन का कार्य करते हैं।

ग्राम स्वराज की अवधारणा के लिए बिडम्बना यह है कि न तो संविधान लागू होने के बाद अनुच्छेद 40 के अनुक्रम में और न 1992 में किए गए संविधान संशोधन के अनुक्रम में ही ऐसा कोई सुधार किया जा सका, जिससे स्थानीय इकाइयों के सम्बन्ध में विधायिका तथा कार्यपालिका के मध्य समन्वयात्मक शक्ति-पृथक्करण का सिद्धान्त लागू हो सके और इन्हें आदर्श राजनीतिक संस्था के रूप में विकसित किया जा सके। 1992 के संविधान संशोधन के बाद बनाए गए भाग IX और भाग IX-क के प्रावधान न केवल स्थानीय इकाइयों की संरचना को लेकर ग्राम और नगर के मध्य भेदभाव को और गहरा करते हैं, बल्कि ये प्रावधान इनकी शासन-व्यवस्था को समन्वयात्मक शक्ति पृथक्करण के सिद्धान्त से भी वंचित करते हैं।

केन्द्र और राज्य स्तर की शासन व्यवस्था यद्यपि संरचनात्मक रूप से विधायिका, कार्यपालिका और न्यायपालिका में विभाजित होकर कार्य कर रही हैं, किन्तु स्थानीय इकाइयों के सन्दर्भ में ऐसी किसी अवधारणा का अभाव है। स्थानीय इकाइयों में विधायिका एवं कार्यपालिका के मध्य शक्ति पृथक्करण की कोई रूपरेखा नहीं है। भारत में स्थानीय इकाई के लिए, चाहे नगर निकाय हों या ग्राम पंचायत, चाहे इनका गठन अध्यक्षीय प्रणाली पर आधारित हो या संसदीय प्रणाली पर, जो कानूनी/ संवैधानिक व्यवस्था अपनायी गयी है, उसके अन्तर्गत प्रधान/प्रमुख/अध्यक्ष ही पंचायत या नगर निकाय की अध्यक्षता और संचालन करता है। इस दृष्टि से इन प्रमुखों की दिन-प्रति-दिन की जवाबदेही तय नहीं हो पाती है। इन स्थानीय इकाइयों के प्रधान/प्रमुख/अध्यक्ष कार्यपालिका प्रमुख के साथ-साथ विधायिका प्रमुख के रूप में भी कार्य करते हैं। इसी तरह इन स्थानीय इकाइयों के सदस्यगण विधायिका-सदस्य के साथ-साथ प्रधान/

 एक देश-एक चुनाव : भारत में राजनीतिक सुधार की संभावनाएँ

प्रमुख/अध्यक्ष के सहयोगी के भी रूप में कार्य करते हैं। शक्ति पृथक्करण की कोई परिकल्पना इन स्थानीय इकाइयों के सम्बन्ध में लागू नहीं होता है। यदि स्थानीय इकाई स्तर पर भी शासन के तीनों अंग — विधायिका, कार्यपालिका और न्यायपालिका — स्थापित किए गए होते, तो आज इस देश की स्थिति अलग होती।

इस पुस्तक के पिछले अध्याय के शीर्षक 'स्थानीय इकाइयों का गठन : अध्यक्षीय प्रणाली या संसदीय प्रणाली' में यह निष्कर्ष निकाला गया है कि स्थानीय इकाइयों का गठन अध्यक्षीय प्रणाली के आधार पर करना श्रेयस्कर है, ताकि इस स्तर पर राजनीतिक स्थिरता बनाये रखा जा सके और एक देश-एक चुनाव की अवधारणा को लागू करना आसान हो। किन्तु भारतीय संविधान में स्वीकार किए गए राजनीतिक ढाँचे का मूल आदर्श इनका जवाबदेह होना भी है। स्थानीय इकाइयों के स्तर पर जितनी आवश्यकता राजनीतिक स्थिरता बनाये रखने की है, उतनी ही आवश्यकता राजनीतिक जवाबदेही तय करने की भी है। इसलिए राजनीतिक स्थिरता के लिए भले ही स्थानीय इकाई के प्रमुख/अध्यक्ष का निर्वाचन अध्यक्षीय प्रणाली पर आधारित हो, किन्तु इन्हें जवाबदेह बनाने के लिए आवश्यक है कि इनकी कार्यपद्धति संसदीय प्रणाली पर आधारित हो। इस दृष्टि से स्थानीय इकाइयों के लिए अध्यक्षीय-सह-संसदीय की मिश्रित प्रणाली सर्वोत्तम है।

सूक्ष्म-स्तर पर शासन-विकेन्द्रीकरण : स्वराज एवं सुराज का आधार

नगर और ग्राम के समग्र स्वरूप 'नगरम' के लिए शासन के तीन अंगों — विधायिका, कार्यपालिका एवं न्यायपालिका को उसी तरह स्थापित करने की आवश्यकता है, जैसे केन्द्र और राज्य स्तर पर स्थापित हैं। ऐसा करके ही शासन का वास्तविक विकेन्द्रीकरण किया जा सकता है और सुराज लाया जा सकता है। प्रत्येक स्थानीय इकाई 'नगरम' में भी समन्वयात्मक शक्ति-पृथक्करण का सिद्धान्त लागू कर निम्न व्यवस्था सैद्धान्तिक रूप से स्वीकार की जा सकती है—

1. नगर एवं ग्राम जैसे अलग-अलग नाम वाले कानूनी संरचनात्मक

व्यवस्था को समाप्त कर इनके स्थान पर समग्र स्वरूप वाले 'नगरम' का गठन स्थानीय इकाई के रूप में किया जाएगा।

2. प्रत्येक नगरम में प्रतिनिधि सभा[1]; नगरम-प्रमुख एवं मंत्रिपरिषद[2] और मध्यस्थता पंचाट[3] स्थापित होगा और इनकी संरचना एवं कार्यपद्धति भी स्पष्ट होगी।

3. प्रत्येक नगरम की शासन-व्यवस्था का गठन अध्यक्षीय-सह-संसदीय प्रणाली पर आधारित होगा। नगरम के प्रतिनिधि सभा के सदस्य के साथ-साथ नगरम-प्रमुख का चुनाव लोगों द्वारा किया जाएगा, ताकि कार्यपालिका एवं विधायिका दोनों का कार्यकाल स्थिर रहे और इस स्तर पर एक देश-एक चुनाव की अवधारणा को लागू करने में कोई समस्या न आये। किन्तु इनकी कार्यपद्धति संसदीय प्रणाली पर आधारित होगी।

4. प्रत्येक नगरम में प्रतिनिधि सभा के नाम से विधायिका का गठन किया जाएगा। जिस तरह केन्द्र स्तर पर लोकसभा और राज्य स्तर पर विधानसभा कार्य कर रहे हैं, उसी तरह स्थानीय स्तर पर प्रतिनिधि सभा प्रत्यक्ष-निर्वाचित विधायिका के रूप में कार्य करेंगे। प्रतिनिधि सभा का कार्यकाल पाँच वर्ष होगा। एक देश-एक चुनाव का त्रिस्तरीय योजना लागू होने पर प्रतिनिधि सभा का कार्यकाल छह वर्ष हो जाएगा।

5. प्रतिनिधि सभा के सदस्यों की संख्या नगरम की जनसंख्या के समानुपात में होगा। बड़ी आबादी को कई नगरम में बाँटकर प्रतिनिधि सभा का गठन किया जा सकेगा। यह लक्ष्य होना चाहिए कि नगरम, सूक्ष्म स्तर पर लोगों का प्रतिनिधित्व करने में सक्षम हो।

6. नगरम के प्रतिनिधि सभा के अध्यक्ष के रूप में 'प्रतिनिधि सभाध्यक्ष' होगा, जिसका चुनाव इस सभा के सदस्य अपने मध्य

---

1. स्थानीय इकाई की विधायिका
2. स्थानीय इकाई की कार्यपालिका
3. स्थानीय इकाई की न्यायपालिका

     एक देश-एक चुनाव : भारत में राजनीतिक सुधार की संभावनाएँ

से करेंगे।

7. प्रत्येक नगरम के लिए एक 'नगरम प्रमुख' होगा, जिसका चुनाव प्रत्यक्ष तरीके से लोगों द्वारा प्रतिनिधि सभा के सदस्यों के साथ किया जाएगा। नगरम प्रमुख का भी कार्यकाल पाँच वर्ष होगा। एक देश-एक चुनाव का त्रिस्तरीय योजना लागू होने पर नगरम प्रमुख का कार्यकाल छह वर्ष हो जाएगा।

8. नगरम प्रमुख अपने सहयोग के लिए कैबिनेट/मंत्रिपरिषद का गठन ऐसे लोगों से कर सकेगा, जो या तो उस नगरम में जन्मे हों या उस नगरम के वासी हों, किन्तु प्रतिनिधि सभा के सदस्य न हों। नगरम के मंत्रियों की संख्या प्रतिनिधि सभा के सदस्यों की संख्या के समानुपात में होगा। सबसे छोटे मंत्रिपरिषद में कम-से-कम तीन मंत्री — वित्त मंत्री, ढाँचागत विकास मंत्री एवं कौशल विकास मंत्री शामिल होंगे।

9. नगरम प्रमुख अपने सहयोगी कैबिनेट/मंत्रिपरिषद के साथ प्रतिनिधि सभा की कार्यवाही में उसी तरह भाग ले सकेंगे, जैसे केन्द्र और राज्य के मंत्री लोकसभा और विधानसभा में भाग लेते हैं। ताकि नगरम में अध्यक्षीय प्रणाली होने के बावजूद मंत्रिपरिषद की जवाबदेही सुनिश्चित हो सके।

10. प्रत्येक नगरम में एक 'मध्यस्थता पंचाट' स्थापित होगा, जो न्यायपालिका की आधारभूत इकाई के रूप में कार्य करेगा और किसी विवाद को आम सहमति के आधार पर निपटाने का प्रयास करेगा।

11. ग्राम पंचायत के सम्बन्ध में मध्यवर्ती पंचायत और जिला पंचायत की व्यवस्था समाप्त हो जाएगी और इनके स्थान पर 'जिला नगरम' स्थापित होगा। 'जिला नगरम' के अन्तर्गत विधायिका के रूप में 'जिला प्रतिनिधि सभा', कार्यपालिका के रूप में 'जिला प्रमुख एवं जिला उप-प्रमुख' और न्यायपालिका के रूप में 'जिला न्यायालय' शामिल होंगे।

12. 'जिला प्रतिनिधि सभा' में सदस्यों की संख्या उतनी होगी, जितनी

उस जनपद में विकास खण्ड हैं। जिला प्रतिनिधि सभा के सदस्यों का चुनाव जनपद के प्रत्येक विकास खण्ड के अन्तर्गत आने वाले सभी नगरम के नगरम-प्रमुख और प्रतिनिधि सभाध्यक्ष द्वारा मत प्रयोग करके किया जाएगा। विकास खण्ड स्तर पर निर्वाचित ये सदस्य जिला प्रतिनिधि सभा में अपने-अपने विकास खण्ड का प्रतिनिधित्व करेंगे। ये सदस्य अपने मध्य से जिला प्रतिनिधि सभाध्यक्ष का चुनाव करेंगे।

13. जिला प्रमुख का चुनाव जिला के अन्तर्गत आने वाले सभी नगरम के नगरम-प्रमुखों द्वारा और जिला उप-प्रमुख का चुनाव जिला के अन्तर्गत आने वाले सभी नगरम के प्रतिनिधि सभाध्यक्षों द्वारा मत प्रयोग करके किया जाएगा।

14. प्रत्येक नगरम के नगरम-प्रमुख और प्रतिनिधि सभाध्यक्ष का मतमूल्य अलग-अलग होगा, जो इनकी जनसंख्या के आधार पर निर्धारित होगा। यदि यह तय किया गया है कि किसी नगरम का मतमूल्य उस नगरम की सम्पूर्ण जनसंख्या में 1000 से भाग देने के बाद प्राप्त संख्या होगी, तो इस आधार पर 1200 की जनसंख्या वाले नगरम का मत मूल्य 1200/1000 अर्थात् '1.2' होगा और इस नगरम के नगरम प्रमुख एवं प्रतिनिधि सभाध्यक्ष द्वारा दिए गए मत का मूल्य '1.2' होगा। इसी तरह 15000 की जनसंख्या वाले नगरम का मतमूल्य '15' होगा और इस नगरम के नगरम प्रमुख और प्रतिनिधि सभाध्यक्ष द्वारा दिए गए मत का मूल्य '15' गिना जाएगा।

15. भारतीय संविधान में केवल केन्द्र और राज्य के मध्य शक्तियों के बँटवारे की बात की गई है। यह अवधारणा आज के सन्दर्भ में अप्रासंगिक हो गए हैं। महात्मा गाँधी के आदर्श के अनुरूप यदि शासन का विकेन्द्रीकरण करना है और ग्राम स्वराज लाना है, तो केन्द्र, राज्य और नगरम के मध्य शक्तियों का बँटवारा करना होगा। इस दृष्टि से 11वीं और 12वीं अनुसूची को निरस्त कर सातवीं अनुसूची में ही केन्द्र सूची और राज्य सूची के साथ एक

      एक देश-एक चुनाव : भारत में राजनीतिक सुधार की संभावनाएँ

नई सूची IV—नगरम सूची जोड़ा जाना चाहिए, जिसमें 11वीं एवं 12वीं अनुसूची के सभी विषय शामिल हों और तद्नुसार संविधान के भाग XI में भी संशोधन किया जाना चाहिए। किन्तु इन संशोधनों में जटिलता होने के कारण बेहतर है कि अलग-अलग 11वीं और 12वीं अनुसूची को निरस्त कर एक समग्र नई 11वीं अनुसूची बनाया जाय।

भारत में स्थानीय इकाइयों के सन्दर्भ में उक्त सुधार न केवल स्वराज को इसकी मूल मंशा के अनुरूप स्थापित करने एवं सुराज का लक्ष्य पाने के लिए आवश्यक है, बल्कि एक देश-एक चुनाव की अवधारणा को सरलता से लागू करने के लिए भी महत्त्वपूर्ण है।

अपेक्षित संविधान संशोधन (एक देश-एक चुनाव हेतु आवश्यक नहीं)

1. संविधान के भाग IX और IX-क को समाप्त कर इनके स्थान पर केवल एक भाग IX बनाने के लिए और 11वीं एवं 12वीं अनुसूची को समाप्त कर इनके स्थान पर केवल एक समग्र 11वीं अनुसूची बनाने के लिए संशोधन;

2. नये भाग IX में नगर और ग्राम के एकल एवं समग्र स्वरूप वाले 'नगरम' इकाई की संरचना और कार्यप्रणाली से सम्बन्धित व्यापक प्रावधान शामिल होंगे। समन्वयात्मक शक्ति पृथक्करण के सिद्धान्त पर आधारित नगरम में भी राज्य एवं केन्द्र की तरह शासन के तीन अंग प्रतिनिधि सभा, नगरम प्रमुख एवं कैबिनेट और मध्यस्थता पंचाट स्थापित करने के लिए संशोधन;

3. नये भाग IX में ग्राम पंचायत के सम्बन्ध में मध्यवर्ती पंचायत एवं जिला पंचायत की व्यवस्था समाप्त कर इनके स्थान पर 'जिला प्रतिनिधि सभा' का गठन करने के लिए संशोधन; इत्यादि।

●

तालिका सं. 1

ग्राम के शासन संरचना की वर्तमान स्थिति

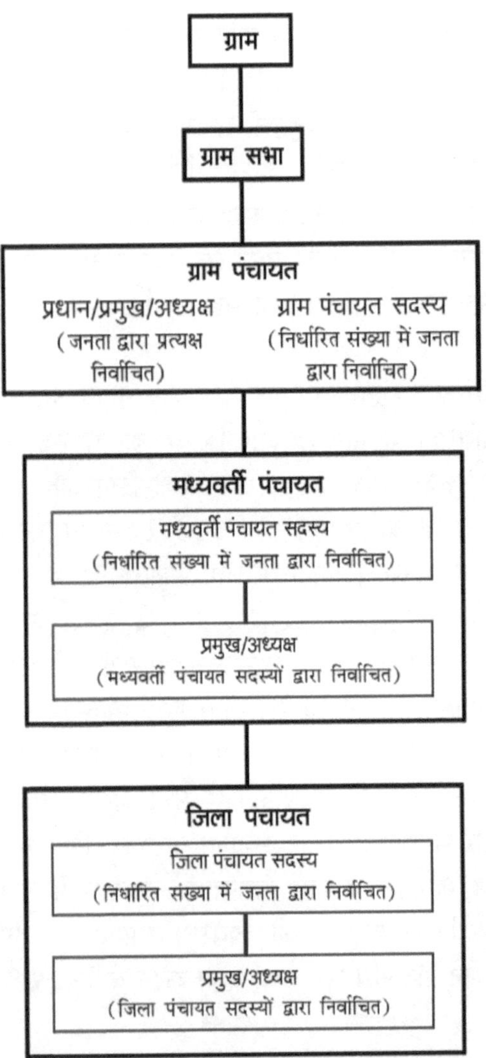

- ग्राम पंचायत अध्यक्ष का चुनाव – अध्यक्षीय प्रणाली पर आधारित
- मध्यवर्ती पंचायत अध्यक्ष का चुनाव – संसदीय प्रणाली पर आधारित
- जिला पंचायत अध्यक्ष का चुनाव – संसदीय प्रणाली पर आधारित

तालिका सं. 2

नगर के शासन संरचना की वर्तमान स्थिति

बिहार, छत्तीसगढ़, हरियाणा, झारखण्ड, मध्य प्रदेश,
ओडिसा, उत्तर प्रदेश, तेलंगाना एवं उत्तराखण्ड राज्य में
(अध्यक्षीय प्रणाली पर आधारित)

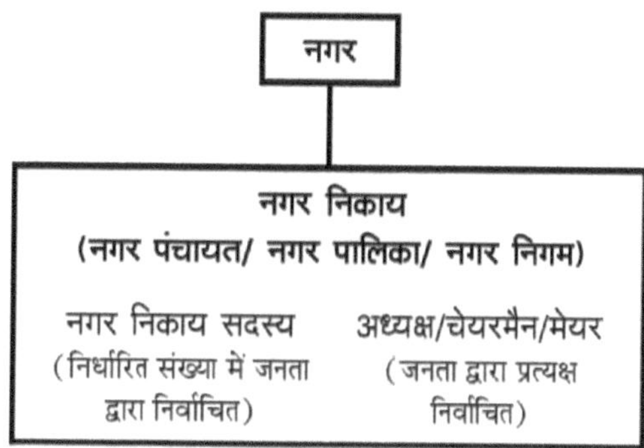

अन्य राज्यों में
(संसदीय प्रणाली पर आधारित)

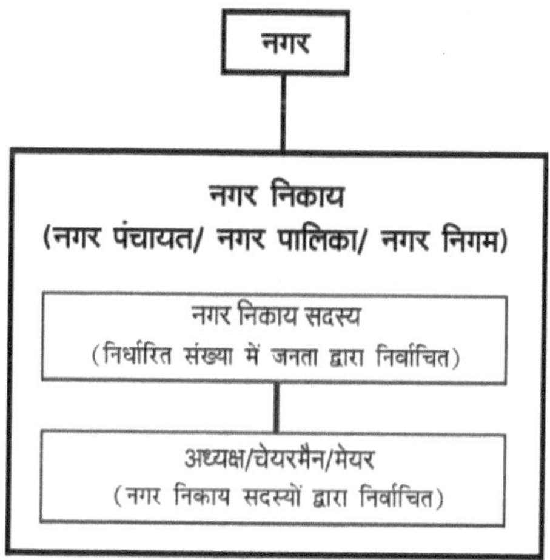

तालिका सं. 3-क

प्रस्तावित 'नगरम्' के शासन संरचना की स्थिति

(अनुच्छेद 40 द्वारा निदेशित स्वराज एवं शासन के विकेन्द्रीकरण पर
आधारित)

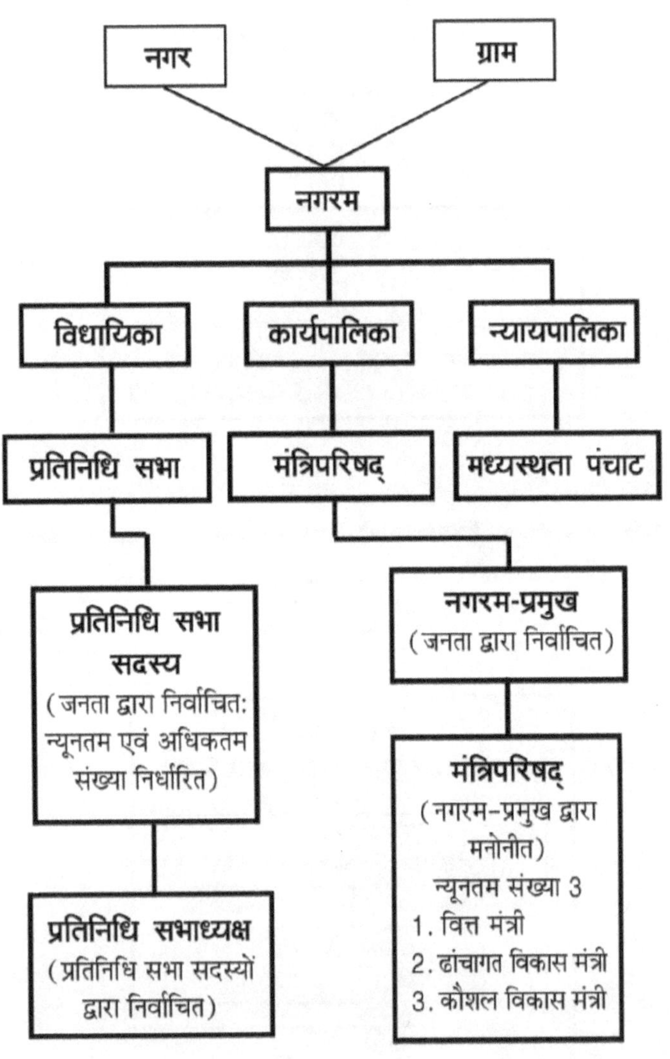

 एक देश-एक चुनाव : भारत में राजनीतिक सुधार की संभावनाएँ

तालिका सं. 3-ख

नगरम
जिला नगरम
विधायिका
कार्यपालिका
न्यायपालिका
जिला प्रतिनिधि सभा
जिला प्रमुख एवं जिला उप-प्रमुख
जनपद न्यायालय
जिला प्रतिनिधि सभा
सदस्य (जनपद में शामिल प्रत्येक विकास खण्ड के लिए एक सदस्य : विकास खण्ड स्तर पर नगरम–प्रमुख और प्रतिनिधि सभाध्यक्ष द्वारा निर्वाचित)
जिला प्रमुख
(जनपद स्तर पर नगरम–प्रमुखों द्वारा निर्वाचित)
जिला उप-प्रमुख
(जनपद स्तर पर प्रतिनिधि सभाध्यक्षों द्वारा निर्वाचित)
जिला प्रतिनिधि सभाध्यक्ष
(जिला प्रतिनिधि सभा सदस्यों द्वारा निर्वाचित)

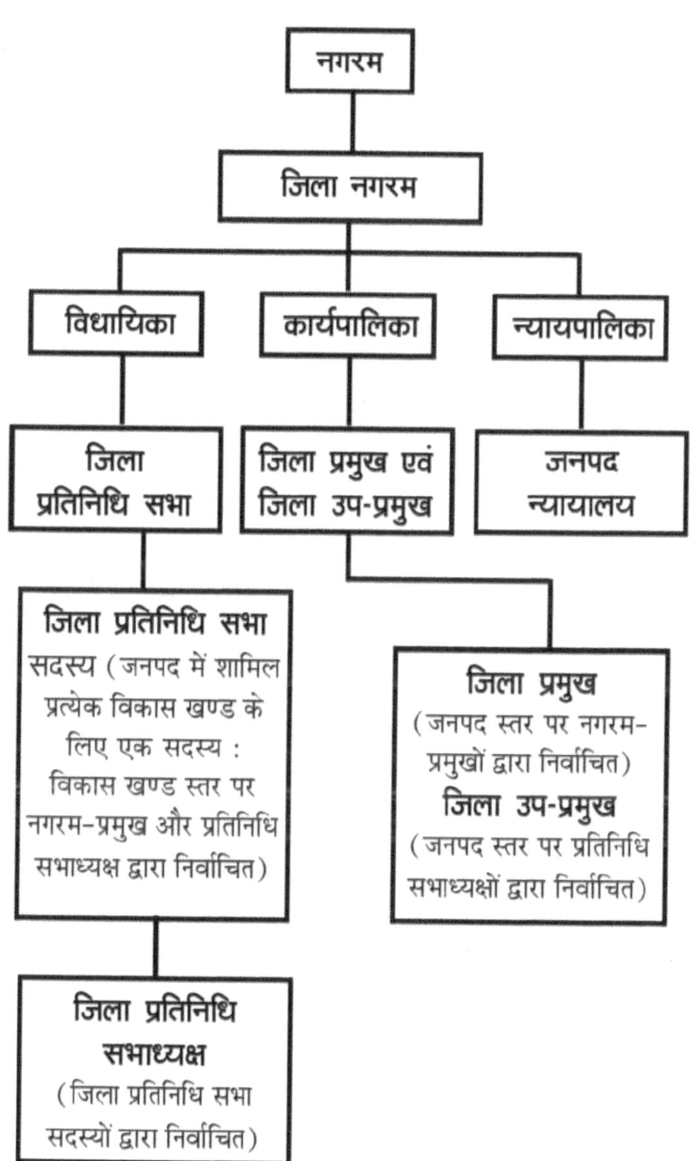

3
राजनीतिक पार्टी
वंशवाद से लोकतांत्रिक मूल्य की ओर

राजनीतिक पार्टी समान विचार रखने वाले लोगों का ऐसा सांगठनिक समूह है, जो जनता की राजनीतिक इच्छा के निर्माण में सहयोग करता है और निश्चित राजनीतिक योजनाओं एवं कार्यक्रमों के माध्यम से अपने सदस्यों को शासन के सार्वजनिक पदों पर निर्वाचन कराकर देश की शासन व्यवस्था के संचालन में सहभागिता करता है।

भारत की राजनीतिक पार्टियों के सम्बन्ध में दो स्तर पर चर्चा किए जाने की आवश्यकता है। पहला लोकतांत्रिक सरकार बनाने में राजनीतिक पार्टियों के योगदान के सम्बन्ध में और दूसरा इनकी आन्तरिक संरचना को लोकतांत्रिक मूल्यों के अनुकूल बनाने के सम्बन्ध में। पहले विषय के सैद्धान्तिक पहलुओं के सम्बन्ध में शीर्षक 'नियंत्रित बहुदलीय व्यवस्था' में चर्चा किया गया है, जो एक देश-एक चुनाव की अवधारणा को सार्थक बनाने के लिए आवश्यक है। पुस्तक के इस अध्याय का विषय भारत की राजनीतिक पार्टियों के आन्तरिक संरचना को लोकतांत्रिक मूल्यों के अनुकूल बनाने के सम्बन्ध में है।

इस अध्याय में शामिल विषय और व्यक्त विचार का एक देश-एक चुनाव की अवधारणा से कोई सम्बन्ध नहीं है। यह अध्याय केवल देश की

राजनीतिक पार्टियों की आन्तरिक संरचना में सुधार की प्रक्रिया को आगे बढ़ाता है, जिसे एक देश-एक चुनाव की अवधारणा से अलग होकर भी लागू किया जा सकता है।

राजनीतिक पार्टियों की भूमिका एवं कानूनी स्थिति

भारतीय संविधान में राजनीतिक पार्टी के सम्बन्ध में कोई प्रत्यक्ष प्रावधान नहीं है। इसका अनुच्छेद 19 का खण्ड (1)(ग) सभी नागरिकों को संस्था या संघ बनाने की आजादी प्रदान करता है। इसके अन्तर्गत ही नागरिक को अपनी विचारधारा के अनुरूप राजनीतिक पार्टी स्थापित करने की आजादी प्राप्त है। आजादी के इस अधिकार को भारत की सम्प्रभुता और अखण्डता या लोक व्यवस्था या नैतिकता के हित के अधीन रखा गया है।

भारत में राजनीतिक पार्टियाँ अपने सदस्यों को विधायी संस्थाओं का सदस्य निर्वाचित करवाकर सरकार बनाने में प्रभावशाली भूमिका निभाती हैं; संसद एवं राज्य विधायिका में अपने सदस्यों के लिए व्हिप शक्ति का प्रयोग करती हैं; ऐसी शक्ति का प्रयोग करके ये राजनीतिक पार्टियाँ कानून-निर्माण में हस्तक्षेप भी करती हैं। इस तरह सत्ता प्रतिष्ठान के सन्दर्भ में सबसे निकट और प्रभावशाली संस्था होने के बावजूद इन राजनीतिक पार्टियों के आन्तरिक संगठन को लोकतांत्रिक मूल्यों के अनुरूप बनाने और विधि-शासन के प्रति जवाबदेह होने के लिए न तो संविधान में कोई प्रावधान है और न ही संसद निर्मित किसी कानून में। संविधान लागू होने के 70 वर्ष बाद आज यह आवश्यक हो गया है कि राजनीतिक पार्टियों के आन्तरिक ढाँचे को लोकतांत्रिक एवं जवाबदेह बनाते हुए न केवल इन्हें एक संवैधानिक संस्था बनाया जाये, बल्कि इन्हें अनुच्छेद 12 के अन्तर्गत 'राज्य' की परिधि में भी लाया जाये।

जर्मन संविधान विश्व का ऐसा संविधान है, जिसमें राजनीतिक पार्टी को संवैधानिक संस्था का दर्जा दिया गया है। तीन खण्डों में विभाजित इसके अनुच्छेद 21 में निम्न मूलभूत सिद्धान्त स्वीकार किये गये हैं—

● पार्टियाँ जनता की राजनीतिक इच्छा के निर्माण में सहयोग

करेंगी।

- पार्टी की स्थापना करने की आजादी होगी।
- पार्टी की आन्तरिक संरचना लोकतांत्रिक मूल्यों के अनुरूप होगा।
- पार्टियाँ अपने संसाधन, अपने फण्ड और अपनी सम्पत्ति के लिए सार्वजनिक रूप से जवाबदेह होंगी।
- वे पार्टियाँ, जो अपने उद्देश्यों या पक्षपाती आचरण के कारण लोकतंत्र के मूलभूत सिद्धान्त को क्षति पहुँचाये या जर्मनी के संघीय गणराज्य को खतरे में डाले, असंवैधानिक होंगे। संघीय न्यायालय असंवैधानिकता के सवाल पर निर्णय देगा।
- विस्तृत विवरण संघीय कानून के अधीन होगा।

जर्मन संविधान के अनुच्छेद 21 के अनुक्रम में जर्मनी के संसद द्वारा 1967 में 'राजनीतिक पार्टी अधिनियम' बनाकर लागू किया गया। इस कानून में कुल 8 भाग और 41 धाराएँ हैं। इसकी धारा 1 का खण्ड (1) कहता है कि राजनीतिक पार्टियाँ संविधान के अन्तर्गत स्वतंत्र लोकतांत्रिक मूल व्यवस्था का आन्तरिक अंग हैं। यह लोगों की राजनीतिक इच्छा का निर्माण करने में लगातार सहभागिता करते हुए स्वतंत्र तरीके से सार्वजनिक कार्य करते रहते हैं। यह कार्य करना उनका दायित्व है और आधारभूत कानून द्वारा गारण्टी किया गया है।

राजनीतिक सुधार के लिए विधि आयोग द्वारा प्रस्तुत 170वें रिपोर्ट दिनांक 09 जून 1999 में राजनीतिक पार्टियों के सम्बन्ध में जो टिप्पणी की गई है, उसका उल्लेख करना आवश्यक है। इस रिपोर्ट के पैरा 3.1.2.1 में विधि आयोग अपने महत्त्वपूर्ण टिप्पणी में कहता है—

"यह राजनीतिक पार्टियाँ हैं, जो सरकार बनाती हैं, संसद को सदस्य देती हैं, और देश का शासन चलाती हैं। इसलिए राजनीतिक पार्टियों की कार्यप्रणाली में आन्तरिक लोकतंत्र, आर्थिक पारदर्शिता और जवाबदेही शामिल करना आवश्यक है। अपने आन्तरिक क्रियाकलाप में लोकतांत्रिक सिद्धान्तों का सम्मान नहीं करने वाली राजनीतिक पार्टियों से देश के शासन में इन सिद्धान्तों का सम्मान

     एक देश-एक चुनाव : भारत में राजनीतिक सुधार की संभावनाएँ

करने की उम्मीद नहीं की जा सकती है। ये अपनी कार्यप्रणाली को लेकर आन्तरिक रूप से तानाशाह और बाह्य रूप से लोकतांत्रिक नहीं हो सकती हैं।''

उक्त महत्त्वपूर्ण टिप्पणी के बाद विधि आयोग ने जन प्रतिनिधित्व अधिनियम, 1951 में नया भाग II-क जोड़ने की संस्तुति किया है। इस भाग के अन्तर्गत नौ धाराएं प्रस्तावित हैं, किन्तु इस पूरी रिपोर्ट में न तो विधि आयोग ने भारत की राजनीतिक पार्टियों में पनप चुके/रहे वंशवाद और कुलीन संस्कृति का उल्लेख किया है और न ही ऐसा कोई प्रावधान प्रस्तावित किया है, जो इस समस्या का समाधान कर सके। इस सम्बन्ध में विधि आयोग द्वारा प्रस्तावित धारा 11-घ केवल यह कहता है कि राजनीतिक पार्टियों के कार्यकारिणी समिति का चुनाव होगा। इसका कार्यकाल तीन वर्ष से अधिक नहीं होगा। कार्यकाल समाप्त होने के ठीक पहले नई कार्यकारिणी समिति के चुनाव के लिए कदम उठाये जाएँगे। प्रस्तावित धारा 11-ङ कहता है कि राजनीतिक पार्टी और इसके घटक सामान्य बहुमत से प्रस्ताव पारित करेंगे। मतदान गोपनीय तरीके से होगा।

विधि आयोग द्वारा प्रस्तावित उक्त दोनों धाराएं भारत की राजनीतिक पार्टियों में पनप चुके/रहे वंशवाद की समस्या के समाधान के लिए बिल्कुल अपर्याप्त हैं। वस्तुत: विधि आयोग ने इस पहलू पर कोई विचार ही नहीं किया है। राजनीतिक पार्टियों को वंशवाद से मुक्ति दिलाये बिना इनसे लोकतांत्रिक होने की अपेक्षा नहीं की जा सकती है। इसलिए यह आवश्यक है कि भारत की राजनीतिक पार्टियों को लोकतांत्रिक मूल्यों के अनुरूप बनाने और इन्हें कुलीन संस्कृति एवं वंशवाद से मुक्त करने सम्बन्धी विषय पर विस्तार से चर्चा किया जाय और इस समस्या के समाधान के रास्तों को तलाशा जाय।

भारत की राजनीतिक पार्टियों में वंशवाद

भारत जैसे लोकतांत्रिक देश के लिए यह विडम्बना है कि जिन राजनीतिक पार्टियों पर संसदीय लोकतंत्र के ढाँचे को निर्मित एवं विकसित करने की जिम्मेदारी है, वे कुलीन संस्कृति एवं सामन्तवाद के शिकार हो

गये हैं। सामन्तवादी व राजशाही व्यवस्था समाप्त करने के लिए हमारे संविधान-निर्माताओं द्वारा जिस संसदीय स्वरूप वाले लोकतंत्र को अपनाया गया, उसी की बुनियाद में घुसकर ये राजनीतिक पार्टियाँ सामन्तवाद व कुलीन संस्कृति को पालने-पोषने में लगे हुए हैं। चार-छह पार्टियों को छोड़कर देश के बाकी सभी स्थापित एवं सत्तारुढ़ रहने वाली राजनीतिक पार्टियों में कुलीन संस्कृति और परिवारवाद किस हद तक हावी हुआ है, इसको निम्न तालिका के माध्यम से समझने का प्रयास करते हैं—

राजनीतिक पार्टी का नाम	स्थापना दिवस से वर्तमान तक की स्थिति
भारतीय राष्ट्रीय कांग्रेस	वर्ष 1885 में ए. ओ. ह्यूम द्वारा स्थापित किया गया। 1885 में पहले अध्यक्ष वोमेश चन्द्र बनर्जी चुने गए। उसके बाद से लेकर 1947 तक प्रत्येक वर्ष इसके अध्यक्ष/राष्ट्रपति चुने जाते थे। 1947 तक इस पार्टी के अध्यक्ष पद पर चुने गए प्रमुख नेता दादाभाई नौरोजी (1886), बदरुद्दीन तैयबजी (1887), गोपाल कृष्ण गोखले (1905), रासबिहारी घोष (1907), मदन मोहन मालवीय (1909, 1918), मोतीलाल नेहरू (1919, 1928), लाला लाजपत राय (1920), चितरंजन दास (1922), अबुल कलाम आजाद (1923, 1932, 1940-46), महात्मा गाँधी (1924), सरोजनी नायडु (1925), एस. एस. अयंगर (1926), जवाहरलाल नेहरू (1929, 1930, 1936, 1937), वल्लभभाई पटेल (1931), नील सेनगुप्ता (1933), डॉ. राजेन्द्र प्रसाद (1934, 1935, 1939), सुभाष चन्द्र बोस (1938, 1939), जे. बी. कृपलानी (1946-47) थे। आजादी के बाद भी 1971 तक प्रत्येक

    एक देश-एक चुनाव : भारत में राजनीतिक सुधार की संभावनाएँ

वर्ष अध्यक्ष पद पर चुनाव होता था। जगजीवन राम (1971) के बाद शंकरदयाल शर्मा पहली बार तीन वर्ष के लिए अध्यक्ष चुने गए। उसके बाद देवकान्त बरुआ (1975-1977), इन्दिरा गाँधी (1978-1983) और राजीव गाँधी (1985-1991) अध्यक्ष बने। राजीव गाँधी की असामयिक मृत्यु के बाद पी. वी. नरसिंहा राव (1992-1994) और सीताराम केसरी (1996-1998) अध्यक्ष चुने गए। सीताराम केसरी के बाद सोनिया गाँधी वर्ष 1998 में अध्यक्ष चुनी गई और वह लगातार 19 वर्ष तक इस पद पर रही। उनके बाद सोनिया गाँधी के पुत्र राहुल गाँधी 2017 में इस पार्टी का अध्यक्ष बने। 2019 में उनके इस्तीफा के बाद पुन: सोनिया गाँधी अन्तरिम अध्यक्ष बन गयी और तब से वह इस पद पर आसीन हैं।

शिरोमणि अकाली दल

वर्ष 1920 में स्थापित किया गया। इसके पहले अध्यक्ष सरदार सतमुख सिंह चुब्बल थे। उनके बाद इस पद पर चुने गए प्रमुख नेता बाबा खरक सिंह, मास्टर तारा सिंह, हुकूम सिंह, संत फतेह सिंह, सिमरनजीत सिंह मान, सुरजीत सिंह बरनाला हुए। 1995 में प्रकाश सिंह बादल अध्यक्ष चुने गए, जो इस पद पर 2008 तक यानी 13 वर्षों तक बने रहे। उनके बाद उनके पुत्र सुखबीर सिंह बादल 2008 से लगातार अर्थात पिछले 13 वर्षों से इस पार्टी के अध्यक्ष बने हुए हैं।

वर्ष 1925 में एम. एन. रॉय, चारू मजूमदार, एम. पी. टी. आचार्य द्वारा स्थापित किया गया। इस पार्टी के पहले प्रमुख/महासचिव एस. वी. घाटे चुने गए। वह इस पद पर 1933 तक रहे। उनके उपरान्त गंगाधर अधिकारी (1933-1935), पी. सी. जोशी (1935-1948), बी. टी. रणदीव (1948-1950), सी. आर. राव (1950-1951, 1964- 1990), अजय घोष (1951-1962), एस. ए. डांगे - चेयरमैन के पद पर (1962-1981), ई. एम. एस. नम्बूरीपाद (1962-1964), इन्द्रजीत गुप्ता (1990-1996), ए. बी. बर्धन (1996-2012), एस. एस. रेड्डी (2012-2019) महासचिव पद का दायित्व सँभाले। 2019 से डी. राजा इस पार्टी के महासचिव पद पर आसीन हैं।

कम्युनिस्ट पार्टी आफ इण्डिया

वर्ष 1932 में शेख अब्दुल्ला द्वारा 'आल जम्मू-कश्मीर मुस्लिम कान्फ्रेन्स' के नाम से स्थापित किया गया। 1939 में इसका नाम बदलकर जम्मू-कश्मीर नेशनल कान्फ्रेन्स कर दिया गया। शेख अब्दुला 1981 तक इसके अध्यक्ष बने रहे। उनके उपरान्त उनके पुत्र फारुख अब्दुल्ला 2002 तक यानी 23 वर्षों तक अध्यक्ष रहे। अब इनके पुत्र उमर अब्दुल्ला 2002 से लगातार अर्थात् पिछले 19 वर्षों से इस पार्टी के अध्यक्ष बने हुए हैं।

जम्मू-कश्मीर नेशनल कान्फ्रेन्स

वर्ष 1949 में सी. एन. अन्नादुर्रे द्वारा स्थापित किया गया। वह 20 वर्ष तक लगातार अध्यक्ष रहे

द्रविण मुन्नेण कड़ंगम

और वर्ष 1969 में उनकी मृत्यु के बाद से एम. करुणानिधि लगातार 47 वर्षों तक अध्यक्ष बने रहे। 47 वर्ष बाद 2017 में एम. करुणानिधि के पुत्र स्टालिन इस पार्टी के अध्यक्ष बने और तब से वह इस पार्टी के अध्यक्ष बने हुए हैं।

कम्युनिस्ट पार्टी आफ इण्डिया (माक्र्सवादी)

वर्ष 1964 में पी. सुन्दरैया, ई.एम.एस. नम्बूरीपाद, ए.के. गोपालन, बी.टी. रणदीव, हरिकिशन सिंह सुरजीत, ज्योति बसु इत्यादि द्वारा स्थापित किया गया। इसके पहले प्रमुख/महासचिव पी. सुन्दरैया चुने गए। वह इस पद पर 1978 तक रहे। उनके उपरान्त ई. एम. एस. नम्बूरीपाद (1978-1992), हरिकिशन सिंह सुरजीत (1992-2005), प्रकाश कारथ (2005-2015) महासचिव पद का दायित्व संभाले। 2015 से सीताराम येचुरी इस पार्टी के महासचिव पद पर आसीन हैं।

शिवसेना

वर्ष 1966 में बाल ठाकरे द्वारा स्थापित किया गया। बह 38 वर्ष तक लगातार इस पार्टी के अध्यक्ष रहे। उनके बाद 2004 में उनके पुत्र उद्धव ठाकरे अध्यक्ष बने और वह तब से लगातार अर्थात् पिछले 17 वर्षों से इस पार्टी के अध्यक्ष बने हुए हैं।

झारखण्ड मुक्ति मोर्चा

वर्ष 1972 में शिबू सोरेन द्वारा स्थापित किया गया और वह तब से लगातार 41 वर्षों तक इस पार्टी के अध्यक्ष बने रहे। उनके बाद 2013 में उनके पुत्र हेमन्त सोरेन अध्यक्ष बने और तब

से लगातार अर्थात् पिछले 8 वर्षों से इस पार्टी के अध्यक्ष बने हुए हैं।

आल इण्डिया अन्नादुर्रे द्रविण मुन्नेण कड़ंगम

वर्ष 1972 में एम. जी. रामचन्द्रन द्वारा स्थापित किया गया। वह 15 वर्ष तक लगातार पार्टी के सर्वोच्च महासचिव पद पर रहे। वर्ष 1987 में उनकी मृत्यु के बाद उनकी पत्नी दो वर्ष के लिए महासचिव बनीं। उनके बाद 1989 में रामचन्द्रन की निकट सहयोगी जे. जयललिता महासचिव बनी और तब से लगातार 2016 में मृत्यु होने तक अर्थात् 27 वर्षों तक महासचिव बनी रहीं। जे. जयललिता की मृत्यु के बाद उनकी निकट सहयोगी और उनके दत्तक पुत्र की माँ शशिकला महासचिव बन गयी। शशिकला ने अपने भतीजे टी. टी. वी. दिनकरन को पार्टी का कोषाध्यक्ष बना दिया। अगस्त 2017 में पार्टी का बँटवारा हो गया। एक घटक ओ. पनीरसेल्वम एवं इ. के. पलानीस्वामी के नेतृत्व में और दूसरा घटक शशिकला एवं टी. टी. वी. दिनकरन के नेतृत्व में कानूनी लड़ाई लड़ रहा है।

भारतीय जनता पार्टी

वर्ष 1980 में अटल बिहारी वाजपेयी और लालकृष्ण आडवानी द्वारा स्थापित किया गया। इसके पहले अध्यक्ष अटल बिहारी वाजपेयी चुने गए। वह इस पद पर 1986 तक रहे। उनके उपरान्त लालकृष्ण आडवानी (1986-1991, 1993-1998, 2004-2005), मुरली मनोहर जोशी (1991-1993), कुशाभाऊ ठाकरे (1998-2000), बंगारु लक्ष्मण (2000-2001), जना

कृष्णमूर्ति (2001-2002), एम. वेंकैया नायडु (2002-2004), राजनाथ सिंह (2005-2009, 2013-2014), नितिन गडकरी (2009-2013), अमित शाह (2014-2020) अध्यक्ष पद का दायित्व संभाले। 2020 से जगत प्रकाश नड्डा इस पार्टी के अध्यक्ष पद पर आसीन हैं।

तेलगूदेशम पार्टी	वर्ष 1982 में एन. टी. रामाराव द्वारा स्थापित किया गया। वह 13 वर्ष तक लगातार इस पार्टी के अध्यक्ष रहे। उनके बाद 1995 में उनके दामाद चन्द्रबाबु नायडु इस पार्टी के अध्यक्ष बन गए और वह तब से लगातार अर्थात् पिछले 26 वर्षों से इस पार्टी के अध्यक्ष बने हुए हैं।
बहुजन समाज पार्टी	वर्ष 1984 में कांशीराम द्वारा स्थापित किया गया। वह 19 वर्ष तक लगातार अध्यक्ष रहे। उनके बाद 2003 में मायावती अध्यक्ष बनीं और तब से लगातार अर्थात् पिछले 18 वर्षों से इस पार्टी की अध्यक्ष बनी हुई हैं।
असम गण परिषद्	वर्ष 1985 में प्रफुल्ल कुमार मोहान्ता, भृगु कुमार फुक्कन द्वारा स्थापित किया गया। इस पार्टी के टूटने के बाद नूतन असम गण परिषद् (1991), तृणमूल गण परिषद् (2000) और प्रोग्रेसिव असम गण परिषद (2005) जैसी नई पार्टियाँ बनीं। 2008 में पुन: सभी धड़ एक साथ आ गए। प्रफुल्ल कुमार मोहान्ता के बाद जुलाई 2014 में अतुल बोरा इस पार्टी का अध्यक्ष बने और वह तब से इस पद पर आसीन हैं।

| **समाजवादी पार्टी** | वर्ष 1992 में मुलायम सिंह यादव द्वारा स्थापित किया गया और वह तब से लगातार 25 वर्षों तक इस पार्टी के अध्यक्ष बने रहे। 25 वर्ष बाद भाई शिवपाल सिंह यादव और पुत्र अखिलेश यादव के मध्य विरासत की लड़ाई शुरू हो गयी। 2017 में अखिलेश यादव इस पार्टी के अध्यक्ष बन गए। इसके बाद भाई शिवपाल सिंह यादव 2018 में प्रगतिशील समाजवादी पार्टी (लोहिया) नाम से नई पार्टी बनाकर इसके अध्यक्ष बन गए। |

सिक्किम डेमोक्रेटिक फ्रण्ट — वर्ष 1993 में पवन कुमार चामलिंग द्वारा स्थापित किया गया और वह तब से लगातार अर्थात् पिछले 28 वर्षों से इस पार्टी के अध्यक्ष बने हुए हैं।

अपना दल — वर्ष 1995 में सोनेलाल पटेल द्वारा स्थापित किया गया। वह 14 वर्षों तक लगातार इस पार्टी के अध्यक्ष बने रहे। 2009 में उनकी मृत्यु के बाद उनकी पत्नी कृष्णा पटेल अध्यक्ष बनी। किन्तु 2016 में कृष्णा पटेल और पुत्री अनुप्रिया पटेल के मध्य विरासत पाने की कानूनी लड़ाई आरम्भ हो गयी। 2016 में अनुप्रिया पटेल ने अपना दल (सोनेलाल) नाम से नई पार्टी बनाकर इसकी अध्यक्ष बन गयी। जबकि कृष्णा पटेल की अध्यक्षता वाले दूसरे गुट की पार्टी को अपना दल (कमेरावादी) नाम से मान्यता मिल गयी।

इण्डियन नेशनल लोकदल

वर्ष 1996 में चौधरी देवी लाल द्वारा स्थापित किया गया। उनकी मृत्यु के बाद उनके पुत्र ओम प्रकाश चोटाला 2001 में अध्यक्ष बने और तब से लगातार इस पद पर आसीन हैं। ओम प्रकाश चोटाला को सजा मिलने के बाद उनके दो पुत्र अजय चोटाला और अभय चोटाला के बीच विरासत पाने की जंग चल रही है। अब अजय चोटाला के पुत्र दुष्यन्त चोटाला 2018 में जननायक जनता पार्टी नाम से नई पार्टी बनाकर इसके अध्यक्ष बन गए है।

राष्ट्रीय लोक दल

वर्ष 1996 में चौधरी अजीत सिंह द्वारा स्थापित किया गया और वह तब से लगातार 25 वर्षों तक इस पार्टी के अध्यक्ष बने रहे। 2021 में अजीत सिंह की मृत्यु के बाद उनके पुत्र जयन्त चौधरी इस पार्टी के अध्यक्ष बन गए।

राष्ट्रीय जनता दल

वर्ष 1997 में लालू प्रसाद यादव द्वारा स्थापित किया गया और वह तब से लगातार अर्थात् पिछले 24 वर्षों से इस पार्टी के अध्यक्ष बने हुए हैं। भ्रष्टाचार के आरोप में कारावास की सजा मिलने के बाद भी वह इस पद पर बने रहे। जेल के बाहर उनके पुत्र तेज प्रताप यादव और तेजस्वी यादव पार्टी की विरासतीय कमान सँभाल रहे हैं।

बीजू जनता दल

वर्ष 1997 में नवीन पटनायक द्वारा स्थापित किया गया और वह तब से लगातार अर्थात् पिछले 24 वर्षों से इस पार्टी के अध्यक्ष बने हुए हैं।

आल इण्डिया तृणमूल कांग्रेस	वर्ष 1998 में ममता बनर्जी द्वारा स्थापित किया गया और वह तब से लगातार अर्थात् पिछले 23 वर्षों से इस पार्टी की अध्यक्ष बनी हुई हैं।
जम्मू-कश्मीर पीपुल्स डेमोक्रेटिक पार्टी	वर्ष 1999 में मुफ्ती मोहम्मद सईद द्वारा स्थापित किया गया। उनके बाद उनकी पुत्री महबूबा मोहम्मद सईद 2009 में इस पार्टी की अध्यक्ष बनी और तब से लगातार अर्थात् पिछले 12 वर्षों से अध्यक्ष बनी हुई हैं।
नेशनलिस्ट कांग्रेस पार्टी	वर्ष 1999 में शरद पवार द्वारा स्थापित किया गया और वह तब से लगातार अर्थात् पिछले 22 वर्षों से इस पार्टी के अध्यक्ष बने हुए हैं।
जनता दल (सेकुलर)	वर्ष 1999 में एच. डी. देवगौड़ा द्वारा स्थापित किया गया और वह तब से लगातार अर्थात् पिछले 22 वर्षों से इस पार्टी के अध्यक्ष बने हुए हैं।
लोक जनशक्ति पार्टी	वर्ष 2000 में राम विलास पासवान द्वारा स्थापित किया गया और वह तब से लगातार 20 वर्षों तक इस पार्टी के अध्यक्ष बने रहे। 2020 में उनकी मृत्यु के बाद उनके पुत्र चिराग पासवान और भाई पशुपति कुमार पारस के मध्य राजनीतिक विरासत की लड़ाई शुरू हो गयी। अब चिराग पासवान लोक जनशक्ति पार्टी (राम विलास) और पशुपति कुमार पारस राष्ट्रीय लोक जनशक्ति पार्टी नाम से अलग-अलग पार्टी बनाकर अध्यक्ष बन गए हैं।

एक देश-एक चुनाव : भारत में राजनीतिक सुधार की संभावनाएँ

तेलंगाना राष्ट्र समिति	वर्ष 2001 में चन्द्रशेखर राव द्वारा स्थापित किया गया और वह तब से लगातार अर्थात् पिछले 20 वर्षों से इस पार्टी के अध्यक्ष बने हुए हैं।
जनता दल (यूनाइटेड)	वर्ष 2003 में जार्ज फर्नांडिज, नीतीश कुमार, शरद यादव द्वारा स्थापित किया गया। इसके पहले अध्यक्ष शरद यादव चुने गए। वह इस पद पर 2016 तक रहे। उनके उपरान्त नीतीश कुमार (2016-2020), रामचन्द्र प्रसाद सिंह (2020-2021) अध्यक्ष पद का दायित्व संभाले। 2021 से लल्लन सिंह इस पार्टी के अध्यक्ष पद पर आसीन हैं।
डी. एम. डी. के.	वर्ष 2005 में विजयकान्त द्वारा स्थापित किया गया और वह तब से लगातार अर्थात् पिछले 16 वर्षों से इस पार्टी के अध्यक्ष बने हुए हैं।
झारखण्ड विकास मोर्चा (प्र.)	वर्ष 2006 में बाबूलाल मराण्डी द्वारा स्थापित किया गया। 2020 में इस पार्टी के भंग होने और भारतीय जनता पार्टी में मिलने तक लगातार 16 वर्षों तक वह इस पार्टी के अध्यक्ष बने रहे।
महाराष्ट्र नवनिर्माण सेना	शिवसेना की विरासत पाने में असफल होने के बाद बाल ठाकरे के भतीजे राज ठाकरे द्वारा वर्ष 2006 में स्थापित किया गया और वह तब से लगातार अर्थात् पिछले 15 वर्षों से इस पार्टी के अध्यक्ष बने हुए हैं।

हरियाणा जनहित कांग्रेस	वर्ष 2007 में चौधरी भजन लाल द्वारा स्थापित किया गया। 2011 में उनकी मृत्यु के बाद उनके पुत्र कुलदीप बिश्नोई इस पार्टी के अध्यक्ष बन गए। 2016 में इस पार्टी के भंग होने और भारतीय राष्ट्रीय कांग्रेस में मिलने तक वह इस पार्टी के अध्यक्ष बने रहे।
आम आदमी पार्टी	वर्ष 2012 में अरविन्द केजरीवाल, योगेन्द्र यादव, कुमार विश्वास, प्रशान्त भूषण, मनीष सिसोदिया, प्रो. आनन्द कुमार इत्यादि द्वारा स्थापित किया गया। अरविन्द केजरीवाल इस पार्टी के पहले संयोजक/प्रमुख चुने गए। तब से लगातार अर्थात् पिछले 9 वर्षों से वह इस पार्टी के संयोजक/प्रमुख बने हुए हैं।
नेशनल पीपुल्स पार्टी	वर्ष 2013 में पी. ए. संगमा द्वारा स्थापित किया गया और वह इसके पहले अध्यक्ष बने। 2016 में उनकी मृत्यु के बाद उनके पुत्र कोनरेड संगमा इस पार्टी के अध्यक्ष बन गए और वह तब से लगातार इस पार्टी के अध्यक्ष बने हुए हैं।
जनसेना पार्टी	वर्ष 2014 में आंध्रप्रदेश के सिनेमा कलाकार पवन कल्याण द्वारा स्थापित की गयी और वह इसके पहले अध्यक्ष बने। तब से वह इस पार्टी के अध्यक्ष बने हुए हैं।

भारतीय जनता पार्टी, जनता दल (यूनाइटेड), कम्युनिस्ट पार्टी आफ इण्डिया, कम्युनिस्ट पार्टी आफ इण्डिया (मार्क्सवादी) जैसे कुछ अपवाद छोड़ दें, तो उक्त आँकड़े चौंकाने वाले हैं। भले ही ये आँकड़े चौंकाने

वाले हों, लेकिन यह अपने देश के राजनीतिक चरित्र की एक हकीकत है। ये आँकड़े साबित करने के लिए पर्याप्त हैं कि इस देश की राजनीतिक पार्टियों में किस तरह कुलीन संस्कृति एवं परिवारवाद हावी है। एक पार्टी की स्थापना करने वाला व्यक्ति अपने जीवनकाल तक पार्टी के सर्वोच्च पद पर बने रह सकता है। ज्यादातर मामलों में संस्थापक की मृत्यु के बाद या शारीरिक रूप से कमजोर होने के बाद ही इन राजनीतिक पार्टियों के सर्वोच्च पद में परिवर्तन सम्भव हो पाता है और वह भी यह परिवर्तन इन संस्थापकों के पुत्र/पुत्री/दामाद/पत्नी या खास निकट सहयोगी तक सिमट कर रह जाता है। एम. करुणानिधि और जे. जयललिता की तरह कुछ ही अपवाद हैं। लेकिन ये अपवाद भी आगे चलकर उसी रास्ते को अपनाते हैं, जो उनके पूर्ववर्तियों द्वारा अपनाया गया रहता है। अन्यथा ये क्रमश: 47 वर्ष और 25 वर्ष तक अपनी-अपनी पार्टियों के महासचिव नहीं बने रह पाते।

देश की सबसे पुरानी राजनीतिक पार्टी भारतीय राष्ट्रीय कांग्रेस, जो अपने स्थापना वर्ष यानी 1885 से 1971 तक प्रत्येक वर्ष और 1971 से 1977 तक प्रत्येक तीन वर्ष पर अपना अध्यक्ष चुनती थी, वह आज यथास्थितिवाद, परिवारवाद और कुलीनवादी संस्कृति की शिकार बनकर रह गई है। पूर्व प्रधानमंत्री इंदिरा गाँधी की पुत्रवधू और राजीव गाँधी की पत्नी सोनिया गाँधी 1998 में इस पार्टी की अध्यक्ष बनी, तो वह इस पद पर 2017 तक अर्थात् 19 वर्ष तक लगातार बनी रही। सोनिया गाँधी के बाद इस पद के लिए सबसे योग्य व्यक्ति उनके पुत्र राहुल गाँधी को समझा गया। 2019 में राहुल गाँधी के इस्तीफा के बाद पुन: सोनिया गाँधी अन्तरिम अध्यक्ष बन गयीं। यह सब तब है, जब इस पार्टी में गुलाब नबी आजाद, कपिल सिब्बल, मल्लिकार्जुन खड़गे, मनीष तिवारी जैसे वरिष्ठ नेता मौजूद हैं। किन्तु देश की सबसे पुरानी पार्टी पिछले दो-तीन वर्षों से अपना स्थायी अध्यक्ष नहीं पा सकी है।

ये सभी राजनीतिक पार्टियाँ चुनाव आयोग द्वारा पंजीकृत एवं मान्यताप्राप्त पार्टियाँ हैं और देश में 'विधि-शासन' का अंग होने के साथ-साथ ये लोकतांत्रिक शासन के गठन में महत्त्वपूर्ण भूमिका निभाती हैं।

'विधि-शासन' के बजाय 'व्यक्ति विशेष' से संचालित होने वाली और 'लोकतांत्रिक मूल्य' के बजाय 'कुलीन संस्कृति' से ओत-प्रोत रहने वाली राजनीतिक पार्टियों की भारत में एक लम्बी फेहरिस्त है। इस देश की लोकतांत्रिक शासन-व्यवस्था में यह सोचना असम्भव है कि राष्ट्रीय जनता दल, जम्मू-कश्मीर नेशनल कान्फ्रेंस, शिव सेना जैसी तमाम पार्टियों के संस्थापक-प्रमुख या संस्थापक-वारिस को उनके जीवनकाल में हटा दिया जाय, जब तक कि खुद उनका स्वास्थ्य जवाब न दे दे या उनका कोई वारिस इस पद के लिए तैयार न हो जाये।

सवाल पैदा होता है कि यदि वास्तव में इस देश में 'लोकतंत्र' और 'विधि-शासन' है तो ये राजनीतिक पार्टियाँ विधि-शासन और लोकतांत्रिक मूल्य का अपवाद क्यों बनी हुई हैं?

राजनीतिक पार्टियों में एक व्यक्ति का प्रभुत्व बने रहने के क्या कारण हैं और विधि-शासन के दायरे में इन राजनीतिक पार्टियों को लाने के क्या उपाय हो सकते हैं ताकि इनमें कुलीन संस्कृति और परिवारवाद न केवल समाप्त हो बल्कि आगे भी न पनपने पाये? इन सभी सवालों का जवाब जानने के लिए इन पार्टियों की नियमावली/संविधान का विश्लेषण करना आवश्यक है।

पार्टियों में कुलीन संस्कृति के लिए नियमावली जिम्मेदार

भारत में राजनीतिक पार्टियों में कुलीन संस्कृति पनपने का सबसे प्रमुख कारण इन पार्टियों की नियमावली होते हैं। प्रमुख राजनीतिक पार्टियों की नियमावली के प्रावधान न केवल विसंगतियों से भरे पड़े हैं, बल्कि वे एक व्यक्ति का प्रभुत्व बनाये रखने और निरंकुशता को बढ़ावा देने में मदद करते हैं। इन नियमावलियों में शक्तियों को एक पद विशेष में इस तरह केन्द्रीकृत कर दिया गया होता है कि कुलीन संस्कृति का पनपना एक स्वाभाविक बात होती है। राजनीतिक पार्टियों की नियमावली किस तरह एक व्यक्ति के वर्चस्व, परिवारवाद एवं कुलीन संस्कृति को बढ़ावा देती है, इसको जानने के लिए नियमावली के निम्न चार प्रमुख विषयों का विश्लेषण करने का प्रयास करते हैं—

1. कार्यकाल;

2. प्रमुख पदाधिकारियों एवं सदस्यों का मनोनयन;

3. चुनाव समिति का गठन; और

4. पद धारण की सीमा।

अलग-अलग राजनीतिक पार्टियों की नियमावलियों में कार्यकाल-निर्धारण के अलग-अलग तरीके अपनाये गये हैं। कुछ पार्टियों की नियमावली में पार्टी-प्रमुख एवं कार्यकारिणी समिति के लिए कार्यकाल निर्धारित किया गया है, तो कुछ पार्टियों की नियमावली में कार्यकाल उस कार्यक्रम के होने तक के लिए निर्धारित किया गया है, जिसमें पार्टी-प्रमुख का चुनाव होता है। इसके अलावा कार्यकाल की अवधि भी भिन्न-भिन्न निर्धारित है।

भाकपा, भाजपा जैसी राजनीतिक पार्टियों में कार्यकाल तीन वर्ष निर्धारित है तो कांग्रेस, अन्नाद्रमुक जैसी पार्टियों में पाँच वर्ष और राजद में दो वर्ष है। शिरोमणि अकाली दल की नियमावली की धारा 5 (ग) के अनुसार अध्यक्ष का चुनाव तीन वर्ष के लिए होगा, किन्तु इसका खण्ड (घ) कहता है कि अध्यक्ष अगला चुनाव होने तक कार्य करता रहेगा। पहले भारतीय राष्ट्रीय कांग्रेस में अध्यक्ष का कार्यकाल तीन वर्ष था, जिसे 2010 में बढ़ाकर पाँच वर्ष कर दिया गया। इसी तरह आम आदमी पार्टी के संयोजक/प्रमुख का कार्यकाल तीन वर्ष था, जिसे 2021 में बढ़ाकर पाँच वर्ष कर दिया गया। अन्नाद्रमुक की नियमावली के अन्तर्गत पार्टी के महासचिव का कार्यकाल वही है, जो साधारण महापरिषद् का है। नियम 19 (9) कहता है कि महापरिषद् का कार्यकाल पाँच वर्ष होगा। फिर भी यह कार्यकाल नये महापरिषद् के सम्पन्न होने तक बढ़ जायेगा। यानी यदि महापरिषद् की बैठक नहीं हो पाती है तो पार्टी का महासचिव/प्रमुख अपने पद पर बना रहेगा।

किसी पार्टी की कार्यकारिणी समिति का कार्यकाल एक निश्चित अवधि के लिए निर्धारित होने के बावजूद इसे किस तरह निष्फल किया जाता है, इसे समझने के लिए आम आदमी पार्टी का दृष्टान्त लिया जा सकता है। यह पार्टी 26 नवम्बर 2012 को स्थापित की गयी। इस तरह

आम आदमी पार्टी के दूसरे कार्यकारिणी समिति का कार्यकाल नवम्बर-दिसम्बर 2018 तक समाप्त होकर तीसरे कार्यकाल का चुनाव हो जाना चाहिए था। किन्तु यह चुनाव तीन वर्ष बाद सितम्बर 2021 में सम्पन्न हो पाता है। कार्यकाल की अवधि वाले प्रावधान की इसलिए अवहेलना की गई क्योंकि आम आदमी पार्टी के मूल नियमावली के अनुसार कोई भी व्यक्ति लगातार तीसरी बार संयोजक नहीं बन सकता था और इस कारण अरविन्द केजरीवाल के अलावा कोई दूसरा व्यक्ति ही इस पार्टी का संयोजक बनता। किन्तु ऐसा नहीं हो सका। अरविन्द केजरीवाल को तीसरी बार संयोजक बनाने के लिए जनवरी 2021 में नियमावली का ही संशोधन कर दिया गया। हाईकमान संस्कृति के खिलाफ हल्ला बोलकर स्थापित की गई आम आदमी पार्टी इसी की शिकार हो गई। चुनाव आयोग के पास इसकी जाँच करने का समय नहीं है कि दिसम्बर 2018 से अक्टूबर 2021 तक आम आदमी पार्टी का संयोजक कौन था और कैसे था?

पार्टियों की नियमावली में कार्यकाल समाप्त होने के पहले चुनाव सम्पन्न कराने की न तो कोई बाध्यता है और न ही आज तक ऐसी कोई व्यवस्था ही बनायी जा सकी है, जिसके अन्तर्गत समय पर चुनाव कराने की बाध्यता हो और असफल होने पर पार्टी के संचालन के लिए चुनाव आयोग कोई वैकल्पिक प्रबन्ध बना सके। पार्टियों के चुनाव के सम्बन्ध में चुनाव आयोग को रिपोर्ट करने या नया चुनाव कराकर इसकी मान्यता लेने के सम्बन्ध में भी किसी तरह की कोई बाध्यता नहीं होती है और न ही ऐसा कोई प्रावधान है, जिसके अन्तर्गत कार्यकाल पूर्ण होने के बाद चुनाव नहीं होने पर पार्टी की मान्यता रद्द किया जा सके। ऐसी तार्किक शर्तों एवं निर्बन्धनों के अभाव के कारण ज्यादातर राजनीतिक पार्टियों में पार्टी-प्रमुख एवं पदाधिकारियों का चुनाव कागजी-अभ्यास के अलावा कुछ नहीं रहता है।

राजनीतिक पार्टियों में पार्टी-प्रमुख का प्रभुत्व बनाये रखने में अगला कारक पार्टी के विभिन्न पदों पर उसे मनोनयन करने की असीमित शक्ति प्राप्त होना है। उदाहरण के लिए हम उत्तर भारत और दक्षिण भारत के दो प्रमुख राजनीतिक पार्टी – समाजवादी पार्टी एवं अन्नाद्रमुक के नियमावली

को लेते हैं। समाजवादी पार्टी के नियमावली की धारा 15(1) के अनुसार राष्ट्रीय कार्यकारिणी की 51 सदस्यों में से 25 सदस्यों का मनोनयन राष्ट्रीय अध्यक्ष द्वारा किया जाता है। शेष सदस्यों के चुनाव की प्रक्रिया भी स्पष्ट नहीं हैं। पार्टी के उपाध्यक्ष, कोषाध्यक्ष, महासचिव एवं सचिव जैसे महत्त्वपूर्ण पदों पर मनोनयन करने का अधिकार राष्ट्रीय अध्यक्ष के पास ही रहता है। इसी तरह अन्नाद्रमुक की नियमावली के नियम 19(5) के अन्तर्गत पार्टी के केन्द्रीय संगठन में महापरिषद् के लिए 100 सदस्यों को मनोनीत करने का अधिकार महासचिव के पास होता है। इसके अलावा कोषाध्यक्ष से लेकर अन्य महत्त्वपूर्ण पदों के लिए मनोनयन का अधिकार भी महासचिव को दिया गया है। मनोनयन का यह अधिकार भी पार्टियों को व्यक्ति-केन्द्रित बनाने में मददगार साबित होता है।

राजनीतिक पार्टियों में पार्टी-प्रमुख का प्रभुत्व बनाये रखने में जो कारक सबसे अधिक जिम्मेदार है, वह है - चुनाव अधिकारी की नियुक्ति में पार्टी-प्रमुख का एकाधिकार। ज्यादातर राजनीतिक पार्टियों में पार्टी-प्रमुख का चुनाव सम्पन्न कराने की जिम्मेदारी जिस चुनाव अधिकारी पर होती है, उसकी नियुक्ति करना खुद पार्टी-प्रमुख के ही हाथ में होता है। नियमावली में चुनाव अधिकारी की स्वतंत्र नियुक्ति का कोई प्रावधान नहीं होता है। जैसे - समाजवादी पार्टी की नियमावली के धारा 28 (1) (क) के अन्तर्गत राष्ट्रीय अध्यक्ष के चुनाव के लिए चुनाव अधिकारी की नियुक्ति स्वयं राष्ट्रीय अध्यक्ष द्वारा की जाती है। यही स्थिति तृणमूल कांग्रेस की नियमावली में भी है। इसी तरह अन्नाद्रमुक की नियमावली के नियम 19(5), 20, 21, 22 एवं अन्य दूसरे प्रावधान, पार्टी के महासचिव को ऐसी शक्तियाँ प्रदान करते हैं, जो किसी भी व्यक्ति को स्वयंभू बनाने के लिए पर्याप्त हैं। चुनाव की बात तो सिर्फ औपचारिकता भर रहती है।

उक्त तीन कारकों के अलावा राजनीतिक पार्टियों में कुलीन संस्कृति पनपने का चौथा सबसे प्रमुख कारक पद-धारण की सीमा वाले प्रावधान का अभाव होना है। भाजपा जैसे कुछ अपवादों को यदि छोड़ दिया जाय, तो किसी भी राजनीतिक पार्टी की नियमावली में एक व्यक्ति द्वारा पार्टी-प्रमुख का पद धारण करने की अधिकतम सीमा का उल्लेख नहीं है। एक

व्यक्ति राजनीतिक पार्टी के शीर्ष पद को अधिकतम कितनी बार धारण कर सकता है, इसका उल्लेख 'भारतीय जनता पार्टी' जैसे कुछ गिनी-चुनी पार्टियों की नियमावली में ही है। भारतीय जनता पार्टी की नियमावली के अनुच्छेद 21 के अन्तर्गत कोई व्यक्ति 'तीन' वर्ष के लिए एक से अधिक बार अध्यक्ष नहीं बन सकता है। आम आदमी पार्टी की मूल नियमावली के अनुच्छेद V के खण्ड (B)(f) में भी पहले प्रावधान था कि कोई भी व्यक्ति तीन वर्ष के कार्यकाल वाले संयोजक पद को लगातार दो बार से अधिक नहीं धारण कर सकेगा। किन्तु अब जनवरी 2021 में यह प्रावधान संशोधित कर दिया गया है। अब न केवल राष्ट्रीय संयोजक के कार्यकाल को पाँच वर्ष कर दिया गया है, बल्कि राष्ट्रीय संयोजक के सम्बन्ध में दो बार की धारण सीमा को भी हटा दिया गया है।

बाकी किसी भी प्रमुख राजनीतिक पार्टी की नियमावली में शीर्ष पद के लिए 'धारण की सीमा' का उल्लेख नहीं है। इस सम्बन्ध में देश की सबसे पुरानी पार्टी और सबसे अधिक दिनों तक देश पर शासन करने वाली 'भारतीय राष्ट्रीय कांग्रेस' ने तो अपनी नियमावली में छद्म किस्म के प्रावधान का सहारा लिया है। भारतीय राष्ट्रीय कांग्रेस की नियमावली के अनुच्छेद 6 का शीर्षक है- 'टर्म आफ कांग्रेस कमेटी'। किन्तु इसके अन्दर पैरा 3 में कहा गया है कि प्रान्तीय, जिला एवं ब्लाक कमेटी के स्तर पर कोई पदाधिकारी दो बार से अधिक नहीं चुना जा सकता है अर्थात् यह सीमा राष्ट्रीय अध्यक्ष और केन्द्रीय कमेटी पर लागू नहीं होती है। यह आश्चर्य की बात है कि जो व्यवस्था प्रान्तीय, जिला एवं ब्लाक स्तर की समिति पर लागू होती है, वह केन्द्रीय समिति पर क्यों नहीं?

इसी तरह पदाधिकारियों के मध्य शक्तियों के सन्तुलित विभाजन की व्यवस्था को पिता-पुत्र या पिता-पुत्री या भाई-भाई दो अलग-अलग महत्त्वपूर्ण पदों को धारण करके निष्प्रभावी कर देते हैं। इण्डियन नेशनल लोकदल जैसी कई राजनीतिक पार्टियाँ ऐसी हैं, जिनमें पिता और पुत्र या पिता और पुत्री या पति और पत्नी या माँ और पुत्र या माँ और पुत्री पार्टी के प्रमुख पदों यथा अध्यक्ष, कार्यकारी अध्यक्ष, महासचिव, कोषाध्यक्ष पर आसीन हो जाते हैं और बने भी रहते हैं।

एक ही व्यक्ति द्वारा प्रधानमंत्री/मुख्यमंत्री बनने के बाद भी पार्टी प्रमुख पद पर बने रहना केवल नैतिकता की बात रह जाती है। न तो किसी कानून में ऐसा कोई प्रावधान है और न ही नियमावली में ऐसा प्रावधान रखने की कोई बाध्यता है, जो एक व्यक्ति को सरकार प्रमुख और पार्टी प्रमुख बनने पर रोक लगाता हो। अंगुलियों पर गिने जा सकने वाली पार्टियाँ हैं, जिसके अध्यक्ष या संयोजक इस नैतिकता को निभाते हैं। भारतीय राजनीति के लोकतांत्रिक संस्कृति का इससे अधिक विद्रूप रूप शायद ही कुछ और हो, क्योंकि ये ही लोग सबसे अधिक संवैधानिक मूल्य और लोकतंत्र की चीख-पुकार करते हैं।

उपर्युक्त सभी कारकों का सामूहिक प्रभाव यह होता है कि पार्टी के शीर्ष पद पर बैठे व्यक्ति को उसकी इच्छा के बिना हटाया जाना असम्भव है। कुछ समय बाद यही कारक विरासत एवं कुलीन संस्कृति को जन्म देते हैं और पुष्पित-पल्लवित करते हैं, बावजूद इसके कि हमारा संविधान इसे नकारता है। ऐसा इसलिए सफल है क्योंकि राजनीतिक पार्टियों की नियमावली को नियंत्रित करने के लिए न तो भारत में कोई प्रभावशाली कानून है और न ही इसे लागू करने के लिए कोई प्रभावशाली तंत्र है।

राजनीतिक पार्टियों द्वारा गाइडलाइन का खुला उल्लंघन

भारत में राजनीतिक पार्टी ही एकमात्र ऐसी संस्था है, जो सत्ता प्रतिष्ठान के सन्दर्भ में सबसे निकट और प्रभावशाली संस्था होने के बावजूद इसकी राज्य के रूप में कोई जवाबदेही नहीं है। ये राजनीतिक पार्टियाँ सरकार बनाने में प्रभावशाली भूमिका निभाती हैं; ये राजनीतिक पार्टियाँ कानून बनाने में हस्तक्षेप करती हैं, ये राजनीतिक पार्टियाँ संसद एवं राज्य विधायिका में अपने सदस्यों को 'व्हिप' जारी करने की शक्ति का प्रयोग करती हैं, लेकिन इनके आन्तरिक संगठन को लोकतांत्रिक मूल्यों के अनुरूप बनाने और विधि-शासन के प्रति जवाबदेह बनाने के लिए न तो संविधान में और न ही किसी संसद-निर्मित-कानून में कोई प्रभावशाली प्रावधान है।

भारतीय लोकतंत्र के 71 वर्ष के इतिहास में राजनीतिक पार्टियों में

लोकतांत्रिक मूल्य को स्थापित करने के लिए अभी तक जो कुछ भी कानून या नियम बनाया जा सका है, वह एकमात्र चुनाव आयोग द्वारा जारी गाइडलाइन— 'राजनीतिक पार्टियों के पंजीकरण हेतु दिशानिर्देश एवं आवेदन प्रारूप' है। इस गाइडलाइन के पैरा 3(i) के अनुच्छेद 4 एवं 5; पैरा 3(v) और पैरा 3(vi) का उल्लेख करना आवश्यक है, ताकि राजनीतिक पार्टियों की नियमावलियों का विश्लेषण किया जा सके। ये प्रावधान निम्न है—

पैरा 3(i)–

अनुच्छेद 4: पार्टी (सांगठनिक संरचना) के अंग

इन अंगों की शक्तियाँ एवं कार्य – (निर्णय लेने की शक्ति में लोकतांत्रिक मूल्य होना चाहिए; कोई वीटो शक्ति नहीं होनी चाहिए)

इन अंगों के प्रत्येक सदस्यों की नियुक्ति के तरीके और कार्यकाल – (एक-तिहाई से अधिक सदस्यों का मनोनयन नहीं हो सकता है; कार्यकाल, जो पाँच वर्ष से अधिक न हो, निर्धारित होना चाहिए; सामयिक चुनाव अधिकतम पाँच वर्ष के अन्दर होना चाहिए)

अनुच्छेद 5: पार्टी के पदाधिकारी

प्रत्येक पदाधिकारियों की शक्तियाँ एवं कार्य – (निर्णय लेने की शक्ति में लोकतांत्रिक मूल्य होना चाहिए; कोई वीटो शक्ति नहीं होनी चाहिए)

प्रत्येक पदाधिकारियों की नियुक्ति के तरीके और कार्यकाल – (निर्वाचित होना चाहिए; एक-तिहाई से अधिक का मनोनयन नहीं हो सकता है; प्रत्येक के लिए कार्यकाल, जो पाँच वर्ष से अधिक न हो, निर्धारित होना चाहिए; सामयिक चुनाव अधिकतम पाँच वर्ष के अन्दर होना चाहिए)

पैरा 3 (v) –

पार्टी की नियमावली/संविधान में पार्टी के आन्तरिक लोकतंत्र, विभिन्न स्तर पर सांगठनिक चुनाव, ऐसे चुनाव के तरीके और ऐसे चुनाव की अवधि, पार्टी के पदाधिकारियों के कार्यकाल और पदाधिकारियों की शक्ति व कर्तव्य और पार्टी के तमाम प्रतिनिधिक निकायों जैसे

 एक देश-एक चुनाव : भारत में राजनीतिक सुधार की संभावनाएँ

कार्यकारिणी समिति, परिषद् इत्यादि के सम्बन्ध में स्पष्ट प्रावधान होना चाहिए।

पैरा 3 (vi) –

... पार्टी के संविधान में इसकी सदस्यता के बारे में स्पष्ट प्रावधान होना चाहिए। सदस्यता के मामले में किसी तरह का भेदभाव नहीं होना चाहिए।

उक्त गाइडलाइन स्पष्ट रूप से कहती है कि राजनीतिक पार्टियों में आन्तरिक लोकतंत्र होना चाहिए। किन्तु इस लक्ष्य को कैसे हासिल किया जाएगा, इस सम्बन्ध में गाइडलाइन के प्रावधान बिल्कुल अपर्याप्त और अप्रभावशाली हैं। राजनीतिक पार्टियों के बढ़ते क्षेत्र को देखते हुए ये प्रावधान मात्र सांकेतिक और सजावटी बनकर रह गए हैं। इस गाइडलाइन में जो थोड़े-बहुत प्रावधान बनाये भी गये हैं, उन्हें भी इनकी मूल भावनाओं के अनुरूप लागू करने/कराने की चिन्ता नहीं होती है।

कई पार्टियों की नियमावली डंके की चोट पर गाइडलाइन के इन प्रावधानों का उल्लंघन करती हैं। इस उल्लंघन के बावजूद ये राजनीतिक पार्टियाँ अपनी कानूनी मान्यता बनाये रखने में सफल रहती हैं। गाइडलाइन के प्रावधानों का पार्टियों की नियमावली द्वारा कैसे उल्लंघन किया जाता है, इसको जानने के लिए कुछ राजनीतिक पार्टियों के नियमावली का उदाहरण लेते हैं।

अन्नाद्रमुक पार्टी की नियमावली के नियम 19(5) के अन्तर्गत महासचिव/प्रमुख द्वारा महापरिषद् के 100 सदस्यों का मनोनयन किया जाता है और नियम 20 के अन्तर्गत महासचिव द्वारा ही कोषाध्यक्ष सहित अन्य महत्त्वपूर्ण पदाधिकारियों का भी मनोनयन किया जाता है। इसी तरह राष्ट्रीय जनता दल के नियमावली की धारा 20 के अन्तर्गत पार्टी का अध्यक्ष एक उपाध्यक्ष, एक प्रधान महासचिव, एक कोषाध्यक्ष और दस महासचिव की नियुक्ति कर सकता है। समाजवादी पार्टी के नियमावली की धारा 15(1) के अनुसार राष्ट्रीय कार्यकारिणी के 51 में से 25 सदस्यों का चुनाव राष्ट्रीय अध्यक्ष द्वारा मनोनयन करके किया जाता है। बाकी सदस्यों के चुनाव की भी कोई स्पष्ट प्रक्रिया निर्धारित नहीं है।

इसी तरह तृणमूल कांग्रेस की नियमावली के अनुच्छेद 12 के अनुसार राष्ट्रीय अध्यक्ष, कार्यकारिणी समिति के 19 सदस्यों में से 10 सदस्यों का मनोनयन कर सकता है। शिरोमणि अकाली दल की नियमावली के धारा 5 के खण्ड (ग) के अनुसार इस पार्टी का अध्यक्ष राष्ट्रीय कार्यकारिणी समिति के 51 सदस्यों में से 31 सदस्यों का मनोनयन कर सकता है। जबकि चुनाव आयोग की गाइडलाइन्स की पैरा 3 (i) के अनुच्छेद 4 के अनुसार एक-तिहाई से अधिक सदस्यों का चुनाव मनोनयन द्वारा नहीं किया जा सकता है। अन्नाद्रमुक पार्टी की नियमावली के नियम 19(10) के अनुसार पदाधिकारियों का कार्यकाल 5 वर्ष से अधिक साधारण सभा के अगले संयोजन तक बढ़ाया जा सकता है। जबकि चुनाव आयोग के गाइडलाइन्स की पैरा 3 (i) के अनुच्छेद 5 के अनुसार सामयिक चुनाव अधिकतम पाँच वर्ष के अन्दर हो जाना चाहिए।

राजनीतिक पार्टियों की नियमावलियों में शामिल उक्त प्रावधान दृष्टान्त भर मात्र हैं। ऐसे तमाम प्रावधान हैं, जो चुनाव आयोग द्वारा जारी गाइडलाइन का स्पष्ट उल्लंघन करते हैं और यह उल्लंघन चुनाव आयोग के नाक के नीचे किया जाता है, फिर भी ये राजनीतिक पार्टियाँ बेखौफ होकर भारतीय राजनीति को ठेंगा दिखाने में सफल रहती हैं।

विधि-शासन में राजनीतिक पार्टियाँ अपवाद क्यों?

भारतीय राजनीति के लिए यह एक विडम्बना है कि भले ही लालू यादव को भ्रष्टाचार मामले में सजा मिलने के कारण बिहार का मुख्यमंत्री पद छोड़ना पड़ जाये; भले ही शशिकला को भ्रष्टाचार मामले में सजा मिलने के कारण तमिलनाडु का मुख्यमंत्री बनने से वंचित होना पड़ जाये; भले ही ओमप्रकाश चोटाला और उनके बेटे अजय चोटाला को भ्रष्टाचार मामले में 10 वर्ष कारावास की सजा होने के बाद जेल जाना पड़ जाये, किन्तु ये लोग पूरे रौब के साथ अपनी-अपनी पार्टियों के पार्टी-प्रमुख पद पर विद्यमान रहते हैं और विधि-शासन को ठेंगा दिखाते हुए लोकतांत्रिक मूल्यों को तार-तार करते रहते हैं। ऐसे सजायाफ्ता लोगों के नेतृत्व में राजनीतिक पार्टियाँ चुनाव लड़ती हैं और विधायिका एवं कार्यपालिका के

गठन में भूमिका निभाती हैं और इनके 'व्हिप' से विधायी संस्थाओं में इनकी पार्टी के सदस्य संचालित होते हैं, और हमारा तंत्र इन सबके समक्ष नतमस्तक की मुद्रा में खड़ा रहता है।

लोकतंत्र स्थापना के 71 वर्ष बाद भी राजनीतिक पार्टियों का विधि शासन एवं लोकतांत्रिक मूल्यों का अपवाद बने रहना आश्चर्यजनक है। यह भी एक विडम्बना है कि संविधान संकल्पित विधि-शासन में हम सभी भारतीय इन राजनीतिक पार्टियों की व्यक्ति-केन्द्रित कुलीन संस्कृति को बड़ी सहजता से स्वीकार किये हुए है। कुछ एक अपवाद को छोड़ दें, तो भारत की राजनीतिक पार्टियों में समय-समय पर इस तरह प्रमुखों एवं वारिसों का राजतिलक होता है, जैसे राजे-रजवाड़ों के समय में होता रहा है। इन राजे-रजवाड़ों का स्थान अब इन राजनीतिक पार्टियों ने ले लिया है।

भले ही किसी राजनीतिक पार्टी की स्थापना एक व्यक्ति की सोच का परिणाम रहा हो, लेकिन विधायी-निर्माण एवं सत्ता-संचालन में महत्त्वपूर्ण भूमिका के कारण ये राजनीतिक पार्टियाँ देश की सार्वजनिक-संवैधानिक संस्था हो जाती हैं। जिस तरह विधायी चुनावों में अपने सदस्यों को उम्मीदवार के रूप में खड़ा करने के लिए राजनीतिक पार्टियाँ तमाम तरह की सुविधाओं एवं लोकचन्दा का उपभोग और उपयोग करती हैं, इन राजनीतिक संस्थाओं को किसी एक व्यक्ति या परिवार द्वारा पाकेट की संस्था की तरह इस्तेमाल करते रहने के लिए नहीं छोड़ा जा सकता है। समय की माँग है कि राजनीतिक पार्टियों की आन्तरिक संरचना को लेकर ऐसी व्यवस्था बनायी जाय, ताकि ये कुछ एक व्यक्तियों/परिवारों की निजी सम्पत्ति बनकर न रह जायें। राजनीतिक पार्टियों के सभी सदस्यों में नेतृत्वगुण का विकास हो; उन्हें अपनी क्षमतानुसार पार्टी का नेतृत्व करने का समान अवसर प्राप्त हो; पार्टी निर्माण में किये गये उनके योगदान एवं अनुभव को महत्त्व मिल सके; उनकी नेतृत्व-क्षमता को मात्र इसलिए न दबना पड़े क्योंकि पार्टी-मुखिया का वारिस पैदा होकर बड़ा हो गया है; इसके लिए कुछ तार्किक शर्त और निर्बन्धन लगाना आवश्यक है। यह व्यवस्था केवल राजनीतिक पार्टी या इसके सदस्यों के ही हित में नहीं है, बल्कि स्वस्थ लोकतंत्र एवं सक्षम देश के निर्माण के लिए भी आवश्यक है।

संविधान के अनुच्छेद 19 के खण्ड (1)(ग) के अन्तर्गत प्रत्येक नागरिक को अपने विचारों के अनुसार राजनीतिक पार्टी सहित किसी भी तरह की संस्था स्थापित करने की आजादी प्राप्त है। यह संवैधानिक आजादी बनी रहनी चाहिए। आजादी का यह अधिकार संविधान द्वारा स्थापित लोकतान्त्रिक मूल्यों के ऊपर नहीं हो सकता है। इसी अनुच्छेद के खण्ड (4) के अन्तर्गत इस आजादी पर भारत की सम्प्रभुता और अखण्डता या लोक व्यवस्था या नैतिकता के हित में निर्बन्धन भी लगाया जा सकता है। इस आजादी का प्रयोग करने की छूट इस तरह नहीं मिलनी चाहिए, जिससे लोकतांत्रिक मूल्य स्थापित करने के दायित्वाधीन राजनीतिक पार्टियाँ वंशवाद और कुलीन संस्कृति की पोषक बनकर रह जाये। भारत में राजनीतिक पार्टियों को वंशवाद का वाहक बनने देकर इन्हें विधि-शासन और लोकतंत्र का अपवाद नहीं बनने दिया जा सकता है।

राजनीतिक पार्टियों को लोकतांत्रिक मूल्यों के अनुकूल बनाये रखने के लिए आवश्यक है कि एक ऐसी 'आदर्श नियमावली (मॉडल बायलाज)' बनायी जाय, जिसे राजनीतिक पार्टियों द्वारा अपनी नियमावली में शामिल करना पंजीकरण एवं नवीनीकरण के लिए आवश्यक हो। 'पद-धारण की सीमा के सिद्धान्त' पर आधारित आदर्श नियमावली अपनाना प्रत्येक राजनीतिक पार्टी, खासतौर से मान्यताप्राप्त राजनीतिक पार्टी के लिए बाध्यकारी बनाया जाना चाहिए, ताकि न केवल इनमें परिवारवाद एवं कुलीन संस्कृति समाप्त हो और इन्हें दूसरी संस्थाओं के लिए आदर्श बनाया जा सके, बल्कि राजनीतिक पार्टियों के विकास में महत्त्वपूर्ण भूमिका निभाने वाले सदस्यों को भी पार्टी-नेतृत्व का समान अवसर मिल सके।

वंशवाद के खिलाफ पद-धारण की सीमा का सिद्धान्त

71 वर्ष बीत जाने के बाद भी हम ऐसा प्रभावशाली कानून नहीं बना पाये हैं, जो राजनीतिक पार्टियों को वंशवाद एवं कुलीन संस्कृति के दंश से निजात दिला सकें। चाहे वह सर्वोच्च विधायी संस्था 'संसद' हो या इन पार्टियों को विनियमित करने वाला संवैधानिक संस्था 'चुनाव आयोग',

 एक देश-एक चुनाव : भारत में राजनीतिक सुधार की संभावनाएँ

इनमें से किसी के द्वारा इस दिशा में कोई गम्भीर प्रयास नहीं किया जा सका है। यद्यपि जन प्रतिनिधि कानून की धारा 29-ए (6) के अन्तर्गत चुनाव आयोग को किसी राजनीतिक पार्टी का पंजीकरण करने के पहले उचित शर्तों को लागू करने की शक्ति प्राप्त है। किन्तु यह एक सच्चाई है कि इस शक्ति के बावजूद भारत की राजनीतिक पार्टियाँ वंशवाद से जकड़े हुए हैं और इस पर चुनाव आयोग सिर्फ मूकदर्शक बना रहता है।

राजनीतिक पार्टियों की आन्तरिक संरचना को वंशवाद से मुक्त करने हेतु एक प्रभावशाली गाइडलाइन बनाने और लालू यादव, ओम प्रकाश चोटाला जैसे सजायाफ्ता लोगों को राजनीतिक पार्टी-प्रमुख पद धारण करने के अयोग्य घोषित करने की माँग स्वयं लेखक द्वारा चुनाव आयोग से प्रत्यावेदन दिनांक 30/09/2014 के माध्यम से किया गया, किन्तु कानून के अभाव में कोई कदम उठाने में चुनाव आयोग अपने को असहाय पाता है।

फिलीपीन्स ने अपने संविधान में प्रावधान बनाकर राजनीतिक पार्टियों में वंशवाद को रोका है। फिलिपिनो संविधान के भाग II की धारा 26 के अनुसार 'राज्य लोकसेवा हेतु समान अवसर की गारण्टी देगा और राजनीतिक वंशवाद, जैसा कानून द्वारा परिभाषित किया जाय, को रोकेगा।' जर्मनी ने भी अपने संविधान में राजनीतिक पार्टियों को संवैधानिक सार्वजनिक संस्था के रूप में स्थान दिया है। जर्मन संविधान का अनुच्छेद 21 यह व्यवस्था करता है कि पार्टी की आन्तरिक संरचना लोकतांत्रिक मूल्यों के अनुरूप होगा और पार्टियाँ अपने संसाधन और अपने फण्ड और अपनी सम्पत्ति के लिए सार्वजनिक रूप से जवाबदेह होंगी।

भारत में भी राजनीतिक पार्टियों के नियमन हेतु संवैधानिक प्रावधान और कड़े कानून बनाने की आवश्यकता है। जो राजनीतिक पार्टी भारत में लोकतांत्रिक मूल्यों के लिए लड़ने का दावा करती हैं, उनके अन्दर ही लोकतंत्र के अभाव को भारतीय राजनीति की मजबूरी नहीं बनने दे सकते हैं। इसलिए सुधार आवश्यक है। इस दिशा में लोकतांत्रिक मूल्यों के अनुरूप 'मॉडल बायलाज' बनाकर लागू करना श्रेयस्कर है। राजनीतिक पार्टियों के लिए मॉडल बायलाज का प्रारूप बनाने का आधार 'पद-धारण की सीमा का सिद्धान्त (Doctrine of Limitation of Holding the

Post)' होना चाहिए। राजनीतिक पार्टियों के सम्बन्ध में पद-धारण की सीमा के सिद्धान्त के निम्न पाँच महत्त्वपूर्ण बिन्दु हैं—

(क). कोई व्यक्ति किसी राजनीतिक पार्टी में प्रशासनिक एवं आर्थिक महत्त्व के पद जैसे अध्यक्ष, कार्यकारी अध्यक्ष, महासचिव या कोषाध्यक्ष को लगातार दो से अधिक बार नहीं धारण कर सकेगा।

(ख). एक परिवार के दो सगे रिश्तेदार जैसे पिता-पुत्र, भाई-भाई, पिता-पुत्री, पति-पत्नी, माँ-पुत्र, माँ-पुत्री, ससुर-दामाद एक ही समय किसी राजनीतिक पार्टी में महत्त्वपूर्ण पदों जैसे अध्यक्ष, कार्यकारी अध्यक्ष, महासचिव या कोषाध्यक्ष को नहीं धारण कर सकेंगे।

(ग). एक राजनीतिक पार्टी के पार्टी-प्रमुख का पद धारण करने वाले व्यक्ति का कार्यकाल समाप्त होने के बाद अगले कार्यकाल के लिए उस व्यक्ति का कोई सगा रिश्तेदार जैसे पुत्र, पुत्री, पत्नी, भाई, दामाद पार्टी-प्रमुख का पद नहीं धारण कर सकेगा।

(घ). राजनीतिक कार्यपालिका से संबंधित पद यथा प्रधानमंत्री या मुख्यमंत्री या मंत्री पद पर आसीन कोई व्यक्ति संबंधित राजनीतिक पार्टी में पार्टी-प्रमुख या अन्य महत्त्वपूर्ण पदों जैसे कार्यकारी अध्यक्ष, महासचिव या कोषाध्यक्ष का पद धारण नहीं कर सकेगा।

(ङ). वह व्यक्ति, जो लोक प्रतिनिधित्व कानून की धारा 8 के अन्तर्गत किसी आपराधिक मामले में सजा पाने के कारण प्रधानमंत्री या मुख्यमंत्री या मंत्री या संसद-सदस्य या राज्य विधायिका का सदस्य होने की योग्यता खो चुका है, पार्टी में पार्टी-प्रमुख एवं केन्द्रीय स्तर का कोई महत्त्वपूर्ण पद धारण नहीं कर सकेगा।

संवैधानिक सुधार और मॉडल बायलाज

राजनीतिक पार्टी के सन्दर्भ में दो स्तर पर सुधार किया जाना आवश्यक है। पहला, राजनीतिक पार्टी से संबंधित मूलभूत सिद्धान्तों को

भारतीय सविधान में स्थान देने के लिए संविधान-संशोधन करके और दूसरा, राजनीतिक पार्टियों की कार्यप्रणाली को विनियमित करने तथा मॉडल बायलाज लागू करने के लिए यथोचित कानून बना करके।

संवैधानिक सुधार की जहाँ तक बात है, इस सम्बन्ध में दो विकल्प हो सकते हैं। या तो चुनाव आयोग से संबंधित भाग XV के बाद 'राजनीतिक पार्टी' नाम से नया भाग XV-क शामिल किया जा सकता है या भाग XV में रखे गए अनुच्छेदों को एक अलग अध्याय I में शामिल कर इस भाग में 'राजनीतिक पार्टी' के नाम से नया अध्याय II जोड़ा जा सकता है। जो भी रास्ता अपनाया जाय, भारतीय संविधान में प्रस्तावित शीर्षक 'राजनीतिक पार्टी' के अन्तर्गत निम्न मूलभूत सिद्धान्त स्वीकार किए जा सकते हैं—

- सभी नागरिकों को अपनी राजनीतिक-आर्थिक विचारधारा के अनुरूप किसी स्थापित राजनीतिक पार्टी का सदस्य बनने या कोई नई राजनीतिक पार्टी स्थापित करने का अधिकार होगा। स्थापित राजनीतिक पार्टी का सदस्य बनने का अधिकार उस पार्टी की मान्य नियमावली के अधीन होगा और नई राजनीतिक पार्टी का पंजीकरण, कानून के अन्तर्गत निर्धारित शर्तों के अधीन होगा;

- भारत की राजनीतिक पार्टियाँ जनता की राजनीतिक इच्छा-आकांक्षा के निर्माण एवं इनकी पूर्ति करने में सहयोग करेंगी;

- पार्टी की आन्तरिक संरचना लोकतांत्रिक मूल्यों के अनुरूप होगी और वंशवाद के खिलाफ 'पद-धारण की सीमा के सिद्धान्त' पर आधारित मॉडल बायलाज (आदर्श नियमावली) लागू किया जाएगा;

- पार्टियाँ अपने संसाधन, फण्ड एवं सम्पत्ति के लिए सार्वजनिक रूप से जवाबदेह होंगी;

- राष्ट्र एवं संविधान के खिलाफ कार्य में लिप्त पाये जाने पर चुनाव आयोग ऐसी पार्टी का पंजीकरण रद्द करेगा और ऐसे पार्टी की सम्पत्ति लोक-सम्पत्ति मानी जाएगी;

- चुनाव आयोग किसी भी पंजीकृत राजनीतिक पार्टी को निर्धारित

पैमाने के अनुसार राष्ट्रीय पार्टी घोषित कर सकेगा;

- लोकसभा के चुनाव में केवल राष्ट्रीय पार्टी, राज्य-विधानसभा के चुनाव में केवल पंजीकृत राजनीतिक पार्टी, और स्थानीय इकाई के प्रतिनिधि सभा के चुनाव में कोई भी राजनीतिक संगठन या व्यक्ति भाग ले सकेंगे;

- संसद कानून बनाकर आदर्श नियमावली (मॉडल बायलाज) का प्रारूप, पंजीकरण की शर्तें, राष्ट्रीय पार्टी घोषित करने का पैमाना, पार्टी के फण्ड और चन्दे के सम्बन्ध में पारदर्शिता इत्यादि निर्धारित कर सकेगा; इत्यादि-इत्यादि।

संविधान संशोधन के अलावा संविधान प्रदत्त कानून बनाने की शक्ति का प्रयोग करके संसद राजनीतिक पार्टी के कार्यप्रणाली को विनियमित करने के लिए विस्तृत कानून बना सकती है। इस कानून का एक महत्त्वपूर्ण भाग मॉडल बायलाज (आदर्श नियमावली) लागू करने से संबंधित होगा। पद-धारण की सीमा के सिद्धान्त पर आधारित मॉडल बायलाज (आदर्श नियमावली) पार्टियों में पनपे वंशवाद को समाप्त करने के लिए आवश्यक है। राजनीतिक पार्टियों की नियमावली के प्रावधान इस आदर्श नियमावली के अनुरूप होंगे। मॉडल बायलाज (आदर्श नियमावली) में निम्न प्रमुख प्रावधान रखे जा सकते हैं—

1. सभी पंजीकृत राजनीतिक पार्टियों की नियमावली में विचारधारा, उद्देश्य एवं सदस्यता के सम्बन्ध में स्पष्ट प्रावधान होगा। विचारधारा एवं उद्देश्य ऐसा नहीं होना चाहिए, जो धर्म, जाति, लिंग, मूलवंश के आधार पर भेदभाव करे या घृणा फैलाये।

2. राजनीतिक पार्टियों का नाम ऐसा नहीं होगा, जो किसी राज्य/क्षेत्र के लिए राष्ट्रीयता का बोध कराये या जो धर्म या जातीय अस्मिता के नाम पर बनाया गया हो।[1]

---

1. पहले निर्बन्धन के अन्तर्गत तेलंगाना राष्ट्र समिति, जम्मू-कश्मीर नेशनल कान्फ्रेन्स, जम्मू-कश्मीर नेशनल पेन्थर्स पार्टी, मिजो नेशनल फ्रण्ट, तेलगू देशम पार्टी जैसी पार्टियों पर प्रतिबन्ध होगा और दूसरे निर्बन्धन के अन्तर्गत मुस्लिम लीग, हिन्दू महासभा, आल इण्डिया मजलिस-ए-इत्तेहादुल मुस्लिमीन, हिन्दू समाज पार्टी, निषाद पार्टी जैसे धर्म/जाति के नाम पर बने पार्टियों पर प्रतिबन्ध होगा।

     एक देश-एक चुनाव : भारत में राजनीतिक सुधार की संभावनाएँ

3. नियमावली में किसी राजनीतिक पार्टी की सदस्यता के लिए भारत का नागरिक होना आवश्यक होगा और सदस्यता प्राप्त करने के लिए धर्म, जाति, लिंग, मूलवंश इत्यादि के आधार पर भेदभाव नहीं करने के सम्बन्ध में प्रावधान होगा।

4. नियमावली में यह भी निर्बन्धन होगा कि एक व्यक्ति किसी पार्टी की सदस्यता ग्रहण करते समय दूसरी पार्टी का सदस्य नहीं होगा।

5. नियमावली में प्रावधान होगा कि राजनीतिक पार्टी मताधिकार प्राप्त अपने सदस्यों की सूची समय-समय पर चुनाव आयोग को उपलब्ध कराएगी।

6. सभी पंजीकृत राजनीतिक पार्टियों की नियमावली में पार्टी-प्रमुख पद के नाम का और पार्टी-प्रमुख एवं अन्य पदाधिकारियों के अधिकार एवं दायित्व का स्पष्ट उल्लेख होगा। नियमावली में प्रशासनिक एवं आर्थिक अधिकारों को किसी एक पद तक सीमित करने वाले छद्म प्रावधान नहीं होंगे और महत्त्वपूर्ण पदों के मध्य शक्तियों का यथोचित विभाजन एवं विकेन्द्रीकरण होगा।

7. सभी पंजीकृत राजनीतिक पार्टियों के पार्टी-प्रमुख सहित कार्यकारिणी के कार्यकाल की समान अवधि (चार वर्ष या पाँच वर्ष) निर्धारित होगी।

8. नियमावली में प्रावधान होगा कि कार्यकारिणी समिति का कार्यकाल समाप्त होने के छह महीने पूर्व ही कार्यकारिणी समिति (संसदीय समिति) पार्टी-प्रमुख के चुनाव की प्रक्रिया आरम्भ कर देगी। इसके लिए तीन सदस्यीय चुनाव समिति का पैनल चुनाव आयोग के समक्ष सूचनार्थ भेजा जाएगा। इसके साथ चुनाव आयोग से चुनाव-पर्यवेक्षक की नियुक्ति के लिए भी अनुरोध किया जायेगा। चुनाव-पर्यवेक्षक की देख-रेख में चुनाव समिति पार्टी-प्रमुख का चुनाव सम्पन्न करायेगी। किसी एक व्यक्ति के नाम पर सहमति न बनने पर चुनाव समिति नामांकन

पद्धति से गुप्त मतदान के माध्यम से चुनाव सम्पन्न करायेगी।

9. नियमावली में प्रावधान होगा कि वही व्यक्ति पार्टी-प्रमुख और अन्य पद धारण कर सकेगा, जो पार्टी में एक न्यूनतम अवधि के लिए सदस्य रहा हो।

10. नियमावली में प्रावधान होगा कि कार्यकारिणी समिति के दो-तिहाई सदस्यों का चुनाव नामांकन प्रक्रिया के अनुसार होगा, जबकि एक-तिहाई सदस्य पार्टी-प्रमुख द्वारा मनोनीत किये जाएँगे। यदि निर्वाचित होने वाले सदस्यों की संख्या से अधिक व्यक्तियों द्वारा नामांकन किया जाता है, तो चुनाव समिति गुप्त मतदान के माध्यम से चुनाव सम्पन्न करायेगा।

11. नियमावली में प्रावधान होगा कि चुनाव से संबंधित विवाद का निस्तारण चुनाव आयोग की देखरेख में आर्बिट्रेशन (मध्यस्थता) के माध्यम से किया जा सकेगा।

12. नियमावली में प्रावधान होगा कि कोई भी एक व्यक्ति पार्टी-प्रमुख का पद लगातार दो से अधिक बार नहीं धारण कर सकेगा।

13. नियमावली में प्रावधान होगा कि पार्टी-प्रमुख पद पर आसीन व्यक्ति के कार्यकाल के तुरन्त बाद अगले कार्यकाल के लिए पार्टी-प्रमुख का पद उस व्यक्ति के पत्नी, पुत्र, पुत्री, भाई, दामाद, पुत्रवधू या अन्य सगे-सम्बन्धी द्वारा धारण नहीं किया जा सकेगा।

14. नियमावली में प्रावधान होगा कि एक परिवार के दो सगे रिश्तेदार जैसे पिता-पुत्र, भाई-भाई, पिता-पुत्री, पति-पत्नी, माँ-पुत्र, माँ-पुत्री, ससुर-दामाद द्वारा एक ही समय प्रशासनिक एवं आर्थिक महत्त्व के पदों जैसे अध्यक्ष, कार्यकारी अध्यक्ष, महासचिव या कोषाध्यक्ष को एक साथ धारण नहीं किया जा सकेगा।

15. नियमावली में प्रावधान होगा कि एक व्यक्ति एक ही समय प्रधानमंत्री या मुख्यमंत्री या मंत्री जैसे कार्यपालिका से संबंधित पद और अध्यक्ष या कार्यकारी अध्यक्ष या महासचिव या

     एक देश-एक चुनाव : भारत में राजनीतिक सुधार की संभावनाएँ

कोषाध्यक्ष जैसे राजनीतिक पार्टी के महत्त्वपूर्ण पद धारण नहीं कर सकेगा।

16. नियमावली में प्रावधान होगा कि एक व्यक्ति, जो लोक प्रतिनिधित्व कानून की धारा 8 के अन्तर्गत किसी आपराधिक मामले में सजा पाने के कारण प्रधानमंत्री या मुख्यमंत्री या मंत्री या संसद-सदस्य या राज्य विधायिका का सदस्य होने की योग्यता खो देता है, पार्टी में पार्टी-प्रमुख एवं केन्द्रीय स्तर के महत्त्वपूर्ण पद को धारण नहीं कर सकेगा।

यह सही है कि राजनीतिक पार्टियों की आन्तरिक संरचना को लोकतांत्रिक मूल्यों के अनुरूप विनियमित करना चुनाव आयोग के लिए एक कठिन कार्य है। किन्तु एक देश-एक चुनाव की अवधारणा लागू होने के बाद इसका एक महत्त्वपूर्ण लाभ यह होगा कि चुनाव आयोग की विधायिका-चुनाव को लेकर व्यस्तता कम हो जाएगी। केन्द्रीय चुनाव आयोग खाली समय का सदुपयोग देश के सभी राजनीतिक पार्टियों के आन्तरिक चुनाव की देखरेख करने में कर सकेगा। इसके लिए केन्द्रीय चुनाव आयोग और राज्य चुनाव आयोग के मध्य शक्ति एवं कार्यक्षेत्र का बँटवारा किया जाना महत्त्वपूर्ण होगा। एक देश-एक चुनाव की अवधारणा का सबसे अधिक फायदा यह भी होगा कि राजनीतिक पार्टियाँ बजाय हमेशा चुनावी मुहिम में जुटे रहने के समाज और लोगों के बीच जाकर कार्य कर सकेंगी और अपने संगठनात्मक ढाँचे का समुचित विकास कर सकेंगी।

अपेक्षित संविधान संशोधन (एक देश-एक चुनाव हेतु आवश्यक नहीं)

1. राजनीतिक पार्टी को संवैधानिक संस्था बनाने और इसे विनियमित करने के लिए संविधान के भाग XV में रखे गए अनुच्छेदों को एक अलग अध्याय I में शामिल कर इस भाग में 'राजनीतिक पार्टी' नाम से नया अध्याय II जोड़ने के लिए संशोधन।

2. नये अध्याय II में राजनीतिक पार्टियों से संबंधित मूलभूत सिद्धान्त जैसे सभी नागरिकों को अपनी राजनीतिक-आर्थिक

विचारधारा के अनुरूप किसी स्थापित राजनीतिक पार्टी का सदस्य बनने या कोई नई राजनीतिक पार्टी स्थापित करने का अधिकार होगा; पार्टियाँ जनता की राजनीतिक इच्छा-आकांक्षा के निर्माण एवं इनकी पूर्ति करने में सहयोग करेंगी; पार्टी की आन्तरिक संरचना लोकतांत्रिक मूल्यों के अनुरूप होगा; पार्टियाँ अपने संसाधन, फण्ड एवं सम्पत्ति के लिए सार्वजनिक रूप से जवाबदेह होंगे; देशविरोधी एवं संविधानविरोधी गतिविधियों में लिप्त पार्टियों का पंजीकरण रद्द होगा और ऐसे पार्टी की सम्पत्ति लोक-सम्पत्ति मानी जाएगी; इत्यादि शामिल करने के लिए संशोधन।

3. नये अध्याय II में लोकसभा चुनाव के लिए नियंत्रित बहुदलीय व्यवस्था लागू करने और सभी पार्टियों को राष्ट्रीय पार्टी बनने के समान अवसर प्रदान करने वाले प्रावधान शामिल होंगे। इस अध्याय में ऐसे पारदर्शी पैमाना का उल्लेख करने वाले प्रावधान होंगे, जिसके आधार पर कोई भी राजनीतिक पार्टी राष्ट्रीय पार्टी या राज्य-स्तरीय पार्टी घोषित किया जा सके।

4. नये अध्याय II में प्रावधान होगा कि लोकसभा के चुनाव में केवल राष्ट्रीय पार्टी; विधानसभा के चुनाव में केवल पंजीकृत राजनीतिक पार्टी; और नगर निकाय/ग्राम पंचायत (प्रतिनिधि सभा) के चुनाव में कोई भी राजनीतिक संगठन एवं नागरिक भाग ले सकेंगे।

●

उपसंहार
भूले-बिसरे कड़वे सबक, आगे की राह

किसी भी संविधान की क्षमता का आकलन तीन आधार पर किया जा सकता है। पहला, वह खुद को जीवन्त बनाए रखने और समाज एवं राष्ट्र की बदलती आवश्यकताओं की पूर्ति के लिए कितना प्रभावशाली है; दूसरा, वह सामने आने वाली चुनौतियों के अनुरूप खुद को कितना ढाल पाता है और तीसरा, वह किसी विपरीत परिस्थिति से निपटने के लिए अपनी संस्थाओं को कितना एवं किस तरीके से सक्षम् बनाता है। इस पुस्तक के राजनीतिक एवं संवैधानिक सुधार के तीन विषयों — प्रत्यक्ष निर्वाचित विधायी संस्थाओं का एक साथ चुनाव; ग्राम एवं नगर का कानूनी एकीकरण एवं शासन का विकेन्द्रीकरण; राजनीतिक पार्टियों में वंशवाद की समाप्ति एवं लोकतांत्रिक मूल्यों के अनुरूप इनकी आन्तरिक संरचना का गठन — को इन तीनों आधारों के परिप्रेक्ष्य में समझने की आवश्यकता है।

संविधान निर्माण के दौरान राजनीतिक सुधार के इन तीन विषयों पर अलग-अलग कारणों से विचार नहीं किया जा सकता था। शासन-विकेन्द्रीकरण के विषय पर इसलिए विचार करना सम्भव नहीं था क्योंकि तत्कालीन परिस्थितियों में देश के सामने सबसे बड़ी चुनौती इसे एक और अखण्ड बनाने की थी। इसलिए संघवाद को केन्द्रोन्मुखी स्वरूप में अपनाया गया। किन्तु इसके बावजूद संविधान का अनुच्छेद 40 राज्य को यह दिशानिर्देश देता है कि वह शासन-विकेन्द्रीकरण की संकल्पना को लागू करेगा। अनुच्छेद 40 के अनुक्रम में 1992 में संविधान संशोधन

करके स्थानीय इकाई को नगर निकाय एवं ग्राम पंचायत के रूप में संवैधानिक मान्यता दिया गया और शासन-विकेन्द्रीकरण की नींव तैयार की गई। 72 वर्ष बाद जब यह देश मजबूत केन्द्र के साथ स्थापित हो चुका है, उचित है कि इस सुधार प्रक्रिया को और गति दिया जाय और स्थानीय इकाइयों को एकल स्वरूप में विकसित करके यहाँ शासन के तीनों अंगों विधायिका, कार्यपालिका एवं न्यायपालिका को उसी तरह स्थापित किया जाय, जैसे केन्द्र एवं राज्य में स्थापित हैं। शासन-विकेन्द्रीकरण को लेकर यथास्थितिवादी बने रहने का कोई औचित्य नहीं है।

जहाँ तक देश के सभी विधायी संस्थाओं का एकसाथ चुनाव कराने और राजनीतिक पार्टियों को लोकतांत्रिक मूल्य के अनुरूप बनाने का सवाल है, ये दोनों विषय समयगति के साथ होते रहने वाले क्रमिक राजनीतिक सुधार के विषय थे। संविधान निर्माताओं द्वारा यह सोचना बिलकुल स्वाभाविक था कि संविधानोत्तर काल के दौरान इन विषयों को लेकर स्वस्थ परंपरा विकसित किया जाएगा। यह नकारात्मक भाव रखकर कि स्वस्थ परंपरा विकसित नहीं हो सकेगा, इन विषयों के सम्बन्ध में संविधान में कठोर प्रावधान बनाना उचित नहीं था। इनको भविष्य में तय होने देने के लिए छोड़ा ही जाना था। इसलिए संविधानोत्तर काल में इन दो विषयों से जुड़ी घटनाओं एवं विकसित परंपराओं को समझना और इनका विश्लेषण करना आवश्यक है।

आजादी आन्दोलन में महत्त्वपूर्ण भूमिका निभाने वाले भारतीय राष्ट्रीय कांग्रेस (कांग्रेस) को महात्मा गाँधी राजनीतिक पार्टी के रूप में नहीं, बल्कि सामाजिक संगठन के रूप में कार्य करते हुए देखना चाहते थे। उनका मानना था कि आजादी मिलने के बाद भारतीय राष्ट्रीय कांग्रेस अपनी भूमिका पूरी कर चुका है। इसे भंग करके एक लोकसेवक संघ में बदल देना चाहिए। स्वाभाविक सी बात है कि महात्मा गाँधी के इस विचार के बाद कांग्रेस के लिए आगे की राह आसान नहीं थी। किन्तु राजनीतिक स्थिरता कायम करना भी देश के समक्ष एक बड़ी चुनौती थी। इस दृष्टि से सबसे सक्षम भूमिका कोई निभा सकता था, तो वह कांग्रेस ही निभा सकती थी, क्योंकि तत्समय यही एकमात्र देशभर में विस्तारित राजनीतिक

संगठन था। भारतीय राजनीति के शैशवकाल में कांग्रेस के समक्ष किसी विरोधी पार्टी की नहीं, बल्कि खुद इससे जुड़ी जन आकांक्षाएं और इन पर खरे उतरना सबसे बड़ी चुनौती थी। इसके साथ यह भी हमेशा से अपेक्षा रहता रहा है कि कांग्रेस देश की राजनीतिक सुधार की दिशा में आदर्श स्थापित करेगा।

ऐसी जन आकांक्षा एवं अपेक्षा के बीच राजनीतिक पार्टी के रूप में आगे बढ़ रहे कांग्रेस के लिए यह आवश्यक था कि वह अपनी आन्तरिक संरचना को इस तरह विकसित करे कि दूसरे अन्य राजनीतिक पार्टी एवं संगठन इससे प्रेरणा ले सके। परीक्षा की यह घड़ी जल्द ही आने वाली थी। 1969-1970 का समयकाल न केवल कांग्रेस के लिए, बल्कि बीस वर्ष की किशोरावस्था प्राप्त कर चुके भारतीय लोकतंत्र एवं राजनीति के लिए भी महत्त्वपूर्ण था। यह समयकाल देश के राजनीतिक इतिहास का ऐसा संक्रांति बिन्दु था, जिससे या तो यह देश राजनीतिक सुधार की तरफ आगे बढ़ने वाला था या राजनीतिक गिरावट की तरफ। इस घटना के माध्यम से देश को इस सवाल का भी जवाब खोजना था कि देश की विधायी संस्थाओं को स्वस्थ तरीके से कार्य करने योग्य बनाने के लिए राजनीतिक पार्टियों की आन्तरिक संरचना को लोकतांत्रिक मूल्य एवं सुचिता से ओत-प्रोत बनाये रखना कितना आवश्यक है?

1969 में कांग्रेस के तत्कालीन संसदीय बोर्ड द्वारा राष्ट्रपति पद के लिए नीलम संजीव रेड्डी को पार्टी का अधिकृत उम्मीदवार घोषित किया गया। किन्तु संसदीय बोर्ड के इस निर्णय के खिलाफ तत्कालीन प्रधानमंत्री इन्दिरा गांधी ने वीवी गिरी का समर्थन किया और उन्हें जीत दिलाने में महत्त्वपूर्ण भूमिका निभायी। संस्थागत सुचिता नहीं बनाये रखा जा सका और कांग्रेस दो अलग-अलग गुट में बंट गया। एक का नेतृत्व के. कामराज, मोरारजी देसाई, निजलिंगप्पा, एस. के. पाटिल जैसे अनुभवी कांग्रेसी नेताओं ने किया, जबकि दूसरे गुट का नेतृत्व इन्दिरा गांधी जैसी करिश्माई नेता ने। कांग्रेस के अन्दर एक तरफ संसदीय बोर्ड का निर्णय था, तो दूसरी तरफ इन्दिरा गांधी के रूप में एक व्यक्ति का। इस अन्तर्विरोध के बीच इन्दिरा गांधी सरकार के खिलाफ लोकसभा में अविश्वास प्रस्ताव

लाया गया। यह अविश्वास प्रस्ताव गिर गया और सरकार बची रह गयी, किन्तु इन्दिरा गांधी द्वारा लोकसभा भंग कर नया चुनाव कराने की संस्तुति कर दिया गया।

इस तरह 1970 में चौथे लोकसभा को, इसका कार्यकाल पूर्ण करने के चौदह महीना पहले ही भंग कर दिया गया और लोकसभा एवं विधानसभा का एक साथ चुनाव कराने की स्वस्थ परंपरा बिल्कुल टूट गई। जिस पार्टी में भारतीय जनमानस ने पांच वर्ष सरकार चलाने के लिए विश्वास व्यक्त किया था, उनके परस्पर अर्न्तविरोध के कारण लोकसभा अपना पूरा कार्यकाल पूर्ण नहीं कर पाई। भारतीय राजनीति में यह एक अवसर था, जहाँ तत्कालीन नीति निर्माताओं को ठहरने की और ठहरकर ऐसी नीति बनाने की आवश्यकता थी, जिससे एकसाथ चुनाव की स्वस्थ परंपरा को टूटने से बचाया जा सके।

संसदीय बोर्ड के निर्णय के खिलाफ एक व्यक्ति की इच्छा का प्रभावी होना और सत्तासीन पार्टी में उपजे अर्न्तविरोध के कारण लोकसभा जैसी सर्वोच्च विधायी संस्था का प्रभावित होना भारतीय राजनीति की ऐसी दो घटनाएं थी, जिसका दूरगामी प्रभाव होना स्वाभाविक था। इस राजनीतिक घटनाक्रम ने व्यक्तिवादी राजनीति की बुनियाद भी रखी। गरीबी हटाओं के नारे पर लड़े गए पाँचवें लोकसभा (1971) के चुनाव में इन्दिरा गांधी की प्रचण्ड विजयगाथा ने व्यक्तिवाद को मजबूत किया और इसकी परिणति आपातकाल (1975) के रूप में देखने को मिला। इस सवाल का जवाब खोजना होगा कि क्या कांग्रेस के अन्दर संस्थागत सुचिता बनाये रखकर इस देश को आपातकाल से बचाया जा सकता था?

आपातकाल के कारण यह देश कई राजनीतिक बदलावों का भी साक्षी बना। 1978 तक जहाँ कांग्रेस का अध्यक्ष सत्ता-प्रतिष्ठान से अलग कोई दूसरा व्यक्ति चुना जाता था, आपातकाल के बाद यह परंपरा भी टूट गई। 1978 में इन्दिरा गांधी पहली बार कांग्रेस की अध्यक्ष बनी। उनके नेतृत्व में कांग्रेस की 1980 में पुन: सत्ता-वापसी हुई और इन्दिरा गांधी प्रधानमंत्री बनी, किन्तु प्रधानमंत्री बनने के बावजूद वह कांग्रेस के अध्यक्ष पद पर बनी रहीं।

आपातकाल ने इस देश की भारतीय राजनीति को एक महत्त्वपूर्ण लाभ भी दिया है। तत्कालीन कांग्रेसी नेतृत्व के खिलाफ उपजी राष्ट्रव्यापी असन्तोष ने इस देश को राष्ट्रीय फलक पर एक समानान्तर राजनीतिक पार्टी विकसित करने की आवश्यकता महसूस कराया। 1977 में जनता पार्टी का प्रादुर्भाव हुआ। कांग्रेस के समानान्तर राष्ट्रीय फलक पर एक राजनीतिक पार्टी का उभरना और 1980 में भारतीय जनता पार्टी (भाजपा) द्वारा इसका स्थान लेना भारतीय राजनीति में द्विदलीयकरण की शुरुआत थी। भाजपा ने अपनी नियमावली के माध्यम से धारण की सीमा लागू किया। इस पार्टी में कोई भी एक व्यक्ति लगातार एक बार से अधिक अध्यक्ष पद धारण नहीं कर सकता है। इसने व्यवहार में यह भी सिद्धान्त अपनाया कि किसी अध्यक्ष का सगा-सम्बन्धी अगला अध्यक्ष नहीं बन सकता है और पार्टी-अध्यक्ष एवं कार्यपालिका-प्रमुख अलग-अलग व्यक्ति होंगे। ऐसा ही कुछ सिद्धान्त भारतीय कम्युनिस्ट पार्टी और जनता दल (यूनाइटेड) जैसी कुछ गिनी-चुनी पार्टियों द्वारा भी अपनाया गया है। यह राजनीतिक सुधार का स्वस्थ अध्याय है।

इसके समानान्तर कांग्रेस ने इन्दिरा गांधी की 1984 में असामयिक मृत्यु के बाद अपना राजनीतिक भविष्य किसी अनुभवी राजनीतिक व्यक्ति के बजाय इन्दिरा गांधी के पुत्र राजीव गांधी जैसे एक गैर-राजनीतिक व्यक्ति में देखा। कांग्रेस को इस प्रयोग का तत्कालिक राजनीतिक लाभ मिला और वह पुनः सत्ता प्रतिष्ठा प्राप्त करने में सफल हुई। राजीव गांधी न केवल प्रधानमंत्री बने, बल्कि अपनी माँ इंदिरा गांधी के पदचिन्ह पर चलकर कांग्रेस के अध्यक्ष भी बने रहे। यह भारतीय राजनीति में वंशवाद की बुनियाद तैयार करने जैसा था। इस घटनाक्रम ने राजनीतिक पार्टियों को यह भी रास्ता दिखाया कि एक ही व्यक्ति पार्टी-अध्यक्ष और कार्यपालिका-प्रमुख साथ-साथ बने रह सकता है।

भारतीय राजनीति में विकसित हो रही वंशवादी परंपरा के बीच प्रणब मुखर्जी जैसे नेता को, जिन्हें उनकी राजनीतिक अनुभव एवं कौशल के कारण इन्दिरा गांधी के बाद देश के अगले प्रधानमंत्री के रूप में देखा जाता था, कांग्रेस छोड़कर 1986 में नई पार्टी 'राष्ट्रीय समाजवादी कांग्रेस'

बनाना पड़ा। इसी तरह 1989 में विश्वनाथ प्रताप सिंह जैसे कांग्रेसी नेता द्वारा विद्रोह कर जनता दल बनाया गया। प्रख्यात समाजवादी चिन्तक राम मनोहर लोहिया की मृत्यु के बाद समाजवादी विचारधारा को लेकर जो शून्यता पैदा हुई थी, उसे 1989-1991 के दौरान जनता दल के माध्यम से खड़ा होने का अवसर मिला। किन्तु इस विचारधारा के साथ सबसे बड़ी विडम्बना यह हो गई कि इसके नाम पर स्थापित होने वाली लगभग सभी राजनीतिक पार्टियाँ उसी रास्ते पर चलने लगी, जिसे कांग्रेस ने बाद के दिनों में अपनाया था। समाजवाद के आदर्श के खिलाफ वे भी व्यक्तिवाद एवं परिवारवाद के पोषक और कुलीन संस्कृति के वाहक बनते गये।

शिरोमणि अकाली दल, जम्मू-कश्मीर नेशनल कान्फ्रेन्स, शिवसेना, झारखण्ड मुक्ति मोर्चा जैसी 1991 के पूर्व स्थापित होने वाली पार्टियाँ हों या तेलगूदेशम पार्टी, समाजवादी पार्टी, नेशनल कांग्रेस पार्टी, राष्ट्रीय जनता दल जैसी 1991 के बाद स्थापित होने वाली पार्टियाँ हों, इनकी एक लम्बी श्रृंखला है, जो किसी न किसी समय भारतीय लोकतंत्र में सत्तासीन होते रहे हैं। इनकी विचारधारा कुछ भी हो, किन्तु इनमें से ज्यादातर उसी रास्ते को अपनाते हैं, जो व्यक्तिवादी (हाईकमान) एवं वंशवादी संस्कृति को पोषित करे। इसे 2012 में स्थापित आम आदमी पार्टी के उदाहरण से और अच्छी तरह समझा जा सकता है। सुधार के संकल्प के साथ स्थापित इस पार्टी की मूल नियमावली किसी एक व्यक्ति को स्वयंभू बनने से रोकता था। इसके अन्तर्गत कोई भी व्यक्ति दो बार से अधिक (तीन-तीन वर्ष के लिए) इस पार्टी का संयोजक/प्रमुख नहीं बन सकता था, किन्तु 2021 में इस पार्टी ने उसी रास्ते को अपना लिया, जिसे कांग्रेस ने विकसित किया था। इस पार्टी का प्रमुख उसी राजनीतिक संस्कृति के तहत कार्यपालिका का भी प्रमुख बने रह सकता है, जिसे कांग्रेस ने बाद के दिनों में अपनाया था; अब इसका कोई भी नेता उसी तरह अनगिनत बार पार्टी का संयोजक/ प्रमुख बना रह सकता है, जिसे कांग्रेस ने बाद के दिनों में विकसित किया; अब इस पार्टी का संयोजक मूल नियमावली के अनुसार तीन वर्ष के लिए नहीं, बल्कि पाँच वर्ष के लिए उसी तरह चुना जाता रहेगा, जिसे कांग्रेस ने बाद के दिनों में अपनी नियमावली में अपनाया। इसे राजनीतिक सुधार

का स्वस्थ अध्याय नहीं कहा जा सकता है।

इस तरह भारतीय लोकतंत्र की राजनीतिक पार्टियां दो अलग-अलग धाराओं में अलग-अलग राजनीतिक संस्कृति के साथ आगे बढ़ रही हैं। देश के लिए यह चिन्तन-मनन का विषय है कि उसे भावी पीढ़ी को कौन-सी राजनीतिक संस्कृति विरासत में देनी है।

1969-1970 के दौरान कांग्रेस में पैदा हुए अर्न्तविरोध के कारण एक साथ चुनाव की परंपरा में जो व्यवधान पैदा हुआ, उसका आज यह परिणाम है कि यह देश हमेशा चुनावी मोड में रहता है। उसके बाद से आज तक लगभग पचास वर्ष की अवधि बीत गए हैं, किन्तु इसके समाधान की दिशा में कोई गंभीर प्रयास नहीं किया जा सका। इस विषय को इसके हालात पर नहीं छोड़ा जा सकता है कि समय बीतने के साथ यह बद से बदतर होता चला जाय।

भले ही 1969-1970 के दौरान ट्रेन (विधायिका) का इंजन (लोकसभा) रेल की पटरी (एकसाथ चुनाव की स्वस्थ परंपरा) पर से इसके कुछ-एक नट-बोल्ट खुल जाने (अनुच्छेद 85 के खण्ड 2 का दुरुपयोग) के कारण उतर गया हो, भले ही अतिउत्साह के कारण कई अन्य बोगियां (विधानसभाएं) पटरी पर से उतरते गए हों, किन्तु हम पूरी ट्रेन के पलटने तक का, पूरी पटरी के उखड़ने तक का और पूरी रेलवे-व्यवस्था (संवैधानिक अनुशासन) के चरमराने तक का इंतजार नहीं कर सकते हैं। गन्तव्य का लक्ष्य पाने के लिए यांत्रिक मशीनों (संवैधानिक उपबन्धों) को दुरुस्त करना ही होगा, साथ ही इसकी भी चिन्ता करनी होगी कि इसका चालक (प्रधानमंत्री/मुख्यमंत्री) कुशल, संवेदनशील व लोगों की परवाह करने वाला हो और इसका गार्ड (सत्तासीन पार्टी का प्रमुख) भी तेज, भविष्यदृष्टा व गन्तव्य-लक्ष्य पाने के प्रति समर्पित हो; इन दोनों की सीट एक में समाहित होने के बजाय अलग-अलग दो किनारों पर इस तरह हो कि वे एक-दूसरे को देख सके (उनके मध्य सामंजस्य बना रहे); ट्रेन के संचालन के लिए ईधन (जनहित एवं समाज कल्याण के कार्य) की आपूर्ति होती रहे और गाइड करने वाला लाल/हरा सिग्नल (राजनीतिक पार्टी) जीवन्त होकर कार्य करता रहे, इसके लिए एक दक्ष

संचालन निकाय (संसदीय बोर्ड एवं आम सभा) द्वारा कुशल संचालन करते रहना भी आवश्यक है। समय रहते हमें संविधान संशोधन एवं कानूनी बदलाव करके खुल चुके नट-बोल्ट को कसना होगा और न केवल नट-बोल्ट को कसना होगा, बल्कि उतर चुके इंजन (लोकसभा) एवं बोगियों (विधानसभा) को भी पटरी पर लाना होगा, ताकि ट्रेन (विधायिका) कुशलता पूर्वक निश्चिन्त भाव से यात्रियों (जनता) को उनके गन्तव्य (स्वराज और सुराज का लक्ष्य) तक पहुँचाता रहे।

राजनीतिक गलियारों में 1969-1985 के दौरान घटित घटनाएँ राजनीतिक पार्टियों में संस्थागत सुधार लाने की दृष्टि से एक सबक की तरह हैं। ये भले ही कड़वे हों, किन्तु इन्हें भुला नहीं देना चाहिए। इनसे सीख लेकर आगे की राह बनानी चाहिए, ताकि परिपक्व होते देश में राजनीतिक सुधार गतिशील बना रहे, यह यथास्थितिवाद का शिकार न होने पाए। हमारा संविधान भी गतिशील प्रक्रिया को आगे बढ़ाता है और यथास्थितिवाद को नकारता है। यह इस बात पर भी निर्भर करता है कि देश का जनमानस और राजनीतिक नेतृत्व इन सुधारों को लेकर कितना जीवन्त बना रहता है। इस सम्बन्ध में डॉ. बी. आर. अम्बेडकर द्वारा 25 नवम्बर 1949 को संविधान सभा के समक्ष व्यक्त किए गए विचार का उल्लेख करना प्रासंगिक है। डॉ. अम्बेडकर के अनुसार—

'संविधान कितना भी अच्छा क्यों न हो, किन्तु यदि इसे संचालित करने की जिम्मेदारी निभा रहे लोग बुरे हों, तो इसका बुरा होना निश्चित है। संविधान कितना भी बुरा क्यों न हो, किन्तु यदि इसे संचालित करने की जिम्मेदारी निभा रहे लोग अच्छे हों, तो इसका अच्छा होना निश्चित है। संविधान की कार्यप्रणाली पूरी तरह संविधान की प्रकृति पर निर्भर नहीं करती है। संविधान केवल राज्य के अंगों यथा विधायिका, कार्यपालिका और न्यायपालिका की संरचना करती है। राज्य के इन अंगों की कार्यप्रणाली जिन कारकों पर निर्भर है, वह जनता है और वे राजनीतिक दल हैं जिन्हें जनता अपनी इच्छाओं एवं राजनीति को आगे बढ़ाने के लिए खड़ा करती हैं।'

1.संविधान सभा बहस, खण्ड XI पृष्ठ 975

 एक देश-एक चुनाव : भारत में राजनीतिक सुधार की संभावनाएँ

एक देश-एक चुनाव की अवधारणा, राजनीतिक स्थिरता एवं विकास का लक्ष्य है; तो राजनीतिक पार्टियों में वंशवाद की समाप्ति, राजनीतिक सुचिता एवं शुद्धिकरण का और शासन-विकेन्द्रीकरण सही मायने में स्वराज एवं सुराज स्थापित करने का विषय है। ये तीनों विषय संवैधानिक विकास एवं राजनैतिक सुधार की दृष्टि से महत्त्वपूर्ण विषय हैं। आज जब देश आजादी के 75 वर्ष पूरा होने पर अमृत महोत्सव मना रहा है, इन तीनों विषयों पर कार्य कर लागू करने से न केवल लोकतांत्रिक मूल्यों को मजबूती मिलेगी, बल्कि देश को विकास के पथ पर आगे बढ़ाने में सहायक सिद्ध होगा। आशा है कि इन सुधारों को लेकर देश के जनमानस को जीवन्त बनाये रखने में यह पुस्तक उपयोगी साबित होगा।

– अनूप देशबन्धु

www.ingramcontent.com/pod-product-compliance
Lightning Source LLC
Chambersburg PA
CBHW030319160726
47992CB00005B/2076